BASTEI
LÜBBE

Die SPACELORDS
im BASTEI-LÜBBE-Programm:

23 144 Buch 1: Hadrians Mond
23 147 Buch 2: St. Petersburg Zwei

WOLFGANG HOHLBEIN
JOHAN KERK

SPACELORD

ST. PETERSBURG ZWEI

BASTEI
LÜBBE

BASTEI-LÜBBE-TASCHENBUCH
Band 23 147

Erste Auflage:
Januar 1994

Lektorat: Reinhard Rohn
Titelillustration: Arndt Drechsler
Umschlaggestaltung:
Quadro Grafik, Bensberg
Satz: KCS GmbH,
Buchholz/Hamburg
Druck und Verarbeitung:
Brodard & Taupin, La Flèche,
Frankreich
Printed in France

ISBN 3-404-23147-3

Der Preis dieses Bandes
versteht sich einschließlich der
gesetzlichen Mehrwertsteuer.

Eine Hauptmacht des galaktischen Systems bildet der als ›Die Sarday'kin Legionen‹ bekannte Zusammenschluß ehemaliger Eliteeinheiten und anderer Kampfverbände des Imperiums. Diese Sammlungsbewegung setzte 17 Jahre nach dem Zusammenbruch im Jahre 3815 A. D. ein, als Tausende von Soldaten und Offizieren der alten Armee und der Flottenverbände dem Aufruf des Kommandeurs der 7. schweren Kreuzerbrigade, Artois de Bergerac, nachkamen, sich ihm anzuschließen und nach Tau Ceti zu folgen. De Bergerac hatte 3798 A. D., dem Jahr des Untergangs des Imperiums, mit seinem Putsch gegen Kaiser Baldwin IV. das Ende des Reiches besiegelt und sich selbst zum neuen Diktator ausgerufen. Über wen aber sollte er herrschen? Das Reich hatte sich, zunächst wegen des Fehlens von kontrollierten Transitionssprüngen nur auf verbaler Ebene, in eine unübersehbare Zahl von Einzelfraktionen und Gruppierungen aufgelöst, die sich alle als unabhängig deklariert hatten. Als es ab 3809 A. D. wieder möglich wurde, den Steuermechanismus des Legraine-Warington-Generators zu kontrollieren und sich damit auch zu anderen Sternensystemen zu begeben, beschleunigte sich der Zerfall des Imperiums noch. Auf der Erde brach direkt nach dem Putsch ein globaler Bürgerkrieg aus, dessen Fronten von niemandem durchschaut werden konnten und in dessen Verlauf während der nächsten 15 Jahre die Erde auf das technologische Niveau der präimperialen Zeit, also etwa des 21. Jahrhunderts, zurückfiel. De Bergerac versuchte 17 Jahre lang, zumindest auf Terra den Grundstein für ein vereinigtes neues Imperium unter seiner Führung zu legen. Nach unzähligen Rückschlägen, hinterhältigen Intrigen und Konspirationen gab er im Jahre 3815 A. D. ein für allemal auf. Die einzigen, auf die er sich immer hatte verlassen können, waren seine alten Freunde aus der imperialen Armee und Flotte. Also suchte er sich ein geeignetes System aus, verbreitete seinen oben erwähnten Aufruf und setzte sich mit zahlreichen Anhängern nach Tau Ceti ab. Da sich zu diesem Zeitpunkt bereits zwei der späteren großen

Fraktionen in ihren Anfängen zu formieren begonnen hatten, gab es viele Heimatlose, die sich dort nicht zugehörig fühlen konnten oder wollten und bereitwillig die Gelegenheit ergriffen, de Bergerac bei der Errichtung eines eigenen Reiches zu unterstützen. Bereits sechs Monate nach seinem Aufbruch konnte de Bergerac damit beginnen, seine Truppen zu organisieren, sich militärisches Equipment zu sichern und die zum Tau Ceti System gehörenden kultivierten oder auch unberührten Planeten zu kolonisieren.

Fortan nannte sich de Bergerac Artois de Sarday nach dem Namen des ersten Basisplaneten von Tau Ceti, und seine Gefolgsleute bezeichneten sich in der Folgezeit als Sarday'kin. Unter diesem Namen sollte es de Sardays Fraktion in den kommenden Jahrhunderten zu mehr als zweifelhaftem Ruhm bringen.

Die Ziele der Sarday'kin lassen sich in knapper Form wie folgt zusammenfassen:

Als ausgesprochener Befürworter des expansionistischen Flügels im ehemaligen imperialen Kriegsministerium war für de Sarday eigentlich immer schon klar, wer die eigentlichen Herren des galaktischen Systems (– und überhaupt) sind: natürlich nur weiße Mitglieder der menschlichen Rasse, die durch eine militärische Ausbildung für diese Aufgabe prädestiniert sind und daher wissen, was für die übrigen Bewohner der Galaxis gut und richtig ist; auf keinen Fall jedoch etwa schlitzäugige, in längst überholten, uralten Ritualen verhaftete Halbmenschen oder gar zu Tieren degenerierte Wesen, die sich großspurig als Exobiologen bezeichnen.

Es bedarf kaum der Erwähnung, daß damit der bewaffnete Konflikt mit Yoyodyne und den Phagon vorprogrammiert war. Diese von de Sarday und seinen Nachfolgern bei jeder sich bietenden Gelegenheit lautstark verkündeten Grundlagen ihrer expansionistischen Politik beruhen natürlich in beiden Fällen auf historischen Animositäten, die nachfolgend dem geneigten Leser kurz vorgestellt werden sollen.

Das Haus Yoyodyne mußte aufgrund seines Ehrenkodexes zwangsläufig zum Haßgegner der Sarday'kin werden, denn im Grunde verfolgen beide Fraktionen die gleichen Ziele: Sind die absolute Vormachtstellung im System und damit verbunden der expansionistische Kreuzzug im Kodex von Yoyodyne festgeschrieben, so halten sich die Sarday'kin von ihrem Selbstverständnis her für die Herren der Galaxis und betreiben einen ähnlich rücksichtslosen Imperialismus. Hinzu kommt, daß die Sarday'kin jene dubiose Zusammenarbeit, die Yoyodyne mit den Phagon betrieben hatte und als deren Ergebnis heute die Humsz bekannt sind, den ›schlitzäugigen Halbaffen‹ wirklich niemals verzeihen werden. Verständlicherweise, denn zum ersten rekrutieren sich die Humsz ja zum Teil aus gefangenen Sarday'kin selbst, zum zweiten müssen die Sarday'kin dann auch noch gegen sie kämpfen, und zum dritten ist eine solche barbarische Genmanipulation an sich schon ein haarsträubender Frevel.

Die Feindschaft gegenüber den Phagon läßt sich auf historische Gegebenheiten zurückführen. Die heutigen Phagon betrieben nämlich schon im alten Imperium, damals allerdings als normale menschliche Wissenschaftler, ihre exobiologischen Forschungen, und wurden, als sie es letztlich etwas zu weit trieben, der Aufsicht von Elitetruppen unterstellt (vgl. dazu Synfile Phagon: Streik auf Paradise im Jahre 3794 A. D.). Die doch recht zahlreichen Überreste dieser Elitetruppen bilden heute den Kern der Sarday'kin, und so hat sich die alte Animosität gegenüber den Urvätern der Bruderschaft in die heutige Haßgegnerschaft zwischen Phagon und Sarday'kin verwandelt, wobei die Phagon aus der Sicht der Sarday'kin längst alles Menschliche verloren und sich in eine Rasse von grausamen Aliens verwandelt haben...

Synfile I

Glück kommt, Glück geht

»Hyperraumsprung!«

Yokandra stieß das Wort mehr hervor, als daß sie es vorschriftsgemäß meldete, aber es gab niemanden in der Steuerzentrale, der sich daran gestört hätte – selbst Maylor nicht, obwohl der Kommandant des Schweren Kreuzers, der neben ihr als einziger der alten Stammbesatzung überlebt hatte, sonst überpenibel auf die Einhaltung jedweder Vorschrift bedacht war. Jetzt zählte einzig und allein, daß es der Navigatorin gelang, die stark beschädigte und nur notdürftig wieder einsatzfähig gemachte FIMBULWINTER der Feuerhölle zu entreißen, die jeden Augenblick über das Schiff hereinbrechen würde. Sie alle waren ihr und ihren paranormalen Fähigkeiten auf Gedeih und Verderb ausgeliefert.

Von Yokandras Gesicht war nicht mehr als nur der Mund und das fette Doppelkinn zu sehen. Von der Nase an aufwärts steckte ihr Kopf unter der speziellen Transformerhaube, die ihren Geist auf so unerklärliche Weise mit dem *Legraine-Warington-Generator*, dem Überlichtantrieb des Kreuzers, verband. Nur Frauen, deren Gehirn wie bei ihr auf eine besondere Weise mutiert waren, vermochten ein Raumschiff zielsicher durch den Hyperraum zu schleudern und am vorgesehenen Zielpunkt wieder in den Normalraum zurückfallen zu lassen.

Cedric Cyper, der neben Maylor vor dem Pult des Bordcomputers saß, war sich darüber im klaren, daß die Navigatorin kaum Zeit gehabt hatte, sich von der enormen geistigen Kraftanstrengung des letzten Sprunges zu erholen. Er konnte nur beten, daß sie es noch einmal schaffte. Sie mußte es einfach.

Und zwar sofort – oder nie!

Es konnte allerhöchstens noch Sekundenbruchteile dauern, bis das Rudel Raumtorpedos, das ihnen von den Schiffen der Raumfestung HADES hinterhergefeuert worden war, ihr Ziel erreicht hatte und die FIMBULWINTER in eine Glutwolke verwandelte.

Ein Stöhnen drang über Yokandras Lippen, gequält und gepreßt, wie bei einem Gewichtheber, der ein Tonnengewicht hochzuhieven versuchte, und dann dehnten sich die funkelnden Sterne vor der samtenen Schwärze des Weltalls, die den gesamten Hauptbildschirm ausfüllte, auch schon zu langgezogenen Strichen. Strichen, die in allen Regenbogenfarben glitzerten und die auf den Betrachter zuzustürzen schienen. Ein stechender Schmerz rann durch Cedrics Nacken, ein elektrischer Schlag, der sich vom Hinterkopf bis tief das Rückenmark hinabzog, und wie jedermann in der Zentrale hatte auch er das unbestimmte, nicht in Worte zu kleidende Gefühl, als würden sämtliche Atome seines Körpers einen winzigen Augenblick lang über das gesamte Universum verteilt werden, um sich sofort darauf wieder an alter Stelle zu alter Ordnung zurückzugruppieren. Beides ganz normale Begleiterscheinungen eines jeden Überlichtsprunges – und Cedric begriff: Yokandra hatte es tatsächlich geschafft.

Die FIMBULWINTER war im Hyperraum. In Sicherheit.

Cedric hätte sicherlich jubilierend aufgeschrien, wenn er dazu imstande gewesen wäre, doch während dieses seltsamen Augenblicks zwischen Hyperraumein- und -austritt, in dem das Schiff in diesem fremden, unfaßbaren Kontinuum gefangen war, war keinerlei körperliche Aktivität möglich. Kein Fingerkrümmen, kein Lidschlag, kein Muskelzucken; allein die Gedanken waren klar und ungebunden, wie von allen Zwängen befreit.

Cedric Cyper verspürte in erster Linie Erleichterung. Grenzenlose Erleichterung. In den letzten Tagen hätte er keinen Credit darauf verwettet, die nächsten Stunden lebend zu überstehen.

Und jetzt, plötzlich, lag die Freiheit vor ihnen.

Die letzten zwei Jahre lang hatte er, ein ehemaliger Elite-*Terminator* des sarday'kinschen Sternenreiches, als Strafgefangener in den Byranium-Minen auf Hadrians Mond verbracht, verurteilt für ein Vergehen, das es ausschließlich in den Hirnen seiner Vorgesetzten – und seltsamerweise auch den elektronischen Aufzeichnungsgeräten zu geben schien. Es war ein Dahinvegetieren unter menschenunwürdigen Bedingungen gewesen, gepeinigt von sadistischen Aufsehern und mit der Gewißheit vor Augen, niemals wieder die Sterne des Universums zu sehen. Angeblich hatte es noch niemand geschafft, die Minen jemals wieder lebend zu verlassen. Und das lag in erster Linie am Byranium selbst. Dieses grünlich fluoreszierende Metall war eine der merkwürdigsten und wertvollsten Substanzen, die man in diesem Spiralarm der Galaxis gefunden hatte. In winzigen Brocken wurde es, meist eingefaßt in kostbare Anhänger und andere Schmuckstücke, zu horrenden Preisen als Glücksbringer verkauft. Cedric ahnte, daß das nicht der einzige Grund für den enormen Wert sein konnte, aber alles weitere war Spekulation. Es gab Gerüchte, denen zufolge es für die *Legraine-Warington-Generatoren* gebraucht wurde. Oder für die Transformerhauben der Navigatorinnen. Die Vermutungen waren so zahlreich wie die Sternenhaufen im Halo der Milchstraße. Was immer es war, es dürfte zu den bestgehüteten Geheimnissen der sarday'kinschen Fraktion gehören.

Mochte Byranium in kleinen Mengen glücksbringend sein – abermals so eine Behauptung, die durch nichts bewiesen war –, für denjenigen, der dazu verdammt war, es in den Tiefen von Hadrians Mond abzubauen, war es absolut totbringend. Es verbreitete langsames Siechtum, dem sich niemand entziehen konnte. Zwei Jahre lang konnte man sich dieser unheilvollen Strahlung des Byraniums aussetzen, ohne zu einem körperlichen und geistigen Wrack zu werden, wie beispielsweise Duncan, der auf einem der Notsitze in der Steuerzentrale festgeschnallt saß. Zu mehr als zwei oder drei vernünftigen Worten hintereinander – einmal am Tag wohlgemerkt – war der bedauernswerte Cybertech nicht mehr fähig. Angesichts seiner schlechten Verfassung war es überhaupt erstaunlich, daß es ihm gelungen war, die Flucht zu überstehen. Doch auf Erstaunliches mußte man bei ihm immer gefaßt sein. Mehrfach hatte er ihnen wichtige Hinweise und Fingerzeige gegeben, ohne die sie mit Sicherheit nicht mehr am Leben wären. Anfangs hatte Cedric noch an Zufälle geglaubt, doch mittlerweile war er sicher, daß Duncans deformierter Geist eine Art sechsten Sinn entwickelt hatte. Doch was nützten dem Cybertech solch erstaunliche Fähigkeiten, wenn er nicht mehr in der Lage war, sich normal mitzuteilen? Vielleicht niemals wieder. Für ihn war die Flucht um Monate zu spät gekommen.

Ihre Flucht hatte vor ein paar Tagen als spontaner Gefangenenaufstand begonnen, der nie und nimmer die geringste Aussicht auf Erfolg gehabt hätte, wenn zum gleichen Zeitpunkt nicht ein hinterhältiger Angriff auf die Kommandosektion der Minenstation stattgefunden hätte. Die Gefangenen hatten das erst festgestellt, als sie die Kommandosektion erreicht hatten und nur noch auf Leichen gestoßen waren. Die Angreifer hatten ganze Arbeit geleistet. Nicht nur das Personal war ihnen zum Opfer gefallen, sondern darüber hinaus waren auch sämtliche Strafgefangenen mit Gas umgebracht – offensichtlich, um keinen einzigen Zeugen zurückzulassen. Die Flüchtenden selbst waren diesem Schicksal nur entronnen, weil sie sich außerhalb der Minensektionen aufgehalten hatten.

Und das Sonderbarste an dem Angriff: Es waren ganz augenscheinlich Sarday'kin gewesen, die ihre eigene Station überfallen hatten, um die zum Abtransport vorbereiteten Byranium-Container zu erbeuten. Ausgeführt worden war die Aktion von dem Schweren Kreuzer MARVIN sowie einem Containerschiff namens PFENNIGFUCHSER. Es war ein Diebstahl gigantischen Ausmaßes gewesen, derart gigantisch, daß er ohne die Mithilfe hochrangiger Geheimnisträger innerhalb der Raumflotte gar nicht möglich gewesen wäre. Keine Frage, da wurde irgendwo ein ganz schmutziges Spiel gespielt, und sie alle waren zu Mitwissern geworden. Womöglich die einzigen, die es gab.

Sie – das waren außer Cedric Cyper noch fünf weitere ehemalige Strafgefangene von Hadrians Mond. Ein bunt zusammengewürfelter Haufen aus Angehörigen der verschiedensten Sternfraktionen. Neben dem Cybertech Duncan waren da Kara-Sek und Omo. Beide waren sie Yoyodyne, und doch unterschieden sie sich kolossal voneinander. Kara-Sek, mit seinen schmalen Augen und dem zu einem Zopf zusammengebundenen pechschwarzen Haar ein geradezu mustergültiger Vertreter seiner Fraktion, maß wenig mehr als anderthalb Meter; Omo überragte ihn um knapp einen Meter und brachte an Körpermasse gut und gerne das Fünffache auf die Waage. Er war eine *Humsz*-Züchtung, eine genetische Kampfmaschine, die Kara-Sek aufs Wort gehorchte und dank glücklicher Umstände auch Cedric, der hoffte, daß das so blieb – wenigstens so lange, wie er sich in der Nähe des Ungetüms befand.

Sheryl, die auf dem Platz des Ortungsoffiziers saß, entstammte wie Cedric der Fraktion der Sarday'kin. Sie war ihm die mit Abstand angenehmste Begleitung, insbesondere, wenn sie ausnahmsweise einmal nicht ihre bissigen Bemerkungen anbrachte. Ihr in der Farbe flüssigen Chroms schimmerndes Haar hatte Cedric Cyper von Anfang an fasziniert – ohne daß er bis jetzt hinter das Geheimnis gekommen wäre, wie so etwas ohne entsprechende Färbungsmittel, die es auf Hadrians Mond natürlich nicht gegeben hatte, möglich war. Der metallisch wirkende Glanz erinnerte ihn jedesmal an die wenigen, aber dafür um so heftigeren Stunden der Zweisamkeit, die sie auf Hadrians Mond miteinander verbracht und in denen sie sich gegenseitig davor bewahrt hatten, angesichts ihrer hoffnungslosen Umgebung den Verstand zu verlieren.

Vor dem Funkpult schließlich saß Nabtaal, ein junger, schlaksiger Freischärler. Er war in Cedrics Augen ein mindestens ebenso großer Idiot wie Duncan – freilich ohne dessen sechsten Sinn –, doch bei ihm hatte das nichts mit der Byranium-Strahlung zu tun, der er gerade einmal zwei Monate lang ausgesetzt gewesen war. Nein, er dürfte schon vor seiner Aburteilung nach Hadrians Mond den lieben langen Tag nichts anderes getan haben, als von solchem Zeugs wie Mitbestimmung, Demokratie oder Menschenrechten zu faseln, weswegen er letztendlich auch zur Zwangsarbeit verurteilt worden war. Aber er redete nicht nur darüber, er schien sogar daran zu glauben. Trotzdem – Cedric mußte eingestehen, daß Nabtaal als Funker nicht ganz unbrauchbar war. Wenn er nur nicht ständig den Eindruck erwecken würde, als hielte er das alles für nicht mehr als eine gemütliche Sightseeing-Tour!

Und schließlich waren da natürlich noch Yokandra und Maylor. Ohne sie und ihre FIMBULWINTER wäre die Flucht niemals geglückt. Sie hatten sich auf einem normalen Patrouillenflug befunden und waren nach dem Eintauchen ins *Eleven-12-System,* in dem sich Hadrians Mond befand, vom Schweren Kreuzer der Verschwörer angegriffen worden, bevor sie sich durch Schutzschirme hatten sichern können. Das Schiff war ihnen buchstäblich unter dem Hintern zerschossen worden. Ein Wunder, daß zumindest sie beide durch einen glücklichen Zufall das Inferno überlebt hatten und daß es möglich gewesen war, die FIMBULWINTER wieder in einen hyperraumsprungfähigen Zustand zu versetzen.

Dennoch wäre ihre Flucht beinahe gescheitert. Dank der Manipulation des ehemaligen Kommandanten der Mine hatte sie ihr erster Hyperraumsprung direkt zum Raumfort HADES geführt, einem schwerbewaffneten Stützpunkt der sarday'kinschen Raumflotte. Erst im letzten Moment hatten sie von dort fliehen können, doch das – zum Teil gefälschte – Belastungsmaterial, das ans Fort überspielt worden war, würde dafür sorgen, daß sie offiziell nie wieder einen Fuß auf einen Planeten des sarday'kinschen Machtbereichs würden setzen können.

Cedric Cyper war sich bewußt, daß sämtliche offiziellen Stellen den Auftrag erhalten würden, ihrer habhaft zu werden, und falls das Flottenkommando eine Belohnung auf ihre Köpfe aussetzte – worauf er blindlings jede Wette abgeschlossen hätte –, würden auch sämtliche Kopfgeldjäger der Galaxis hinter ihnen her sein. Aber das war allemal erträglicher, als sein restliches Leben als Strafgefangener zu fristen. Es gab genügend abgelegene Sonnensysteme, bis zu denen der starke Arm der Zentralverwaltung kaum reichte.

Das galt in besonderem Maße für *Sankt Petersburg Zwei*, den Zielpunkt ihres Hyperraumsprunges. Es war eine mehrerer Freihandelswelten, die keiner der sechs Machtfraktionen angehörten; ein Eldorado für Geschäftemacher, Glücksritter und Leute, die sich nirgendwo anders sehen lassen konnten, ohne sofort eingesperrt bis hingerichtet zu werden – um nur die freundlichsten Perspektiven zu nennen. Regiert wurde der Planet von mehreren großen Händlerfamilien, die allerdings mehr nach dem Motto verfuhren, daß sich auf einem freien Markt alles von allein regelte.

Natürlich würden die Sarday'kin auch dort ihre Schergen und Agenten haben, ebenso wie die anderen Machtfraktionen, aber das schreckte Cedric wenig. Denn erstens fehlten ihnen dort sämtliche offiziellen Befugnisse, zweitens gab es genügend Möglichkeiten, nahezu spurlos unterzutauchen, und drittens würde es etliche Tage, wenn nicht gar Wochen dauern, ehe man vom Flottenkommando den Auftrag erhielt, nach ihnen zu suchen.

Und dann gab es noch einen anderen gewichtigen Grund, warum Cedric gewollt hatte, daß sie ausgerechnet diese Freihandelswelt ansteuerten. Hier nämlich war die PFENNIG-FUCHSER registriert, das Containerschiff, das am Überfall auf Hadrians Mond beteiligt gewesen war!

Und vor allem waren sie hier in Sicherheit. Ihnen konnte nichts mehr geschehen. Einstweilen jedenfalls.

All diese Überlegungen nahmen nur jenen winzig kurzen, endlos langen Augenblick in Anspruch, den die FIMBULWINTER im Hyperraum weilte, dann verkürzten sich die glitzernden Linien auf dem Frontbildschirm schlagartig wieder zu Punkten, zu vollkommen neuen Sternbildern – und einen Lidschlag später brach die Apokalypse ohne Vorwarnung über sie herein.

Ein donnernder Schlag von der Stärke eines gigantischen Schmiedehammers traf die FIMBULWINTER, ließ den Rumpf des Schiffes wie eine Glocke dröhnen, schrill und mißtönend. Kontrollpulte barsten, Funken sprühten, irgendwo kreischte Metall. Cedric hörte Sheryl aufschreien, und aus den Augenwinkeln nahm er wahr, wie sich die Sterne auf dem Hauptbildschirm noch einmal verzogen – nur eine Fingerlänge weit und nur für einen winzigen Augenblick.

Der Ent- und Rematerialisierungsschmerz war nicht mehr als ein Nadelstich, und Cedric begriff, daß sie noch einmal in den Hyperraum zurückgeschleudert worden waren, wie ein flacher Stein, der noch einmal über die Wasseroberfläche hüpfte, bevor er endgültig versank.

Im nächsten Augenblick huschte ein blaugrüner Planet diagonal über den Frontbildschirm, so groß, daß er ihn vollständig ausfüllte. Eine Sekunde lang waren nur Sterne zu sehen, dann wieder der Planet.

Sankt Petersburg Zwei!

Er war nah. Viel zu nah! Und die FIMBULWINTER taumelte haltlos auf ihn zu.

Irgend etwas mußte schiefgegangen sein. Furchtbar schief. Während seiner Kampfeinsätze als *Terminator* war Cedric an Bord von Truppentransportern gewiß schon Hunderte von

Malen durch den Hyperraum gesprungen, aber so etwas hatte er noch nie erlebt. Er hatte bis jetzt nicht einmal gewußt, daß so etwas überhaupt möglich war. Aufgrund der Funktionsweise der *Legraine-Warington-Generatoren* konnte ein Raumschiff nur jenseits der äußeren Planetenbahnen eines Sonnensystems herauskommen; jeder Versuch, näher an ein Gestirn heranzufliegen, zog unweigerlich die Zerstörung des Schiffes nach sich. Dennoch huschte *Sankt Petersburg Zwei* wieder und wieder über den Bildschirm und wurde beständig größer, und die eingeblendeten Daten besagten, daß sie der Atmosphäre bereits bedrohlich nahe waren.

»Um Gottes willen!« keuchte Cedric. »Was . . .«

Der Rest seines Aufschreis ging in einem infernalischen Splittern und Bersten unter, dem eine Sekunde später ein greller Lichtblitz und dann ein wahrer Regen von glühenden Glas- und Metallsplittern folgte, in dem der Bildschirm zerplatzte. Die Luft stank plötzlich nach Rauch und verkohltem Plastik. Eine Sirene begann zu heulen und verstummte fast sofort wieder mit einem jaulenden Mißton.

Das erste, was Cedric durch den Kopf schoß – nachdem er sich hastig hinter ein Pult geduckt und so dafür gesorgt hatte, daß diese Rolle nicht ein glühendes Trümmerstück übernahm –, war ein Triebwerksfehler. Die FIMBULWINTER war schon ein besseres Wrack gewesen, als sie das System von Hadrians Mond verlassen hatten, notdürftig zurechtgeflickt und instandgesetzt. Doch Maylors Stimme vermeldete etwas anderes.

»Treffer!« schrie er durch das Inferno. Er mußte brüllen, um sich verständlich zu machen, aber trotzdem klang er so beherrscht, daß Cedric ihn unwillkürlich dafür bewunderte. Er wußte nicht, ob er an Maylors Stelle so ruhig hätte bleiben können. Er selbst war es jedenfalls nicht.

»Treffer?« brüllte Cedric zurück. »Aber wie . . .?«

»Einer der Raumtorpedos! Wahrscheinlich war er uns bereits zu nah. Wir müssen ihn mit in den Hyperraum gerissen haben.«

»Aber das ist doch...« wollte Nabtaal protestieren, doch Maylor schnitt ihm das Wort ab.

»Unter besonderen Bedingungen ist das durchaus möglich. Und das *waren* besondere Bedingungen.« Er sah auf die Anzeigen auf seinem Pult. »Wir können von Glück sagen, daß es uns nicht voll erwischt hat. Der größte Teil der Explosionsenergie muß in den Hyperraum verpufft sein. Sonst wären wir in tausend Stücke zerfetzt worden.«

Glück – ein äußerst dehnbarer Begriff, wie Cedric fand. Zumindest wenn man sich auf einem haltlos abstürzenden Wrack befand.

Maylor versuchte, die FIMBULWINTER abzufangen, doch die Triebwerke reagierten nicht. Nicht einmal die Steuerdüsen ließen sich zünden, um die Trudelbewegung auszugleichen. Dafür setzte ein, zwei Sekunden die künstliche Schwerkraft aus. Wären sie nicht angeschnallt gewesen, wären sie nun in der Steuerzentrale umhergewirbelt worden, genau wie die nicht befestigten Gegenstände, die sofort wieder zu Boden sanken, als die Schwerkraft erneut einsetzte.

»Nichts zu machen«, rief Maylor. »Das Triebwerk ist tot.«

»Höchstens noch eine Minute bis zum Eintritt in die Atmosphäre«, meldete Sheryl.

Sheryl – richtig, dachte Cedric. Er hatte vorhin ihren Aufschrei gehört, aber noch nicht einmal nach ihr gesehen. Er holte es eiligst nach und überzeugte sich davon, daß sie in Ordnung war.

»Schadensmeldung!« rief Maylor fordernd.

Für einen kurzen Moment kreuzten sich Cedrics und Sheryls Blicke, und er sah, daß sie sich ebenfalls darüber im klaren war, was ihnen drohte. Sobald sie in die Atmosphäre eintraten, würde die FIMBULWINTER auseinanderbrechen, und ihre Teile würden in einer Wolke aus Sternschnuppen verglühen. Solche Schiffe waren nicht für Planetenlandungen gebaut.

Er spürte einen Stoß an der Schulter.

»Schadensmeldung, habe ich gesagt!« rief Maylor ärgerlich. »Reiß dich zusammen, Cedric!«

Erst jetzt begriff Cedric, daß er angesprochen gewesen war. Richtig, er selbst saß ja vor den entsprechenden Kontrollen. In den letzten zwei Jahren war ihm die Routine wohl irgendwann abhanden gekommen.

Schnell rief er sich die entsprechenden Daten auf den kleinen Bildschirm.

»Zerstörungsgrad knapp siebzig Prozent. Die ganze Steuerbordseite ist aufgerissen. Schwere Schäden in der Triebswerkssektion.«

»Sicherheitszelle?«

Die Frage galt dem inneren Sektor des Schiffes, der für Fälle wie diesen über eine zusätzliche Panzerung verfügte. Und als Cedric das Ergebnis sah, dankte er im stillen den Konstrukteuren für diese Voraussicht.

»Intakt. Keine Vakuumeinbrüche.«

»Funkanfrage!« rief Nabtaal. »Die Orbital-Kontrolle. Man will wissen, wer wir sind, was wir hier machen und wie wir so nah an den Planeten herangekommen sind. Soll ich ...«

»Unwichtig!« entschied Maylor. Er wandte sich wieder an Cedric. »Rettungskapseln?«

Cedrics Finger huschten über die Tastatur. Ein neues Bild erschien auf dem Bildschirm.

»Ebenfalls intakt«, rief er. »Jedenfalls zwei von fünf.«

Zwei Kapseln! Es würde eng werden, aber ausreichen.

»Dann los.« Maylor löste die Gurte und sprang auf. »Nichts wie raus hier.«

Das war das Signal für die anderen, es ihm nachzutun. Sie eilten aus dem Schott, als Maylor bemerkte, daß seine Navigatorin keine Anstalten machte, ihnen zu folgen. Reglos saß sie in ihrem Sessel, die Haube noch immer halb über den Kopf gestülpt.

»Yokandra!« rief Maylor ihr zu. »Komm endlich!«

Immer noch keine Reaktion.

Maylor begriff, daß sie ohnmächtig geworden sein mußte. Die Anstrengung des zweiten Sprunges war zuviel für sie gewesen. Schnell eilte er zu ihr und betätigte den Schalter, der die Transformerhaube zurückschwenken ließ. Er wollte sie an den Schultern rütteln, um sie aufzuwecken, aber dann, als der Helm ihren Kopf freigab, erkannte Maylor schaudernd, daß er sich geirrt hatte.

Yokandra war nicht bewußtlos. Yokandra war tot.

Von der Nase an bestand ihr Schädel nur noch aus einem verkohlten Schädel, und die leeren Höhlen der verdampften Augäpfel schienen ihn klagend anzustarren, mit einem Ausdruck, von dem er wußte, daß er ihn sein Leben lang nicht mehr vergessen würde. Maylor biß die Zähne zusammen, so stark, daß seine Wangenmuskeln schmerzten. Er hatte Yokandras aufsässige, schon provozierend lässige Art nie leiden können, mit der sie ihm anscheinend hatte beweisen wollen, wie sehr er auf sie als Navigatorin angewiesen war. Wie oft hatte er ihr die Pest an den Leib gewünscht! Aber das hatte sie nicht verdient.

Er kam erst wieder zu sich, als Cedric neben ihm war, ihn an den Schultern packte und auf das Schott zuzog.

»Komm! Wir müssen raus hier. Du kannst nichts mehr für sie tun.«

Wie betäubt folgte Maylor ihm hinaus auf den Korridor. An den Wänden blinkten die Warnleuchten und tauchten den Gang in ein gespenstisches rotes Wabern. Langsam überwand Maylor seine Benommenheit und setzte sich wie selbstverständlich an die Spitze. Ein neuer Schlag – vielleicht bereits das Auftreffen auf die äußersten Ausläufer der Atmosphäre, vielleicht auch nur eine Explosion irgendwo im Schiff – erschütterte den Gang, und die künstliche Schwerkraft setzte ein weiteres Mal aus. Sie verloren den Boden unter den Füßen, aber die Eigenrotation der FIMBULWINTER sorgte zumindest für ein wenig Gravitation, so daß sie sich über die Wände voranschieben konnten.

Erst als sie die Rettungskapseln fast erreicht hatten, setzte die Schwerkraft wieder ein und ließ sie auf den Korridorboden zurückprallen. Cedric war ebensowenig darauf gefaßt gewesen wie die anderen, aber auch er eilte weiter.

Sie kamen in einen runden Raum mit fünf sternförmig angeordneten Schotts, die zu den Rettungskapseln führten. Auch hier blinkten rote Alarmleuchten. Andere Anzeigen verkündeten, welches die beiden intakten Rettungskapseln waren.

»Kara-Sek, Omo, Duncan!« Maylor wies auf eines der betreffenden Schotts. »Ihr nehmt diese Kapsel dort.«

Die beiden Yoyodyne sahen in Cedrics Richtung, und erst als er zustimmend nickte, befolgten sie Maylors Befehl und zogen Duncan mit sich, der sich mit großen Augen interessiert umsah, als würde er sich fragen, was das für ein neues Spiel war, das sie hier mit ihm spielten.

Zusammen mit Maylor, Sheryl und Nabtaal stieg Cedric in die zweite Rettungskapsel. Normalerweise war sie für drei Personen ausgelegt. Sie mußten dicht zusammenrücken, aber angesichts der Alternative, auf der auseinanderbrechenden FIMBULWINTER zu bleiben, kam niemand von ihnen auf den Gedanken, sich darüber zu beschweren.

Maylor verriegelte den Eingang und aktivierte den Countdown. Eine computermodulierte Frauenstimme, deren Sanftheit und Freundlichkeit im krassen Gegensatz zur Bedrohlichkeit der Situation stand, ertönte.

»*Rettungssystem aktiviert*«, sagte sie, und es klang wie: Bitte lächeln! »*Abschuß der Rettungskapsel in zehn Sekunden. Neun . . .*«

Im gleichen Moment schoß ein Gedanke durch Cedrics Schädel, so siedendheiß wie ein Kessel kochenden Öls, den man über sein Haupt ausgeschüttet hatte. »Verdammt!« rief er. »Der Koffer!«

»Was?« rief Sheryl begriffsstutzig und zog die hübsche Stirn in unschöne Falten. »Was für ein . . .?«

»Der Koffer mit dem Byranium!« rief er. Was er meinte, war ein silberfarbener Leichtmetallkoffer. Darin befand sich ein großer Brocken reinsten Byraniums, mit dessen Fund der

Gefangenenaufstand auf Hadrians Mond überhaupt erst begonnen hatte. In Cedrics Gedanken war es längst viel mehr als nur ein armlanges Stück grünlich fluoreszierenden Metalls; es war vielmehr ein eigenes Raumschiff – denn das dürfte in etwa der Gegenwert des Byraniums sein. *Sein* eigenes Raumschiff. »Hat Omo ihn bei sich gehabt?«

In den letzten Tagen hatte die *Humsz*-Züchtung ihn in seinem Auftrag getragen, damit er sich selbst nicht mit dem Gewicht hatte belasten müssen. Er versuchte sich zu erinnern, ob Omo ihn auf den Weg zu den Rettungskapseln mitgenommen hatte, aber er war viel zu sehr mit anderen Dingen – dem mißglückten Hyperraumsprung, Yokandra, den Schwerkraftausfällen – beschäftigt gewesen, um darauf zu achten.

Verflucht, wie hatte ihm solch eine Nachlässigkeit passieren können!

»Nein, ich glaube nicht«, sagte Nabtaal. »Aber ganz sicher bin ich mir da allerdings . . .«

»Wie auch immer!« unterbrach Maylor ungehalten. »Es ist ohnehin zu spät, etwas ändern zu wollen.«

»Falsch!« rief Cedric und hieb auf den Schalter, mit dem sich der Startvorgang abbrechen ließ. Die Frauenstimme verstummte mitten in der ›drei‹. »Ich muß zurück! Zurück in die Zentrale. Der Koffer muß noch dort sein.«

Sheryl starrte ihn entsetzt an.

»Hast du den Verstand verloren?« fauchte sie. »Was soll das? Willst du uns alle umbringen?«

Eine neue, weitaus schwerere Erschütterung traf die FIMBULWINTER.

»Ihr könnt ja ohne mich verschwinden, wenn ihr wollt!« rief Cedric, in der grimmigen Gewißheit, daß sie ihn niemals auf einem auseinanderbrechenden Wrack zurücklassen würden. Er versuchte, das Schott zu öffnen, doch dort, wo sich der entsprechende Schalter befunden hatte, war nichts mehr. Der Fluch einer neuen Baureihe. Cedric rüttelte am Schott. »Wie geht dieses verdammte Ding auf?«

»Du willst doch nicht wirklich ...?« Sheryl konnte es immer noch nicht fassen.

»Worauf du Gift nehmen kannst!« gab Cedric zurück. Er sah Maylor an. »Also, was ist? Sagst du mir endlich, wie sich das Schott öffnen läßt?« Er legte seine Hand demonstrativ auf die Laserwaffe, die hinter seinem Rücken im Gürtel steckte, als wolle er andeuten, daß er gewillt war, das Schott notfalls aufzuschweißen.

Maylor kannte Cedric gut genug, um zu wissen, daß er ihn nicht würde umstimmen können. Schließlich hatten sie gemeinsam die Flottenakademie besucht und waren Freunde gewesen, jedenfalls bis zu jenem Vorfall vor zwei Jahren, der für ihre und Cedrics Aburteilung in die Byranium-Minen gesorgt hatte.

»Also gut. Wenn du dich unbedingt umbringen willst.« Maylor legte seine Hand auf einen anderen Schalter, ohne ihn niederzudrücken. »Du hast eine halbe Minute, Cedric. Das ist das Äußerste, was wir dir zugestehen können. Wenn du bis dahin nicht zurück bist, dann ...«

Eine halbe Minute. Angesichts der immer heftiger werdenden Erschütterungen eine fast schon zu lange Frist, andererseits viel zu kurz, um den Weg zur Zentrale und zurück zu schaffen. Doch das vermochte Cedric nicht zu schrecken. Er hatte diesen kostbaren Schatz nicht tagelang mit sich geschleppt und wie seinen Augapfel gehütet, nur um ihn jetzt einfach hier zurückzulassen.

»Mach schon!«

Maylor seufzte und drückte den Schalter nieder. Zischend fuhr das Schott auf. Cedric schickte sich gerade an hinauszustürmen, als Maylors Stimme ihn noch einmal zurückhielt.

»Nur noch eines ...«

Cedric wandte sich um. »Ja?«

Er sah Maylors Schlag nicht einmal kommen, sondern spürte nur noch, wie irgend etwas mit der Stärke eines Schmiedehammers gegen sein Kinn krachte. Ein Farbensturm explodierte in seinen Sinnen, und als er erlosch, blieb nur noch Schwärze.

Maylor rieb die Knöchel seiner rechten Faust und warf einen Blick in Sheryls Richtung.

»Schätze, das war ich ihm einfach schuldig«, meinte er.

Er zog Cedrics erschlafften Körper in die Kapsel zurück. Ein Handgriff, das Schott schloß sich wieder; ein weiterer, und der Countdown setzte sich fort.

»*. . . drei, zwei, eins, Start!*«

Sie wurden in die Sitze gepreßt, als die Kapsel aus dem Schiff katapultiert wurde.

Flammen umloderten die Sichtfenster. Sie waren bereits tief in die Atmosphäre eingetaucht. Es dauerte einige Sekunden, ehe sich der trudelnde Sturz der Rettungskapsel stabilisierte und in einen kontrollierten, von Bremsdüsen verlangsamten Sinkflug überging.

In die Steuerung mußte und konnte niemand von ihnen eingreifen. Sämtliche Prozesse liefen automatisch ab. So blieb für Maylor nichts anderes zu tun, als aus dem Sichtfenster zu starren und nach der FIMBULWINTER Ausschau zu halten. Dann hatte er sie entdeckt.

Das Schiff hatte sich bereits beträchtlich von ihnen entfernt. Es zog einen feurigen Schweif hinter sich her und stürzte tiefer in die Atmosphäre.

Es war noch zu erkennen, wie das Schiff in zwei Teile zerbrach, ehe eine gewaltige Detonation den Diskus in tausend Stücke zerriß.

Maylor beobachtete es mit versteinerter Miene.

Synfile 2

Live on *PeTV*

Als Cedric wieder zu sich kam, befand sich die Rettungskapsel schon dicht über dem Boden. Er schüttelte den Kopf, um die Benommenheit aus seinem Schädel zu verscheuchen, und richtete sich langsam auf, soweit es die Enge der Kapsel zuließ. Er rieb sich übers lädierte Kinn und warf Maylor einen grimmigen Blick zu.

»Du hast mir keine andere Wahl gelassen«, verteidigte sich Maylor, ehe Cedric zu einer Schimpfkanonade ansetzen konnte. »Und das war nur recht und billig. Ich erinnere mich, daß du vor nicht allzu langer Zeit ähnlich mit mir umgesprungen bist. Und beileibe nicht, um mir das Leben zu retten.«

»Das Leben retten«, spottete Cedric mit bitterem Unterton. »Du hast mich um nichts anderes gebracht als das größte Vermögen, das ich je besessen habe!«

»Sei froh, daß er es getan hat«, meinte Sheryl mit scharfer Stimme. »Die FIMBULWINTER ist explodiert, kaum daß die Kapsel draußen war. Du hättest es nie hin und zurück geschafft.«

»Nicht einmal hin«, ergänzte Nabtaal mit einem spöttischen Lächeln.

Cedric hätte ihnen allen am liebsten eine gehörige Tracht Prügel verpaßt. Er konnte sich nicht helfen, irgendwie wäre es ihm beinahe lieber gewesen, er würde nicht das deutliche

Gefühl haben, daß sie die Wahrheit sagten. Denn in dem Fall hätte er wenigstens einen *Grund* gehabt, sich über sie aufzuregen. So blieb ihm nichts anderes übrig, als sich über seine eigene Unachtsamkeit zu ärgern. Wie hatte der Daily Lama, einer seiner Ausbilder auf der Flottenakademie, doch zu sagen gepflegt: *Zwei Dinge sind unendlich – das Universum und die menschliche Dummheit.*

»Glaubt nur nicht, ich würde mich dafür auch noch bedanken«, zischte er.

»Warum nicht?« meinte Maylor. »Das wäre doch zur Abwechslung mal was richtig Nettes aus deinem Mund.«

Cedric wandte sich ab und warf einen Blick aus den Sichtfenstern. Die Kapsel sank stetig dem Boden entgegen, dank der Bremsdüsen nicht schneller als ein Fallschirm. Sie befanden sich allerhöchstens noch einhundert Meter über der dichten grünen urwaldähnlichen Landschaft, die sich bis zum Horizont erstreckte. Von den Mega-Städten dieses Planeten war nichts zu sehen.

»Wo sind wir hier runtergekommen?« fragte er.

»Auf der unbesiedelten Südhalbkugel von *Sankt Petersburg Zwei*«, gab Maylor zurück.

Richtig, erinnerte Cedric sich. Die Hunderte von Quadratkilometern umfassenden Mega-Städte befanden sich allesamt ausnahmslos auf der Nordhalbkugel, während die südliche Hälfte so gut wie unbesiedelt war. Warum das so war, darüber hatte er sich damals keine Gedanken gemacht. Wozu auch? Sein Freigang hatte nur ein paar Tage gewährt, und sein Interesse hatte sich ebenso wie das seiner Kameraden in erster Linie auf die unzähligen Bars beschränkt, die sie dann auch zur Genüge kennengelernt hatten.

»Und wo sind die anderen?« fragte er.

»Irgendwo da unten«, antwortete Maylor wenig präzise. »Die Steuerautomatik wird dafür sorgen, daß wir nicht allzu weit entfernt runterkommen.«

Cedric sah nach unten, ohne etwas von der anderen Kapsel

entdecken zu können. Entweder war sie zu weit weg oder vollständig unter dem grünen Blätterdach verschwunden.

»Was heißt *nicht allzu weit*?« fragte Sheryl in unheilschwangerem Tonfall.

»Nicht mehr als zwei, drei Kilometer«, sagte Maylor. »Vielleicht auch vier.«

»Vier?« Sheryl rollte mit den Augen. »Vier Kilometer durch diesen Urwald? Na, danke schön! Das ist wirklich die Maßarbeit, die ich von der sarday'kinschen Flotte erwarte.«

»Erstens verfügen die Rettungskapseln über einen Peilsender, und zweitens wären beide Kapseln direkt nebeneinander runtergekommen, wenn wir zusammen mit den anderen gestartet wären und uns nicht ewig mit unnützem Herumgerede aufgehalten hätten.«

Im Klartext, dachte Cedric, er war mal wieder an allem schuld. Er unterdrückte ein Seufzen. Irgendwie hatte er das deutliche Gefühl, als wäre dies heute nicht sein Tag.

»Ich hoffe, daß du, wenn du dich das nächste Mal umbringen willst, irgendeinen Weg findest, uns da nicht weiter reinzuziehen«, meinte Sheryl zu Cedric. Die gemeinsamen Stunden, die sie auf Hadrians Mond in wortloser Gemeinsamkeit verbracht hatten, erschienen ihm mit einem Male unendlich weit entfernt.

»Aber, Sheryl«, ließ Nabtaal sich überflüssigerweise vernehmen, »damit tust du Cedric unrecht. Ohne ihn hätten wir es nie geschafft, überhaupt bis hierher zu kommen. Wie kannst du ihn da so grob . . .?«

Cedric stöhnte auf. Nabtaal als Fürsprecher – das war genau das, was ihm jetzt noch zu seinem Glück gefehlt hatte.

»Weißt du, was *du* mich mal kannst?« unterbrach er den Freischärler.

Nabtaal verstummte und machte ein betretenes Gesicht.

»Ich ahne es«, murmelte er.

»Achtung!« rief Maylor. »Festhalten!«

Das letzte Wort hatten die anderen vermutlich schon gar nicht mehr gehört, denn es ging in dem ungeheuren Krachen unter, mit dem die Rettungskapsel durch das Blätterdach brach und ihren Sturz auf den fünfzig Meter tiefer gelegenen Waldboden begann . . .

Maylor ließ das Schott auffahren. Cedric kletterte langsam ins Freie. Die Luft war warm, fast schwül, aber atembar. Ein leichtes, an Honig erinnerndes Aroma lag in der Luft. Rings um sie herum schraubten sich die schwarzbraunen, mehrere Meter dicken Stämme der Urwaldriesen wie gigantische Wendeltreppen nach oben. Es herrschte ein seltsames Zwielicht. Die rötliche Sonne von *Sankt Petersburg Zwei* vermochte nur vereinzelt durch das dichte Blätterdach zu dringen, und das Licht tastete sich mit zarten Strahlenfingern zu Boden. Hier unten war die Vegetation vergleichsweise kärglich. Der Pflanzenwuchs beschränkte sich vorwiegend auf die höheren Regionen des Waldes.

Cedric fiel auf, daß nahezu vollkommene Stille herrschte. Nur manchmal war ein leises Rascheln oder ein entferntes Knacken zu hören, das aber genausogut vom leichten Wind oben in den Blättern verursacht worden sein konnte. Zuerst dachte er, daß der Aufschlag der Kapsel die gesamte Tierwelt verschreckt hatte, doch da sich auch nach Minuten nichts an der Ruhe änderte, mußten die Tiere dieses Planeten entweder außergewöhnlich schreckhaft und ängstlich sein, oder es gab sie einfach nicht. Nirgendwo ein Zwitschern, Trällern, Brüllen oder andere tierische Laute. Nur Stille. Nicht einmal Insekten schwirrten umher.

»Sagt mal«, flüsterte Sheryl, die ihre Stimme unwillkürlich gedämpft hatte, »weiß jemand von euch, ob es hier gefährliche Tiere gibt?«

Cedric hob ratlos die Schultern. Er hatte bei seinem ersten Besuch wirklich besseres zu tun gehabt, als sich nach den Eigenheiten der heimischen Fauna zu erkundigen.

»Scheint, als gäbe es überhaupt keine Tiere hier«, meinte er.

»Aber selbst wenn ...« Er tastete zur Laserwaffe in seinem Gürtel. Es war die einzige, die sie besaßen. Daß Maylor sie ihm gelassen hatte, bewies, daß er noch immer Vertrauen zu ihm hatte. »Ich habe hier etwas, mit dem wir jedes Viehzeug davon überzeugen können, daß es ihm besser bekommt, sich jemand anders als Appetithäppchen zu suchen.«

»Hoffentlich.«

»Ich habe mal gehört«, sagte Nabtaal, »daß es hier geflügelte Schlangen geben soll, Drachen, die sich ihrer Umgebung vollkommen anpassen können. Und sie sollen so schnell fliegen, daß du sie gar nicht kommen sehen kannst, ehe es zu spät ist.«

»Wirklich?« fragte Cedric wenig überzeugt.

»Ja, in der Tat«, bekräftigte Nabtaal und unterstrich es mit einer entsprechenden Geste. Die Bewegung erinnerte entfernt an ein Küken, das seine ersten Flugversuche machte.

»Und wo hast du das gehört?« Sheryl versuchte, sich unbeeindruckt zu geben, aber ihre Augen tasteten unruhig die Umgebung ab, als erwartete sie, daß jede Sekunde solch ein Vieh auftauchte und sich auf sie stürzte.

»Das weiß ich nicht mehr genau. Auf irgendeinem TV-Kanal, glaube ich. Aber fragt mich bitte nicht, auf welchem Planeten das war. Ist schon Jahre her.«

Cedric schüttelte den Kopf. Wer wußte, was Nabtaal da wieder aufgeschnappt hatte!

»Wovon sollen diese Drachen eigentlich leben, wenn es hier keine anderen Tiere gibt?« meinte er lakonisch.

»Woher willst du das denn wissen?« entgegnete Nabtaal. »Nur weil sich keines blicken läßt? Vielleicht verstecken die sich nur. Und warum? Weil es diese Drachen nämlich wirklich gibt und sie nicht von ihnen geschnappt werden wollen.«

Cedric winkte unwillig ab. »Und wenn wir alle schön brav sind, erzählt uns der Märchenonkel morgen eine neue Geschichte.«

Warum hatte er sich nur die Mühe gemacht und ihm überhaupt zugehört? Doch andererseits ... Cedric ertappte sich dabei, sich abermals nervös umzuschauen. Er gab einen ärgerlichen Laut von sich und wandte sich der Rettungskapsel zu, aus der Maylor soeben herauskletterte.

»Was hast du noch so lange da drin gemacht?« fragte er.

»Festgestellt, in welcher Richtung die andere Kapsel heruntergekommen ist.«

Cedric erinnerte sich, daß Rettungskapseln über eine entsprechende Einrichtung verfügten. Er hätte es von seiner Ausbildung her eigentlich wissen müssen. Doch in den Byranium-Minen waren all seine Erinnerungen so sehr abgestumpft, daß er manchmal das Gefühl gehabt hatte, als wäre das alles gar kein Bestandteil seines eigenen Lebens, sondern nur ein barmherziger Wunschtraum von einer besseren Vergangenheit, von dem er gezehrt hatte, wenn er der Verzweiflung nahe gewesen war.

Nun, da er dieser Hölle entronnen war, kehrte die Erinnerung langsam zurück, Stück für Stück, und damit auch die Kenntnisse, die er damals erworben hatte.

»Und wo stecken sie?«

»Ungefähr dort.« Maylor deutete in eine Richtung zwischen die mächtigen Baumstämme. »Der Stärke des Peilsignals nach zu urteilen, dürfte sie nicht mehr als einen Kilometer entfernt sein. Wir haben es also noch ganz gut getroffen.«

»Und was tun wir jetzt?«

»Wir haben zwei Möglichkeiten«, antwortete Maylor. »Entweder wir warten, bis die anderen uns finden, oder wir machen uns selbst auf den Weg zu ihnen. Egal, wie wir uns entscheiden, es kann natürlich passieren, daß die anderen genau das gleiche tun und wir beide dann ewig aufeinander warten oder anderenfalls aneinander vorbeilaufen.«

»Warum verfügen die Kapseln eigentlich über keine Funkanlage?« fragte Nabtaal. »Damit wäre das Problem doch aus der Welt geschafft.«

»Du kannst bei nächster Gelegenheit ja eine entsprechende Eingabe beim sarday'kinschen Flottenkommando machen«, schlug Maylor vor, ohne sich dem Freischärler überhaupt zuzuwenden. »Was meinst du, Cedric? Du kennst die anderen besser.«

»Wir warten«, entschied Cedric. »Kara-Sek und Omo sind mir zur Treue verpflichtet. Sie werden in jedem Fall versuchen, hierher zu kommen.«

»Und wenn nicht?« fragte Sheryl.

Cedric zuckte mit den Achseln. Was wäre schon verloren, wenn er die beiden Yoyodyne los wäre? Nun gut, er hätte zwei Mitstreiter verloren, die ihm aufs Wort gehorchten, aber er war ohnehin nicht davon ausgegangen, daß dieses Verhältnis ewig andauern würde. Kara-Sek und Omo waren Angehörige einer anderen Sternenfraktion, deren Kultur und Ethos sich grundlegend von denen der Sarday'kin unterschieden und Cedric in weiten Teilen fremd waren. Beide Machtgruppierungen waren eigentlich miteinander verfeindet. Und was Duncan anbetraf, so verspürte Cedric keinerlei Verlangen, noch länger das Kindermädchen für den an der Schwelle des Schwach- und Wahnsinns stehenden Cybertech zu spielen.

Sheryl verstand offensichtlich, was er sagen wollte.

»Gut«, sagte sie, und es klang wie ein Einverständnis. »Und abgesehen davon, ob sie nun kommen oder nicht, was machen wir dann? Wie kommen wir hier wieder weg? Und wie weit ist die nächste Mega-Stadt von uns entfernt?«

»Mir fehlte die Zeit, unsere Position genau zu bestimmen«, sagte Maylor. »Aber ich würde schätzen: ungefähr zweitausend Kilometer.«

»Bekommen wir die Dinger irgendwie wieder flott?« Nabtaal deutete mit dem Daumen zur Rettungskapsel.

Maylor schüttelte den Kopf. »Keine Chance«, sagte er. »Aber übermäßig große Sorgen müssen wir uns trotzdem nicht machen. Die Orbitalkontrolle wird unseren Absturz natürlich registriert haben. Das hat die Funkanfrage bewiesen. Und genauso wird man auch den Absturzort der Kapseln anpeilen. Ich denke, früher oder später wird sich hier irgendwer sehen lassen.«

Der Gedanke gefiel Cedric nicht besonders.

»Sicher – fragt sich nur, wer«, meinte er düster. »Es wird nicht unbemerkt geblieben sein, daß es sich bei der FIMBULWINTER um ein sarday'kinsches Kriegsschiff handelte, das hier nichts zu suchen hat. Besonders unsere eigenen Leute dürfte das interessieren. Und wenn die hier auftauchen . . .« Er blickte zu Sheryl und Nabtaal, die ebenso wie er selbst noch die zerschlissene Sträflingskleidung von Hadrians Mond trugen. »In diesen Klamotten wird man uns nicht gerade für Geschäftsreisende halten.«

»Glaub mir, es ist mir durchaus schon aufgefallen, daß ihr für einen Gala-Empfang nicht gerade passend angezogen seid.« Maylor lachte seltsamerweise gutgelaunt. »Aber vergiß nicht, Cedric, wo wir hier sind. Das ist *Sankt Petersburg Zwei*. Es wird eine Zeitlang dauern, ehe die Nachricht überhaupt zur sarday'kinschen Botschaft durchdringt. Und dort können die überhaupt noch nicht wissen, wie heiß wir sind. Bis jemand von den Operettenoffizieren sich bequemt, persönlich hierherzukommen, sind wir längst verschwunden. Glaube mir, die ersten, die hier auftauchen werden, dürften zu einem kommerziellen Rettungs- oder Bergungsdienst gehören, die sich ein gutes Geschäft versprechen. Unsere Flotte ist als guter Zahlmeister bekannt, und um die Verbindungen zu den hier ansässigen Händlerfamilien nicht zu gefährden, wird man darauf bedacht sein, daß das auch so bleibt.«

Cedric atmete tief durch. Das klang logisch. Aber trotzdem blieb ein Gefühl der Unsicherheit. Maylor trug schließlich noch immer seine Uniform, die ihn als Kommandanten des Schiffes auswies. Falls hier Sarday'kin auftauchten, würde er sicherlich als erster die Möglichkeit haben, sich herauszureden und zu verschwinden. Seit den Vorfällen auf Hadrians Mond und dem Raumfort HADES war auch er ein Ausgestoßener und Gejagter. Zwar hatte er sich nichts vorzuwerfen – außer vielleicht, im entscheidenden Moment nicht schnell genug das Feuer auf die *SK MARVIN* eröffnet zu haben –, aber wie Cedric am eigenen Leib verspürt hatte, würde man höheren Ortes darauf keine Rücksicht nehmen. Maylor hatte versagt – allein das zählte, und das teils gefälschte Belastungsmaterial, das Croft zum Raumfort überspielt hatte, würde natürlich einiges zu einem harten Urteil beitragen.

»Hoffen wir, daß du recht behältst«, sagte er. »Schließlich sitzen wir alle im selben Boot.«

»Stimmt«, sagte Maylor. »Wegen dir sitze ich jetzt mit drin.«

Ein Schatten flog über sein Gesicht, als würde er sich erst jetzt, nachdem ihre Flucht vorläufig ein glückliches Ende gefunden hatte, über die Konsequenzen klar werden. Konsequenzen, die nicht weniger besagten, als daß alles, was er erreicht hatte und was sein Leben bislang ausgemacht hatte, mit einem Male null und nichtig war. Er verdrängte die Gedanken. Nein, so widerstandslos würde er sich nicht in sein Schicksal ergeben, selbst wenn der Daily Lama, der auch einer seiner Ausbilder gewesen war, einmal gesagt hatte: *Auf Einzelschicksale kann das Schicksal meist leider keine Rücksicht nehmen.* Doch noch gab es die Möglichkeit, die Drahtzieher des Überfalls zu finden und sich damit aus eigener Kraft von sämtlichen Anschuldigungen reinzuwaschen.

Maylor wandte sich um und ging zur Kapsel zurück.

»Ich werde mal sehen, was unsere Notrationen hergeben«, meinte er, während er hineinkletterte. »Ich jedenfalls könnte jetzt eine kleine Stärkung vertragen.«

Kein schlechter Gedanke. Allein die Erwähnung von Essen ließ Cedrics Magen knurren.

Er folgte Maylor zur Kapsel, während er seine Blicke abermals umherschweifen ließ. Nach wie vor machte der Wald einen unheimlichen Eindruck auf ihn. Der Gedanke, sich nach Einbruch der Dunkelheit eventuell immer noch hier aufzuhalten, war nicht besonders anheimelnd. Die Stille beunruhigte ihn – ihn, der als ehemaliger *Maximus-Terminator* schon Kampfeinsätze auf einem Dutzend Planeten mit absolut höllischer und menschenfeindlicher Umwelt hinter sich hatte. Aber das war etwas vollkommen anderes gewesen. Damals hatte er von Kopf bis Fuß in einem Ganzkörper-Kampfanzug gesteckt, war bis über beide Ohren bewaffnet und wurde von einer ganzen Legion identisch ausgerüsteter Kameraden begleitet.

Hier und jetzt war das einzige, womit sie sich notfalls zur Wehr setzen konnten, ein einfacher Handstrahler. Keine besonders beeindruckende Bewaffnung.

Was Maylor aus einem kleinen Fach zutage förderte, war auch nicht sonderlich beeindruckend. Die Notration bestand aus Algenbrot und ein wenig Echt-Fleisch und war offensichtlich nach dem Motto zusammengestellt, daß der, der sich mit einer Rettungskapsel in Sicherheit brachte, entweder irgend etwas falsch gemacht haben mußte oder aber feige war und allein schon deshalb keine Belohnung in Form schmackhafter Nahrung verdient hatte. Immerhin füllte es den Magen, und nach zwei Jahren in den Byranium-Minen war eine solche Empfindung schon ein Hochgefühl.

Eine halbe Stunde später ließ sie ein Knacken und Rascheln aufspringen.

Cedric legte vorsorglich die Hand um den Griff des Strahlers, doch dann erkannte er, daß es lediglich Kara-Sek und Omo waren, die sich ihnen da näherten. Und ein Stück hinter ihnen torkelte Duncan durch den Wald, anscheinend so ziellos wie ein herumflatternder Schmetterling, doch der Cybertech hatte es in den letzten Tagen geschafft, stets bei ihnen zu bleiben. Cedric fragte sich, was aus ihm in Zukunft werden sollte.

Plötzlich entdeckte er, was Omo unter seinem muskelbepackten Arm mit sich trug: den silberfarbenen Koffer mit dem Byranium! Er hat also doch daran gedacht, ihn mitzunehmen.

Cedric spürte, wie ihn eine Woge der Erleichterung erfaßte. Wenn die *Humsz*-Züchtung nicht so abgrundtief häßlich gewesen wäre, er hätte ihr glatt um den Hals fallen und sie abküssen können.

»Bravo!« rief Sheryl, die natürlich auch den Koffer entdeckt hatte. »Und deswegen hättest du uns also beinahe umgebracht. Wegen nichts!«

Cedric schluckte die ärgerliche Bemerkung, die ihm auf der Zunge lag, herunter. Statt dessen kontrollierte er eiligst, ob sich das Byranium noch darin befand.

Tatsächlich, der längliche Brocken war noch immer an Ort und Stelle. Seine Oberfläche schimmerte in sanftem Grün; das im Wald herrschende Zwielicht schien das Leuchten nur noch zu verstärken. Es wirkte beruhigend, beinahe friedlich, doch das konnte niemanden von ihnen darüber hinwegtäuschen, daß sich dieser anscheinend so leblose Brocken unvermittelt in ein mordendes Monstrum verwandeln konnte, das binnen Sekunden Auswüchse in der Form eines rasiermesserscharfen Gebisses oder spitzen Stachels ausbildete und damit nach dem nächststehenden lebenden Wesen schnappte oder stach. Jeder Brocken, der eine gewisse ›kritische‹ Größe überschritt, neigte von Zeit zu Zeit zu solchen Spontanreaktionen. Eine Gefahr, die in den Tiefen der Byranium-Minen allgegenwärtig gewesen war. Aber mit der Zeit hatte jeder Gefangene ein Gespür dafür entwickelt, wann es zu diesen mörderischen Ausbrüchen kam. Bei diesem Brocken würde es noch eine ganze Zeitlang dauern, Wochen, vielleicht sogar Monate. Denn die letzte Spontanreaktion lag noch nicht lange zurück, einen halben Tag vielleicht. Sie hatte Croft getötet und ihnen allen das Leben gerettet.

War es da ein Wunder, wenn Cedric mittlerweile ein fast zärtliches Gefühl gegenüber diesem Brocken verspürte?

Und das um so mehr, je mehr er an den immensen Wert dachte, den er darstellte. Ein ganzes Raumschiff.

Ein erschreckender Gedanke bemächtigte sich seiner, so unerwartet und heimtückisch wie ein Dieb in der Nacht: Was, wenn die anderen längst ein Auge auf den Koffer geworfen hatten? Sein Inhalt dürfte schließlich die größte Versuchung darstellen, der sie in ihrem Leben jemals begegnet waren. Eine derart große Verlockung, daß es schwerfallen mußte, ihr nicht zu erliegen.

Was, wenn ihm bei nächster Gelegenheit jemand von hinten

ein Messer in den Rücken stieß oder ihn im Schlaf überwältigte? Wieso war er nur die ganze Zeit davon ausgegangen, daß keiner der anderen je auf solche Gedanken kommen würde? Und selbst wenn sie es bislang tatsächlich noch nicht waren, jetzt, da sie *Sankt Petersburg Zwei* erreicht hatten, würden sich ihre Wege zwangsläufig trennen, und was lag da näher, als sich zuvor noch mit ein wenig Reisegeld zu versorgen?

Cedric mußte von nun an noch mehr auf die anderen achtgeben. Auf jeden einzelnen von ihnen!

Doch wem war eine hinterhältige Attacke am ehesten zuzutrauen? Den beiden Yoyodyne? Möglich. Zwar waren sie durch einen Treueeid an ihn gebunden, aber wer wußte, wie lange dieser Zustand andauern würde? Es war nicht ausgeschlossen, daß irgendeine Regel ihres für Außenstehende vollkommen undurchsichtigen Ehrenkodexes ihnen bei nächster Gelegenheit vorschrieb, sie alle wieder als Feinde zu betrachten – und ihn besonders. Und wie stand es mit Maylor? Er hatte schon einmal fälschlicherweise geglaubt, er könne ihm vertrauen.

»Ich glaube«, bemerkte Maylor spöttisch, »wenn du jetzt den Ausdruck in deinen Augen sehen würdest, würdest du vor dir selbst erschrecken.«

Cedric zuckte zusammen. Sein ehemaliger Freund, mit dem er lange Jahre auf der Flottenakademie zusammengewesen war, hatte in den letzten zwei Jahren offenbar nicht verlernt, in seinem Gesicht zu lesen. Cedric mußte sich besser unter Kontrolle haben, sonst konnte er den anderen gleich schriftlich aushändigen, was hinter seiner Stirn vorging.

»Das stimmt, Cedric.« Nabtaal – natürlich! Es war wohl nicht zu verhindern, daß er ebenfalls seinen Senf dazugab. »Du sahst so aus, als würdest du befürchten, irgend jemand von uns könne auf den Gedanken kommen, den Koffer an sich zu . . .«

»Nabtaal!« rief Cedric ungehalten. Daß Maylor wußte, wie es in ihm aussah, war ja noch zu akzeptieren, aber daß der Freischärler ebenfalls in seinem Gesicht las wie in einem offenen Buch, ging ihm gewaltig gegen den Strich.

»Jaja«, machte der Freischärler. »Versteh' schon. Ich soll den Mund halten. Mehr fällt euch wohl nicht ein als ›Nabtaal, sei ruhig!‹ oder ›Nabtaal, halt den Mund!‹ Na schön, meinetwegen.« Er verschränkte die Arme vor der schmächtigen Brust und wandte sich eingeschnappt ab. »Wenn euch nicht mehr einfällt, bin ich eben still. Stumm wie ein Grab. Kein Wort wird mehr über meine Lippen kommen. Nicht eines.« Er verschwand in Richtung Raumkapsel, und sein Gemurmel wurde leiser. »Selbst wenn ihr mich darum anbetteln würdet. Nein. Diesmal nicht. Was zuviel ist, ist zuviel. Ich bin doch kein . . .« Cedric schüttelte den Kopf. Aber er war sich selbst gegenüber ehrlich genug, um zu erkennen, daß er seine Gesichtszüge nur unvollkommen unter Kontrolle gehabt haben mußte. Seine Gedanken in jedem Fall. Wie hatte man so etwas in früheren Äonen, in denen die Menschheit noch auf einen einzigen Planeten beschränkt gewesen war, doch genannt? Goldrausch! Genau, das war der richtige Ausdruck.

Er schloß den Koffer mit einem Ruck und vertraute ihn wieder Omo an. In dessen Obhut schien er ihm vorerst am sichersten zu sein.

»Eines steht fest«, sagte Sheryl mit einem Blick auf den Riesen. »Was den Koffer angeht, ist das letzte Wort noch nicht gesprochen.«

Na bitte! dachte Cedric. Da waren sie schon, die ersten Besitzansprüche. Wenigstens war Sheryl ehrlich genug, sie offen anzumelden. Oder war sie nur klug genug, so zu tun, als ob sie mit offenen Karten spiele, um ihn dann in einem günstigen Augenblick . . .? Cedric schob den Gedanken beiseite, ehe er noch mehr Schaden anrichten konnte.

»Was hast du?« fragte Sheryl. »Warum antwortest du nicht?«

»Nun, weil . . .« Er brach ab und hob beunruhigt den Kopf. Mit gerunzelter Stirn sah er sich um.

»Was ist?« fragte Sheryl verwundert.

»Leise!« zischte Cedric.

Sie blickte verunsichert und ratlos in die Runde und dann wieder ihn an.

»Aber, was ...?«

Er bedeutete ihr mit einer entschiedenen Geste, endlich still zu sein, und zog die Strahlenwaffe aus dem Gürtel. Langsam drehte er sich im Halbkreis, während er angestrengt in das Dickicht starrte, ohne recht zu wissen, wonach er Ausschau hielt. Aber er war sich ganz sicher, etwas gehört zu haben.

Ein Knacken und Krachen. Und es war ganz in der Nähe gewesen.

»Da war irgend etwas«, flüsterte er. Er hob den Kopf und sah zu den Baumwipfeln hinauf. »Ich glaube, es kam von dort oben.«

»Also«, flüsterte Maylor ebenso leise, aber seine plötzliche Angespanntheit bewies, daß er Cedrics Sinnen noch immer traute – wie früher. »Ich hab' nichts ge...«

Da krachte es erneut. Diesmal war es nicht zu überhören, und es kam zweifellos aus der grünen Region über ihnen. Es klang, als ob sich irgend etwas mit Gewalt durch das Blätterdach Bahn brach. Unwillkürlich rückten sie näher an ihn, den einzigen Waffenträger heran, und wohl jedem von ihnen spukten Nabtaals Drachen im Kopf herum.

»Da!« rief Sheryl und deutete mit ausgestrecktem Arm nach oben. »Da ist etwas. Metall.«

Sie hatte recht, wie Cedric Cyper einen Moment später feststellte. Es war keine geflügelte Schlange, die da auf sie herabstieß, sondern ein silberfarbener kugelförmiger Körper, der einen halben Meter durchmaß. Langsam schwebte er zu ihnen herab. Auf seiner Oberfläche blinkten ein paar kleine Lämpchen – in einem bösartigen Rhythmus, wie es Cedric schien. Es juckte ihn in den Fingern abzudrücken – allein, weil er nicht wußte, was es war, das da auf sie zukam, und er keine böse Überraschung erleben wollte, aber er zwang sich zur Zurückhaltung. Nach einem Bergungsdienst sah es jedenfalls nicht aus.

»Verdammt«, knurrte er. »Was ist das?«

»Eine Art Beobachtungssonde, nehme ich an«, meinte Maylor.

»So klug bin ich auch«, antwortete Cedric, ohne den Körper aus den Augen zu lassen. Immer dichter kam er auf sie zu, und es schien, als hätte er sich Cedric als Ziel auserkoren. »Aber das Ding ist etwas zu groß, um *nur* eine Beobachtungssonde zu sein.«

Es war jedem klar, woran er dachte. Es gab Beobachtungssonden, die als fliegende Killerautomaten programmiert waren oder eine Giga-Bombe in ihrem stählernen Leib trugen. Aber wer sollte es hier auf *Sankt Petersburg Zwei* auf sie abgesehen haben?

Einen knappen Meter von Cedrics Kopf entfernt blieb die Kugel schweben. Er erkannte in der oberen Hälfte die Linse einer elektronischen Kamera. Im nächsten Moment öffnete sich eine kleine Luke, und ehe Cedric sich versah, stieß auch schon ein Teleskoparm auf sein Gesicht zu.

Er riß den Strahler, den er schon hatte sinken lassen, wieder hoch, doch die Reaktion wäre mit Sicherheit zu spät gekommen, wenn ihm die Sonde etwas Böses gewollt hätte. Statt dessen hielt sie ihm etwas vor die Nase, was wie die Nachbildung eines altertümlichen Mikrofons aussah.

»Willkommen auf diesem Planeten!« schmetterte ihm eine Stimme aus den Außenlautsprechern der Sonde in enthusiastischem Tonfall entgegen. »*Sie sind live on* PeTV, *dem Sender Nummer Eins auf* Sankt Petersburg Zwei. *Unterhaltung, Musik und Nachrichten rund um die Uhr. Wir haben unsere Zuschauer bereits über den Absturz Ihres Raumschiffs informiert, und den Aufschlag der verglühenden Trümmerstücke auf eine vollautomatische Algenfarm im Südmeer konnten wir dank der dort installierten Beobachtungskameras sogar direkt übertragen. Wir sind froh, nun die Überlebenden gefunden zu haben und würden uns freuen, wenn Sie zu einer ersten Stellungnahme bereit wären.*«

Cedrics Kinnlade fiel herab. Er hatte das Gefühl, als hätte ihn gerade nicht nur ein Pferd getreten, nein, als wäre soeben eine ganze Stampede über ihn hinweggegangen.

»*Gut, sehr schön. Was unsere Zuschauer sicherlich am meisten interessiert: Wie hat sich der Absturz aus Ihrer Sicht zugetragen?*«

Cedric verdrehte die Augen und sah Maylor an, doch dieser hob nur ratlos die Schultern.

»*Wir verstehen natürlich, daß Sie noch voll und ganz unter dem Eindruck der dramatischen Ereignisse stehen. Aber denken Sie bitte daran, daß unsere Zuschauer natürlich gerne eine Schilderung eines direkten Augenzeugen hören würden. Also, wenn Sie bitte so freundlich wären, uns ein paar Worte darüber zu erzählen?*«

Cedric überlegte sich allen Ernstes, ob er die Sonde nicht einfach abschießen sollte. Sie – beziehungsweise derjenige, der sie aus irgendeinem Studio heraus lenkte – schien zu spüren, woran er dachte.

»*Nun ja, vielen Dank. Vielleicht werden wir später noch einmal auf Sie zurückkommen. Mal sehen, liebe Zuschauer, ob wir einen kompetenteren Gesprächspartner finden. Ah, da haben wir ihn ja.*« Die Kugel schwebte auf Maylor zu und hielt ihm nun den Robotarm vor die Nase. »*Ihrer Uniform nach zu urteilen, können Sie uns wahrscheinlich am ehesten Aufschluß über die Umstände des Absturzes geben. Mitarbeiter der Orbitalkontrolle, die natürlich ungenannt bleiben wollen, haben* PeTV *gegenüber geäußert, daß es sich bei Ihrem Schiff um eine militärische Ausführung handelte. Und es soll erst unmittelbar über der Atmosphäre von* Sankt Petersburg Zwei *aus dem Hyperraum gekommen sein. Können Sie uns diese Angaben bestätigen, und wenn ja, handelte es sich vielleicht um eine Erprobung eines neuen Überlichtflugtriebwerkes?*«

Maylor blickte so begeistert auf das Mikrofon, als hielte ihm jemand ein Hornissennest entgegen. Cedric konnte sich eine gewisse Schadenfreude nicht verkneifen. Ganz recht, es war

Maylors Schiff gewesen. Sollte er sich doch mit der TV-Kugel herumschlagen.

»Kein Kommentar«, quetschte er aus zusammengekniffenen Lippen hervor. Es war offensichtlich, daß ihm nichts Klügeres einfiel.

»*Also eine militärische Geheimaktion.*« Es klang wie eine Feststellung. »*Uns würde natürlich interessieren, ob diese Aktion mit den führenden Händlerfamilien abgesprochen ist. Oder andersherum gefragt: Befürchten Sie keine politischen Verwicklungen aufgrund der eklatanten Luftraumverletzung dieses Planeten?*«

»Im Moment wird hier nur ein Luftraum verletzt«, meinte Maylor ärgerlich. »Nämlich meiner!«

Er machte eine Handbewegung, um den Teleskoparm beiseite zu schieben, aber der Arm wich mit einer schnellen Bewegung aus und schwebte einen Lidschlag später wieder vor seinem Gesicht.

»*Andere Stimmen innerhalb der Orbitalkontrolle sprachen davon, natürlich rein inoffiziell, daß Ihr Schiff bereits vor dem Auftreffen auf die Atmosphäre erhebliche Schäden aufwies. Könnten diese auf ein Gefecht zurückgehen, in das Sie verwickelt gewesen sind?*«

»Verschwinde! Laß mich in Ruhe! Von mir erfährst du kein Wort!«

Maylor warf Cedric einen Blick zu, der wohl besagen sollte: Warum schießt du das Ding nicht endlich ab?

»Sagt mal, was ist denn hier los?« rief Nabtaal erstaunt, der zu ihnen zurückgekommen war. »Was ist denn das für ein . . .?«

»*Liebe Zuschauer, ich entdecke gerade noch einen Schiffbrüchigen, den wir bislang noch gar nicht im Bild hatten.*« Die Sonde ließ von Maylor ab und stürzte sich voller investigativem Eifer auf Nabtaal. Der Freischärler prallte erschrocken ein Stück zurück, als das Mikrofon unter seiner Nase ruckte. »*Können Sie uns vielleicht eine Schilderung der Ereignisse rund um den Absturz geben?*«

»Was? Wie?« machte Nabtaal verwirrt.

»*Sie sind live on* PeTV, *dem Sender Nummer Eins auf* Sankt Petersburg Zwei. *Unterhaltung, Musik und Nachrichten rund um die Uhr.*« Es klang wie ein einstudierter, tausendmal abgespulter Text. »*Dürfen wir fragen, in welcher Funktion Sie an Bord des Schiffes waren?*«

Nabtaal schien endlich zu verstehen, was das alles zu bedeuten hatte. Er straffte sich und versuchte, die Kleidung glattzustreichen, was angesichts der zerschlissenen, verdreckten Montur, in der er steckte, ein ziemlich sinnloses Unterfangen war.

»Ich bin Freischärler«, sagte er mit stolzgeschwellter Brust, ganz im Bewußtsein, nun auf unzähligen Bild- und Holo-Schirmen zu sehen zu sein, »und ich möchte diesen Augenblick nutzen, um auf die zum Himmel schreienden und unerträglichen Verhältnisse aufmerksam zu machen, die auf Strafplaneten des sarday'kinschen Sternenreiches herrschen. Sie verstoßen in vielen Punkten gegen die Menschenrechtskonventionen zum Schutz von . . .«

»*Freischärler?*« Der marktschreierische Enthusiasmus war wie weggewischt.

Nabtaal hielt irritiert inne.

»Jawohl, Freischärler«, bestätigte er. »Wo war ich stehengeblieben?« Er dachte kurz nach. »Ach ja. Wie schon gesagt, ich freue mich, diese Gelegenheit nutzen zu können, um ein größeres Publikum auf die wirklich drängenden Fragen der . . .«

»*Äh . . . vielen Dank*«, klang es aus den Außenlautsprechern, »*das war wirklich sehr aufschlußreich. Wir sind sicher, daß unsere Zuschauer verstanden haben, was Sie damit sagen wollten.*«

Die Kugel ließ Nabtaal stehen, der ihr wie ein begossener Pudel hinterherschaute. Cedric hätte fast aufgelacht, wenn ihm nicht plötzlich bewußt geworden wäre, daß diese Situation alles andere als amüsant war. Im Gegenteil, diese Übertragungssonde brachte sie alle in tödliche Gefahr. Sie waren schließlich nach *Sankt Petersburg Zwei* gekommen, um unerkannt unterzutauchen, was dank diesem Ding nun nur noch schwerlich möglich sein würde. Ihre Gesichter dürften mittlerweile rund um den Planeten gegangen sein. Selbst wenn noch ein paar Tage vergingen, ehe das Flottenkommando ihre Steckbriefe an die hier ansässige Vertretung weitergab, es würde die Suche nach ihnen erheblich erleichtern.

Cedric stieß einen leisen Fluch aus. Als ob nicht allein die Tatsache, daß sie hier mit einem Sarday'kin-Kreuzer heruntergekommen waren und bis auf Maylor allesamt Sträflingskleidung trugen, ausreichte, um nach ihnen fahnden zu lassen!

Fast erleichtert sah er, daß die Sonde an den beiden Yoyodyne vorbeiflog, als kämen sie als Gesprächspartner ohnehin nicht in Frage, und ihr neues Opfer in Duncan gefunden hatte. Gut so. Aus dem durchgedrehten Cybertech dürfte sie aller Wahrscheinlichkeit nach kein einziges vernünftiges Wort herausbekommen.

»*Könnten Sie unseren Zuschauern vielleicht in ein paar kurzen Worten sagen, woher Sie kommen?*« klang es aus den Außenlautsprechern der Sonde, während Cedric an Maylor heranrückte.

»Wir müssen zusehen, daß wir das verfluchte Ding loswerden«, raunte er seinem ehemaligen Freund zu. »Es bringt uns alle mit der Übertragung in Teufels Küche.«

Maylor verstand, was Cedric meinte.

»Ge... gerne«, hörten sie Duncan im Hintergrund reden. »Wir sind flüchtige Strafgefangene von Hadrians Mond, einer der größten Byranium-Minen des Sarday'kin-Sternenreiches. Wir konnten gerade so eben einem hinterhältigen Überfall entkommen, der die gesamten Stammbesatzung und allen anderen Strafgefangenen das Leben gekostet hat.«

Wer immer durch die Sonde sprach, er benötigte eine gute Sekunde, die Neuigkeit zu verdauen.

Cedric brauchte dafür sogar noch eine ganze Zeitlang länger. Moment mal, hallte es in seinem Schädel, wie zum Teufel war es möglich, daß Duncan, der in den letzten Tagen kaum ein vernünftiges Wort von sich gegeben hatte, mit einem Male ganz normal redete?

Und – was redete er da?

»*Hochinteressant. Haben Sie schon einen Verdacht, wer hinter diesem Überfall stehen könnte?*«

»Aber sicher«, antwortete Duncan auskunftswillig, »wir haben begründete Annahme zu der Vermutung, daß die Drahtzieher aus den Reihen der sarday'kinschen Sternenflotte kommen. Wahrscheinlich hohe Offiziere.«

Der Schrecken rann Cedric wie Lava durch die Adern. Der Cybertech redete sie alle um Kopf und Kragen. Genausogut konnten sie Lautsprecherwagen durch sämtliche Straßen der Mega-Städte fahren lassen, um ihr Vorhaben zu verkünden!

»*Das sind ja wirklich geradezu sensationelle Neuigkeiten. Können Sie uns und unseren Zuschauern mehr über die Drahtzieher sagen?*«

»Viel mehr wissen wir selbst nicht, aber wir sind hierhergekommen, um sie ausfindig zu machen und dafür zu sorgen, daß sie vor dem Flottenkommando zur Rechenschaft gezogen werden.«

»*Sie glauben also, daß die Hintermänner hier auf* Sankt Petersbu ...«

Die Lautsprecherstimme verwandelte sich in dissonantes Kreischen und Krächzen, als der Strahl aus Cedrics Laser die Übertragungssonde traf. Eine feurige Aureole umgab die fliegende Kugel, in ihrem Inneren explodierten irgendwelche Teile, und sie begann zu trudeln. Torkelnd wie eine betrunkene Biene verschwand sie irgendwo zwischen den korkenzieherähnlichen Baumstämmen und verging in einem grellen Lichtblitz.

Cedric ließ die Waffe sinken und eilte mit grimmiger Miene auf den Cybertech zu.

»Duncan, verdammt noch mal, was fällt dir ein, das alles in die Welt hinauszuposaunen?«

Der Cybertech sah ihn mit großen Augen an.

»Aus ... uh ... aunen«, klärte er Cedric mit seeliger Miene über seine Beweggründe auf. »Po ... aunen ...«

Es war eine Antwort, die Cedric nicht im geringsten zufriedenstellte. Wenn der Cybertech glaubte, er könne ihn verschaukeln und ihnen allen jetzt wieder den hirnlosen Idioten vorspielen, hatte er sich getäuscht.

Cedric wollte ihn gerade am Kragen packen und so lange durchschütteln, bis sein Verstand in ihn zurückkehrte, als eine Stimme in seinem Rücken ihn erstarren ließ.

»Liebe Zuschauer, Sie haben soeben miterlebt, wie unsere erste Übertragungssonde von den Schiffbrüchigen zerstört wurde. Glücklicherweise haben wir für diesen Fall Vorsorge getroffen und eine zweite ...«

Cedric wirbelte herum und schoß aus der Hüfte. Doch der Lenker der Sonde oder eine entsprechende Automatik hatte damit gerechnet und ließ sie der gleißenden Strahlenbahn gedankenschnell ausweichen. Die Energie schlug irgendwo in den Wipfeln ein und schuf eine neue Lücke für das Sonnenlicht.

Auch der zweite Schuß traf nicht, aber er schien die Sonde davon zu überzeugen, daß es besser war, sich aus dem Staub zu machen. Im Zickzackkurs, um weiteren Salven auszuweichen, raste sie davon und zog die aus den Außenlautsprechern tönende Stimme mit sich fort.

»Damit, liebe Zuschauer, beenden wir unsere Live-Übertragung aufgrund ... äh ... besonderer Umstände. Nach einer kurzen Werbeunterbrechung sehen Sie im Anschluß die schon angekündigte Folge unserer Action-Show ›Entkomm dem Buärps‹ mit dem plomboyanischen Showmaster ...«

Ruhe kehrte ein.

»Verdammt!« meinte Cedric. Das war wirklich alles, was ihm im Augenblick einfiel. Langsam ließ er den Strahler sinken.

»Verdammt«, wiederholte Duncan mit so glücklicher Miene, als freue er sich über das Lob.

Cedric wandte sich abrupt in seine Richtung, kam trotzdem nicht dazu, ihn sich vorzuknöpfen, denn da traf bereits eine weitere Sonde bei ihnen ein. Diesmal jedoch keine fliegende Übertragungseinheit.

»Der Happy-Breakdown-Bergungsdienst freut sich, Ihnen seine Dienste anbieten zu dürfen«, hallte es durch den Wald. *»Bei uns können Sie auf über zweihundert Jahre Erfahrung mit Raumschiffabstürzen aller Art zurückgreifen. Wir bedienen sie schnell, diskret und absolut zuverlässig. Wir würden uns freuen, wenn Sie uns den Auftrag zur Bergung der Rettungskapseln überlassen würden. Dazu müssen Sie nur die Flottenkennung ihres Raumschiffes auf dem dazu vorgesehenen Eingabefeld dieser Sonde ...«*

»Bei uns, dem Rettungsdienst Schickedanz«, tönten die Lautsprecher einer weiteren, etwas kleineren Sonde dazwischen, die sich unbemerkt aus einer anderen Richtung genähert hatte, *»erhalten Sie, sollte dies Ihre erste Havarie auf einem Freihandelsplaneten sein, in dieser Woche einen speziellen Tarif mit Vergünstigungen für militärische Einrichtungen der ...«*

»Mit uns wählen Sie einen eingetragenen Vertragspartner der Sarday'kinschen Sternenflotte für alle Havarien innerhalb von Freihandelszonen«, versuchte eine unvermittelt aufgetauchte dritte Sonde diese Argumente auszustechen. *»Unser Sonderservice umfaßt auch die Schadensregulierung der Vollzerstörung der Algenfarm im Südmeer.«*

Cedric Cyper sah sich verzweifelt um. Immer mehr Sonden, Kugeln oder fliegende Reklametafeln tauchten auf und umkreisten sie wie ein Rudel Wölfe, das Blut gewittert hatte. Einige von ihnen arbeiteten anscheinend für verschiedene Anbieter und spulten deren Werbebotschaften nacheinander ab. Und es waren beileibe nicht nur Bergungsdienste vertreten.

»... finden Sie im Hotel INTERPLANETARIAL allen denkbaren Service, direkte Abrechnung mit der Flotte und ein breitgefächertes ...«

»... bieten wir ein komplettes Konzept zur Vermarktung Ihres Raumschiffabsturzes inklusive der Koordinierung von Interviewterminen und nachträglicher Betreuung von Weiterverwertungsrechten ...«

»*... der heißeste Nachtclub auf* Sankt Petersburg Zwei, *nein, der gesamten Galaxis, der keinen Ihrer Wünsche...*«

Bald ähnelte der Ort um die Rettungskapsel einem heillosen Durcheinander aus Dutzenden und Aberdutzenden sich gegenseitig überbietenden, metallenen Marktschreiern. Alle Stimmen tönten durcheinander, so daß kaum noch ein Satz zu verstehen war. Cedric warf seinen Begleitern einen gequälten Blick zu. Die Ladung seiner Laserwaffe würde kaum ausreichen, all diese fliegenden Quälgeister zu verscheuchen. Er jagte ein paar Feuerbahnen in die Luft, ohne sonderlich viel Eindruck zu schinden. Die Aussicht auf ein gutes Geschäft war offenbar stärker.

»Weg hier!« rief Sheryl und hielt sich die Hände an die Ohren. »Sonst drehe ich noch durch.«

»Ganz deiner Meinung«, stimmte Maylor zu.

»Warum?« meinte Nabtaal arglos. »Manche Angebote sind doch recht informativ. Habt Ihr beispielsweise gewußt, daß man hier für nur hundertsechzig Credits am Tag...«

»Nabtaal!« riefen Cedric, Sheryl und Maylor nahezu gleichzeitig.

»Ja, schon verstanden.« Der Freischärler hob die Arme und ließ den Kopf hängen. »Ich bin ja schon ruhig. Ich meinte ja nur...«

Ein schlanker Flugkörper von den Ausmaßen eines kleinen Rettungsbootes brach durch das Blätterdach und schwebte zu ihnen herab.

»*Flugtaxi erwünscht?*« ertönte eine automatische Stimme.

Cedric konnte es kaum fassen. Ein normales Flugtaxi. Genau das, was sie jetzt brauchten.

»Und wie!« rief er erleichtert und winkte es zu ihnen herab.

Der Flugkörper setzte gehorsam auf dem Boden auf. Einladend fuhr das Schott auf.

»Los!« rief er den anderen zu. »Da hinein. Es wird Zeit, daß wir von hier verschwinden.«

Die anderen taten nur allzu gerne, was er verlangte, und kletterten ins Innere. Die Sonden rückten näher an sie heran, und abermals fühlte Cedric sich an ein Rudel hungriger Wölfe erinnert.

»Bevor Sie gehen, sollten Sie uns den Auftrag erteilen ...

». . . die letzte Chance, den Sonderrabatt . . .«

»Aber Sir, Sie können doch nicht von hier verschwinden, ohne uns mit der Bergung . . .«

»Macht doch mit den Rettungskapseln, was Ihr wollt!« rief Cedric Cyper ihnen zu, bevor er ebenfalls ins Flugtaxi kletterte und das Schott hinter sich zufahren ließ. Die durcheinanderredenden Stimmen endeten wie abgeschnitten. Er sah sich um. Der längliche Fahrgastraum wies mehrere bequeme Sitzreihen auf und war groß genug, um sie alle aufzunehmen. Einige Sessel waren variabel einstellbar, so daß selbst Omo einen Sitzplatz gefunden hatte. Ein Zeichen, wie sehr man auf diesem Planeten auf Besucher aus allen Ecken dieses Spiralarms eingerichtet war.

»*Die* Flugbeförderung Incorporated, *kurz* FBI, *freut sich, Sie an Bord begrüßen zu dürfen*«, drang die Stimme des Taxi-Computers, deren Sanftheit in angenehmem Gegensatz zu den volltönenden Marktschreiern draußen stand, aus den Lautsprechern. *»Bitte geben Sie Ihre Identy-Card oder Ihre Credit-Card in den dafür vorgesehenen Schlitz ein.«* Eine pfeilförmige Holografie begann im Raum zu schweben und zeigte auf die entsprechende Vorrichtung in der Mittelkonsole. »Unsere Kreditkarte?« wiederholte Sheryl gedehnt, und das Unbehagen, das Flugtaxi wieder verlassen zu müssen, war ihr anzusehen. Sie sah ostentativ an ihrer Sträflingskleidung herab und dann in die Runde. »Sieht hier jemand von uns etwa so aus, als hätte er seine Credit-Card dabei?«

Ihr Blick blieb an Maylor kleben, ebenso wie sich alle anderen Blicke ebenfalls in seine Richtung wandten. Er trug noch immer seine Uniform und war der einzige, der seine persönlichen Papiere bei sich hatte.

»Moment, Moment!« Abwehrend hob er die Hände. »Ihr

denkt doch nicht, daß ich unsere Flucht mit meinem sauer ersparten Geld finanziere . . .«

»Jetzt zier dich nicht!« rief Cedric. »Oder willst du, daß das Taxi ohne uns verschwindet?«

»*Bitte geben Sie Ihre Identy-Card oder Ihre Credit-Card in den dafür vorgesehenen Schlitz ein*«, gemahnte die Computerstimme. Diesmal klang es ein wenig dringlicher, und der Holografie-Pfeil begann zu blinken, als ob er sie für zu begriffsstutzig hielt, ohne diese Hilfe den richtigen Ort für die Karte zu finden.

Maylor machte ein zerknirschtes Gesicht und seufzte ergeben. Er mußte einsehen, daß die normative Kraft des Faktischen eindeutig stärker als seine Bedenken war – sprich: Wenn er sich nicht beugte, kamen sie nicht von hier weg. Er holte seine Credit-Card aus der Tasche und schob sie in den Schlitz.

»*Credit-Card akzeptiert. Bitte nennen Sie den Zielort.*«

Cedric sah sich um. Niemand machte den Eindruck, als hätte er bestimmte Vorstellungen, wo es hingehen sollte.

»Hotel ESCAPADE«, gab er an. »Motown-City.« Das war diejenige Mega-Stadt, in der er den Landurlaub verbracht hatte.

»*Bestätigt. Die* FBI *wünscht Ihnen einen angenehmen Flug.*«

»Hotel ESCAPADE?« protestierte Maylor. »Aber . . . aber das ist die teuerste Adresse am Ort! Was willst du denn dort? Mein Jahresgehalt reicht nicht aus, um dort auch nur eine einzige Nacht zu verbringen.«

Cedric gebot ihm mit erhobenem Zeigefinger Einhalt.

»Vertrau mir! Ich weiß, was ich tue.«

»Sagte der Lemming, bevor er sich die Klippen hinabstürzte«, ergänzte Maylor seufzend.

Das Taxi hob vom Boden ab, schwebte durch das Blätterdach, und es war, als ob sie aus den Tiefen eines düsteren Ozeans ans Licht der Oberfläche getaucht wären. Sie nahmen Fahrt auf, und bald huschte die grüne endlose Landschaft unter ihnen hinweg. Ein paar der Angebotssonden schwebten noch eine Zeitlang neben ihnen her, doch dann wurde das Flugtaxi zu schnell, als daß sie ihm noch länger hätten folgen können.

»*Voraussichtliche Flugdauer: Zwei Stunden, vierzehn Minuten. Falls Sie zu Ihrer Zerstreuung ein Unterhaltungsprogramm wünschen, wählen Sie bitte Menü ›der‹ an.*«

Maylor fingerte an der Mittelkonsole herum.

»Verdammt! Das Ding will meine Credit-Card nicht zurückgeben.« Er drückte mehrmals die Rückgabetaste – ohne Erfolg.

»*Eine Rückgabe ist momentan aufgrund eines technischen Defekts nicht möglich*«, klärte ihn die Lautsprecherstimme in zuckersüßem Tonfall auf. »*Sie können Ihre Karte jedoch jederzeit nach vormaliger Vereinbarung bei unserer Zentrale abholen. Die Adresse entnehmen Sie bitte unserer Geschäftskarte.*«

Eine kleine Plastikkarte schob sich aus dem Schlitz, der die Credit-Card gefressen hatte. Maylor nahm sie und warf einen mißmutigen Blick darauf. Darauf standen Name und Adresse der Beförderungsfirma und zudem der griffige Slogan: Jeder Kunde ein zufriedener Kunde!

Cedric konnte nicht anders, als lauthals zu lachen anfangen.

Maylor sah ihn strafend an.

»Darf man wissen, was so überaus komisch daran ist?« erkundigte er sich. »Darf ich dich darauf aufmerksam machen, daß wir, wenn meine Karte weg ist, über keinen einzigen Cent mehr verfügen! Und ich kann ja schlecht zu dieser Zentrale zurückgehen und meine Karte wieder abholen. Genausogut könnte ich mich gleich freiwillig bei der sarday'kinschen Botschaft stellen.«

Das war nur allzu richtig. Natürlich waren nahezu alle Verkehrs- oder Banksysteme auf diesem Planeten miteinander vernetzt, und es war naiv anzunehmen, daß sich die sarday'kinsche Vertretung nicht längst Zugang zu den Zentralcomputern verschafft hatte. Cedric hatte bei seinem ersten Besuch hier selbst miterlebt, wie man anhand der Flugtaxirouten einen

Kameraden ausfindig gemacht hatte, der in einem Amüsierviertel – und derer gab es viele auf *Sankt Petersburg Zwei* – versumpft war und das Ende des Landganges buchstäblich verschlafen hatte. Die ganze Aktion hatte keine zwei Stunden gedauert.

Er nickte, immer noch lächelnd.

»Und genau deshalb spuckt der Automat die Karte auch nicht mehr aus«, erklärte er. »An unserer Kleidung ist unschwer zu erkennen, daß wir nicht gerade in offiziellem Auftrag hier sind. Wer immer dieses Taxiunternehmen führt, er scheint ein äußerst findiger Geschäftsmann zu sein. Wenn du deine Karte nach Ablauf der Aufbewahrungsfrist nicht abholst, kann er damit machen, was er will. Was meinst du, wieviel man auf dem Schwarzmarkt dafür bekommt? Ich hatte von Anfang an damit gerechnet, daß es so laufen würde.«

»Wie bitte? Du hast das gewußt und mich trotzdem meine Karte da hineinstecken lassen?«

»Hättest du es dann etwa nicht getan und vorgezogen, daß uns das Taxi im Dschungel zurückläßt?« fragte Cedric zurück.

Maylor verzog das Gesicht. Es machte ihn wütend, daß Cedric auch noch so überlegen lächeln mußte. Er wandte sich wieder der Mittelkonsole zu.

»He, wenn du glaubst, ich würde mich zufriedengeben«, rief er, als könne sie ihn verstehen, »hast du die Rechnung ohne den Wirt gemacht.«

Er trat mit dem Fuß gegen die Verkleidung.

»*Achtung!*« ermahnte ihn die Stimme des Bordcomputers freundlich. »*Eine mutwillige Beschädigung könnte zu einer versehentlichen Öffnung des Kabinenschotts führen.*«

Jeder von ihnen wußte, was das zur Folge haben würde. Das Taxi flog mit einer Geschwindigkeit von mindestens fünfhundert Stundenkilometern. Der Sog hätte sie binnen Sekunden aus dem Taxi ins Freie gerissen. Keine angenehme Vorstellung.

Maylor erkannte das ebenfalls, und entsprechend zerknirscht

ergab er sich in sein Schicksal. Er ließ sich in seinen Sitz zurückfallen.

»Das grenzt an Diebstahl«, schimpfte er. »Ach was, das ist blanker Straßenraub!«

»Genau das ist es«, stimmte Cedric zu. »Aber daran ändern kannst du jetzt ohnehin nichts mehr. Seien wir froh, daß uns das Taxi wenigstens zum Ziel bringt und sich unserer nicht gleich entledigt hat. Also spar dir deine Luft.«

»Du hast gut reden. Es war ja nicht deine Kreditkarte, die das Ding gefressen hat. Was soll ich denn jetzt ohne sie anfangen?«

»Dasselbe, was du tun würdest, wenn du sie noch hättest«, antwortete Cedric. »Sie unter keinen Umständen benutzen. Und nun gib endlich Ruhe. Ich muß nachdenken.«

Er wendete sich ab und sah aus dem Fenster. Sein Blick allerdings richtete sich auf keinen konkreten Punkt, sondern glitt in weite Fernen. Was ihn beschäftigte, war die Frage, welche Folgen Duncans famoser TV-Auftritt nach sich ziehen konnte. Das am Überfall auf Hadrians Mond beteiligte Containerschiff PFENNIGFUCHSER war hier auf *Sankt Petersburg Zwei* registriert, das war bislang ihre einzige Spur. Angenommen, sie führte in keine Sackgasse und die Hintermänner saßen tatsächlich hier, dann würden sie sich spätestens jetzt in heller Aufregung befinden, mußten sie doch befürchten, daß da jemand zuviel über sie und ihre Aktivitäten wußte.

Die Schlußfolgerung lag auf der Hand: Man würde alle Hebel in Gang setzen, um sie auszuschalten!

Und das würden nicht wenige oder wirkungslose Hebel sein, ahnte Cedric. Den Ausmaßen des Byranium-Diebstahls nach zu urteilen, mußte es sich bei den Hintermännern um überaus vermögende und einflußreiche Leute handeln.

»Computer«, fragte er, »besteht noch Zugriff auf die Karte?«

»*Zugriff besteht.*«

»Ich kann also von hier andere Aufträge buchen?« hakte er nach.

»*Positiv.*«

»Was hast du vor?« erkundigte Maylor sich.

Cedric strich sich übers Kinn.

»Ich könnte mir vorstellen, daß die TV-Übertragung eine Menge Staub aufgewirbelt hat«, sagte er. »Ich möchte mich gegen unliebsame Überraschungen wappnen. Wenn du deine Kreditkarte schon in den Wind schreiben kannst, sollten wir sie vorher noch mal so richtig nutzen.«

Maylor sah zum Kabinendach.

»Es ist ja nicht dein Geld«, stöhnte er.

Cedric lächelte.

»Ich nehme an, das war ein Ja.«

Synfile 3

Schlafende Hunde

Ronald Lafayette, der Leiter der sardaykin'schen Botschaft auf *Sankt Petersburg Zwei*, ließ die Papiere, in die er vertieft gewesen war, sinken und sah unwillig auf, als Perkins, sein gschniegelter Adjudant, den Raum betrat.

»Was ist?« fragte er knapp.

Der drahtige, junge Mann in der schwarzen Uniform blieb vor dem ausladenden Arbeitstisch stehen und salutierte.

»Sir«, rief er schneidig. »Ich habe Ihnen vor Minuten ja schon die Meldung über den Absturz eines Schweren Kreuzers hereingereicht.«

»Ich weiß. Gibt es neue Informationen?«

»Das kann man wohl sagen. Die Orbitalkontrolle hat soeben bestätigt, daß es sich tatsächlich um eines unserer Schiffe handelt. Ein Schwerer Kreuzer mit Namen FIMBULWINTER.«

Lafayette zuckte unmerklich zusammen.

»Die FIMBULWINTER?« fragte er erschrocken.

Perkins wirkte irritiert.

»Ja, Sir«, bestätigte er. »Sie kennen dieses Schiff?«

»Ich ... nein.« Lafayette machte eine unwirsche Geste, als wolle er die unliebsame Frage damit beiseite wischen. Es wirkte ärgerlich, und fast ein wenig zu grob – selbst für einen unnachgiebigen Mann wie ihn – fügte er hinzu: »Erzählen Sie weiter.«

»Es sind zwei Rettungskapseln runtergekommen. Auf der

Südhalbkugel von *Sankt Petersburg Zwei*. Insgesamt sieben Überlebende. Allerdings nur ein Besatzungsmitglied. Der Rest allerdings . . .« Er zögerte und sah auf seine rechte Hand, in der sich ein kleiner Datenträger befand. »Ich glaube, Sie sollten sich das am besten selbst ansehen, Sir.«

»Was ist das?«

»Eine Aufzeichnung. Das hier ging gerade auf *PeTV* über den Sender. Und zwar planetenweit.«

Lafayette sah seinen Adjudanten halb auffordernd, halb beunruhigt an. Er deutete auf die Bildschirmeinheit in seinem Büro. Perkins verstand den Wink, legte den Datenspeicher ein, und kurz darauf erhellte sich der Monitor. Es war die Wiedergabe der Beobachtungssonde. Lafayette sah die Aufzeichnung mit wachsendem Unbehagen, insbesondere als die Kamera einen Cybertech ins Bild nahm, in dessen Augen so etwas wie Wahnsinn zu glimmen schien. Und seine Worte trafen den Kommandanten der Vertretung wie Peitschenhiebe. Jedes einzelne von ihnen. Er versuchte, seine Betroffenheit hinter einer starren Maske aus Teilnahmslosigkeit zu verbergen, doch ganz konnte er seine Empfindungen nicht unterdrücken. Seine Hände spielten nervös mit dem Saum seiner Uniformjacke.

»*Wir sind flüchtige Strafgefangene von Hadrians Mond, einer der größten Byranium-Minen des Sarday'kin-Sternenreiches*«, hörte er den Mann reden. »*Wir konnten gerade so eben einem hinterhältigen Überfall entkommen, der die gesamte Stammbesatzung und alle anderen Strafgefangenen das Leben gekostet hat.*«

»*Hochinteressant*«, erklang die Stimme des Moderators aus dem Off. »*Haben Sie schon einen Verdacht, wer hinter diesem Überfall stehen könnte?*«

»*Aber sicher. Wir haben begründete Annahme zu der Vermutung, daß die Drahtzieher aus den Reihen der sarday'kinschen Sternenflotte kommen. Wahrscheinlich hohe Offiziere.*«

»*Das sind ja wirklich geradezu sensationelle Neuigkeiten. Können Sie uns und unseren Zuschauern mehr über die Drahtzieher sagen?*«

»Viel mehr wissen wir selbst nicht, aber wir sind hierhergekommen, um sie ausfindig zu machen und dafür zu sorgen, daß sie vor dem Flottenkommando zur Rechenschaft gezogen werden.«

»Sie glauben also, daß die Hintermänner hier auf Sankt Petersbu...«

Damit brach die Aufzeichnung ab.

»Das ist alles, Sir.« Perkins zuckte verlegen mit den Schultern, als wäre es seine Schuld, daß sie nicht mehr sehen würden. Er nahm den Datenträger wieder aus dem Gerät und wandte sich seinem Vorgesetzten zu. »In den letzten Minuten haben bei uns bereits verschiedene Sender und Nachrichtenagenturen nachgefragt, ob wir ihnen zu diesen Vorgängen nähere Angaben machen könnten«, fügte er hinzu. »Ich habe ihnen wie üblich ausrichten lassen, daß es in den nächsten Tagen bestimmt ein offizielles Kommuniqué geben wird, aus dem sie dann alles erfahren. Ich nehme an, das war in Ihrem Sinn.«

Verwundert registrierte er, daß der Botschafter seine Worte gar nicht gehört zu haben schien, sondern wie erstarrt in seinem Sessel saß und den Eindruck machte, als wäre er soeben dem Leibhaftigen begegnet. In der Tat fühlte Lafayette sich so, als wäre genau das geschehen. In seinem Kopf tobte nur ein einziger Gedanke, sprang wild wie ein Derwisch hin und her, und er besagte: Er war aufgeflogen!

Es war vorbei! Aus! Er spürte den irrationalen Wunsch zu fliehen. Jetzt. Sofort. Er mußte weg und sich in Sicherheit bringen, ehe man kam, um ihn zu verhaften.

Lafayette kämpfte die eisige Panik, die sich seiner zu bemächtigen versuchte, mit aller Kraft in ihre dunklen Höhlen zurück. Nur nicht den Kopf verlieren. Noch war nichts verloren. Nüchtern betrachtet, hämmerte er sich ein, war bis jetzt nicht mehr geschehen, als daß eine Handvoll entflohener Sträflinge aufgetaucht waren und vollmundig Verdächtigungen verbreiteten. Die Wahrscheinlichkeit, daß man ihnen glaubte und die Sache weiterverfolgte, dürfte ausgesprochen gering sein. Hier auf *Sankt Petersburg Zwei* waren Enthüllungen dieser Art geradezu an der Tagesordnung. Die Sender verbreiteten, was ihnen in die Finger kam, Hauptsache, es taugte als sensationelle Nachricht, und man hatte sich längst daran gewöhnt, daß sich das meiste wenige Tage später als Seifenblasen entpuppte. Es gab genügend Spinner, die die unglaublichsten Räuberpistolen in die Welt setzten, nur um einmal ins Fernsehen zu kommen.

Doch es war eine Sache, sich zu sagen, daß noch immer alles unter Kontrolle war, und eine andere, auch so zu empfinden. Denn Lafayette wußte nur zu genau, daß dieser Mann da auf dem Bildschirm die Wahrheit gesagt hatte. Denn einer der Hintermänner – und zudem derjenige, der als erster zu entlarven war – war niemand anderes als er selbst.

Wußten sie etwas über ihn und seine Funktion? Welche Beweise hatten sie gegen ihn in der Hand? Selbst wenn sie nichts dergleichen aufzuweisen hatten, allein ihre Anwesenheit hier stellte einen Störfaktor dar, der alles zunichte machen konnte.

»Sir?« erkundigte Perkins sich besorgt, als er keine Antwort bekam.

»Ja?« fragte Lafayette gedankenverloren. Es sah aus, als würde er aus einem bösen Traum erwachen und nur langsam in die Realität zurückfinden.

»Wie lauten Ihre Anweisungen? Sollen wir irgend etwas unternehmen?« Er beugte sich etwas vor. In solch einem Zustand hatte er den Botschafter noch nie erlebt, und er wagte zu fragen: »Ist Ihnen vielleicht nicht gut, Sir?«

Lafayette gab sich einen Ruck. Er mußte sich beherrschen. Er durfte sich nichts anmerken lassen, sonst würde Perkins, dieser ehrgeizige und pflichtbesessene Aufstreber, noch Verdacht schöpfen. Er bedachte seinen Adjutanten mit einem zurechtweisenden, tausendmal geübten Blick, der diesen zurückschrecken und wieder eine kerzengerade Haltung annehmen ließ.

»Nein, alles in Ordnung«, versicherte Lafayette. »Ich war nur etwas in Gedanken.«

Perkins hütete sich, sich zu erkundigen, was für Gedanken das gewesen waren. Wahrscheinlich persönliche Dinge, über die Lafayette noch nie ein Wort verloren hatte. Er war ein Mann, der dienstliche Belange strikt von seinem Privatleben trennte. Falls er überhaupt über so etwas wie ein Privatleben verfügte. Perkins wurde sich bewußt, daß er, obwohl er schon fast vier Jahre unter ihm arbeitete und mehr als jeder andere mit Lafayette zu tun hatte, doch so gut wie nichts über ihn wußte.

»Sagen Sie, Perkins.« Lafayette ließ sich in den Sessel zurücksinken, faltete die Hände vor dem Bauch und sah seinen Untergebenen an. »Was würden *Sie* tun?«

»Ich, Sir?«

»Ja, Sie! Jetzt seien Sie doch nicht so begriffsstutzig. Wie schätzen Sie die Situation ein? Und was würden Sie an meiner Stelle unternehmen?«

Perkins ließ sich mit der Antwort einen kurzen Augenblick Zeit, gerade so lange, daß er die Geduld seines Vorgesetzten nicht über Gebühr strapazierte. Er war überrascht. Solch ein Ansinnen hatte Lafayette bislang noch nie an ihn gestellt. Im Gegenteil, das einzige, auf das es ihm bislang angekommen war, war die strikte und kompromißlose Erfüllung seiner Befehle gewesen. Auf Eigeninitiative seiner Untergebenen legte er nicht den geringsten Wert, und nichts trieb ihn schneller zur Weißglut, als wenn einer seiner Untergebenen sich erdreistete, ihm in Entscheidungen hereinzureden oder – schlimmer noch – auf eigene Faust zu handeln. Mit diesen Eigenschaften entsprach er ganz der alten Schule von Offizieren und Befehlshaber, für die das sarday'kinsche Sternenreich im gesamten Spiralarm bekannt war.

»Nun«, begann Perkins. »Festzustehen scheint, daß dieser Kreuzer von entflohenen Strafgefangenen entführt und zur Flucht benutzt wurde. Dabei ist nicht auszuschließen, daß der

Kommandant mit ihnen, aus welchem Grund auch immer, gemeinsame Sache macht. Sein Verhalten hat nicht darauf hingedeutet, als würden die Gefangenen auf ihn physischen oder psychischen Druck ausüben.«

Er machte eine kurze Pause, wie um sich zu erkundigen, ob ihm Lafayette bis hierhin recht gab, und als dieser nichts sagte, redete er weiter:

»Ich weiß nicht, ob an dem Gerede des einen Gefangenen irgend etwas dran war. Offen gesagt, er machte auf mich keinen sonderlich klaren Eindruck. Man müßte wissen, ob die anderen Personen seinen Äußerungen beipflichten, aber solange das nicht geklärt ist, würde ich davon ausgehen, daß es sich um Hirngespinste handelt.« Lafayette nickte bedächtig, und Perkins nahm es als Zeichen, daß der Botschafter einer Meinung mit ihm war.

»Und was sollten wir Ihrer Meinung nach nun also tun?« fragte Lafayette.

»Es gibt zwei Möglichkeiten, Sir. Entweder wir halten still und warten so lange, bis wir in dieser Angelegenheit vom Flottenkommando irgendwelche Anweisungen erhalten. Oder bis sich der Kommandant des Schiffes von allein bei uns meldet, was ich allerdings für eher unwahrscheinlich erachte.«

»Und die zweite Möglichkeit?«

»Wir versuchen, die Personen ausfindig zu machen und gegebenenfalls festzusetzen. Damit könnten wir dem Flottenkommando einen fetten Fang präsentieren, falls demnächst ein Haftbefehl für die Leute herausgegeben wird. Und davon gehe ich angesichts der Fakten aus.« Er hob die Schultern. »Und falls nicht, dann wird sich die Festsetzung eben als ein bedauerlicher Irrtum herausstellen.« Er wollte erst hinzufügen, daß das ja nicht zum ersten Mal wäre, verkniff es sich jedoch, weil er befürchtete, sein Vorgesetzter hätte es als Kritik auffassen können. Und wenn dieser schon einmal in solch jovialer Stimmung war und ihn nach seiner Meinung fragte, wollte er es sich nicht gleich wieder mit ihm verderben.

Er konnte nicht wissen, daß Lafayette weniger an seiner Meinung interessiert war als vielmehr daran, etwas Zeit zu gewinnen, um seine Gedanken zu ordnen. Außerdem hatte er eine Bestätigung gewollt, daß noch längst nichts verloren war. Und sie erhalten. Für Perkins kam die Möglichkeit, die entflohenen Gefangenen könnten die Wahrheit sagen, nicht einmal in Betracht.

»Wo befinden sich die Leute jetzt?« fragte der Botschafter. »Noch immer am Landeplatz der Rettungskapseln?«

»Nein, Sir. Soweit wir wissen, sind sie von einem freien Flugtaxi abgeholt worden. Momentan dürften sie allerdings noch in der Luft sein. Sie sind fernab der Mega-Städte heruntergekommen.«

»Gut. Lassen Sie feststellen, wohin Sie unterwegs sind. Dann suchen Sie sich ein paar der besten Leute und stellen eine Zugreif-Einheit zusammen!«

Er konnte sich sicher sein, daß Perkins geeignete Leute fand. Denn natürlich war diese Botschaft nicht nur eine offizielle Repräsentanz, zuständig für Wirtschaftsfragen, Handelsabkommen und bürokratische Formalitäten, wie beispielsweise die Ausstellung von Einreisepapieren oder Aufenthaltserlaubnissen für die verschiedenen Planeten der Sarday'kin-Fraktion; sie war zugleich auch eine nachrichtendienstliche Zentrale, von der aus sämtliche sarday'kinsche Geheimdienstarbeit hier auf *Sankt Petersburg Zwei* koordiniert und gesteuert wurde. Lafayette war somit nicht nur Botschafter, sondern auch der Chef von zwei Dutzend Geheimdienstmitarbeitern – wie auch Perkins neben seiner offiziellen Funktion als Adjutant einer war. Natürlich würde man das nie öffentlich zugeben, obgleich diese Doppelfunktion kein großartiges Geheimnis war, denn selbstverständlich war diese Praxis bei allen Botschaften der verschiedenen Sternenfraktionen gang und gäbe. Aber man war bemüht, zumindest den Schein zu wahren.

»Jawohl, Sir«, bestätigte Perkins und wollte den Raum bereits verlassen, als Lafayette ihn noch einmal zurückhielt.

»Aber unternehmen Sie noch nichts. Ich werde Ihnen Ihre genauen Anweisungen in ein paar Minuten geben. Sobald ich . . .« Er zögerte und verbesserte sich schnell. »Sobald ich die Sache noch mal durchdacht habe.«

Perkins nickte eifrig und machte auf dem Absatz kehrt.

Lafayette wartete, bis sich die Tür hinter ihm geschlossen hatte und er wieder allein war. Im gleichen Augenblick fiel die Maske der Gelassenheit von ihm ab, und er stöhnte auf.

Selbst wenn es objektiv keinen Grund gab, die Ruhe zu verlieren . . . Verdammt noch mal, er *war* nervös!

Obwohl ihm klar war, was er zu tun hatte, wagte er es nicht, alleine zu entscheiden. Vielleicht unterlief ihm dann ein Fehler, und mit unfähigen Mitarbeitern ging man unter den Verschwörern nicht gerade zimperlich um. In dieser Geheimorganisation war er selbst nicht mehr als ein kleines Tier, ein Handlanger, der nur in wenige der wirklich wichtigen Hintergründe eingeweiht war. Aber immerhin wußte er, daß der Byranium-Überfall, der vor ein paar Tagen stattgefunden hatte, Hadrians Mond gegolten hatte, denn es war der letzte Raubzug, der nötig gewesen war, um das seit Jahren verfolgte Ziel zu erreichen. Ausgerechnet diesmal hatte es Überlebende gegeben – zweifellos diejenigen Gestalten, die er da auf *PeTV* gesehen hatte, und die FIMBULWINTER war dasjenige Patrouillenschiff, das bei dem Überfall eigentlich zerstört worden sein sollte. Angesichts dessen war er froh, daß auf diesem Planeten einer aus dem inneren Kreis der Verschwörer anwesend war. Über dessen Identität wußte Lafayette rein gar nichts, nicht einmal dessen Namen, sondern nur die Tarnbezeichnung ›Faktor 4‹. Aber mehr zu wissen, war auch nicht wichtig. Wichtig war allein, daß er wußte, wie er ihn erreichen konnte.

Er wandte sich dem Telekommunikator auf seinem Arbeitstisch zu und begann, eine Zahl einzutippen, die er sich so gründlich eingeprägt hatte wie sein Geburtsdatum – dann brach er den Vorgang jedoch wieder ab, bevor er die Nummer beendet hatte.

Nein, zuvor brauchte er eine kleine Stärkung. Er öffnete den Barschrank, genehmigte sich ein großzügiges Glas eines rigelianischen Branntweins, und erst, als sich ein wohliges Feuer in seinem Magen ausbreitete, wagte er es, die Nummer noch einmal zu tippen.

Es dauerte über eine qualvolle lange Minute, ehe die Verbindung von der anderen Seite her aufgebaut wurde. Ein sternförmiges Zeichen erschien auf dem Bildschirm, in seiner Mitte eine stilisierte ›4‹.

»Lafayette!« drang eine Stimme aus dem Lautsprecher. Sie war computermoduliert, um zu verhindern, daß irgend jemand anhand von Stimmanalysen Rückschlüsse auf die Identität des Sprechers ziehen konnte. Obwohl sie gänzlich emotionsfrei und neutral war, klang deutlich so etwas wie ein mißbilligender, wenn nicht gar drohender Tonfall mit. »Was fällt Ihnen ein, Verbindung mit mir aufzunehmen? Sie wissen genau, daß Sie das nur im äußersten Notfall tun sollen!«

Lafayette wand sich unbehaglich. Es mißfiel ihm, daß er seinen Gesprächspartner nicht sehen konnte, der andere aber ihn.

»Das hier *ist* ein Notfall«, sagte er.

Es dauerte einen Moment, ehe die Stimme wieder erklang.

»Welcher Art?«

Lafayette unterrichtete den anderen davon, was geschehen war, und er überspielte ihm auch die Fernsehaufzeichnung.

Danach herrschte eine Zeitlang Stille, und der Botschafter befürchtete schon, die Verbindung sei unterbrochen, als sich der andere wieder meldete.

»Wir können es uns nicht leisten, daß unsere Aktionen hier auf *Sankt Petersburg Zwei* bekannt werden oder daß es irgendwelche Störungen gibt«, kam es aus den Lautsprechern. »Erst recht nicht so kurz vor Erreichen unseres Ziels. Sorgen Sie dafür, daß diese Leute keine Gelegenheit bekommen werden, noch mehr auszuplaudern. Ich denke, Sie verstehen, was ich meine.«

Lafayette nickte. Mehr denn je bedauerte er es, das Gesicht

des anderen nicht zu sehen. Ob dieser ebenso nervös war wie er selbst? Der computermodulierten Stimme war nichts anzumerken.

»Ja«, antwortete er, »ich glaube, ich habe Sie genau ver . . .«

»Sehr gut. Dann tun Sie, was getan werden muß. Und noch etwas: Sie haften mit Ihrem Kopf dafür, daß ich in dieser Angelegenheit nichts mehr zu hören bekomme. Ich hoffe, Sie haben auch das deutlich verstanden.«

Das Zeichen auf dem Bildschirm erlosch, bevor Lafayette Gelegenheit fand, eine Antwort zu geben. Die Verbindung war von der anderen Seite her unterbrochen worden.

Der Botschafter verzog das Gesicht und mußte sich beherrschen, um nicht mit der Faust auf den Tisch zu schlagen oder die Schreibutensilien herunterzufegen. Er haßte es, sich behandeln zu lassen wie ein Dienstbote. Und noch mehr haßte er es, seinen Kopf für etwas hinzuhalten, was andere verbockt hatten. Aber er wußte, daß ihm gar nichts anderes übrig blieb. Er hatte sich irgendwann mit Haut und Haaren verkauft, und den Preis würde er erst erhalten, wenn die Verschwörung Erfolg hatte. Und zwar schon bald. Sehr bald.

Er rief Perkins zu sich; sein Adjutant war so schnell zur Stelle, als hätte er draußen direkt vor der Tür gewartet.

»Haben Sie Ihre Leute zusammengestellt?« fragte Lafayette.

»Ja, Sir. Und wir haben über das zentrale Datennetz herausgefunden, wohin sie unterwegs sind. Zum Hotel ESCAPADE hier in Motown-City. Voraussichtliche Ankunftszeit: zwanzig bis fünfundzwanzig Minuten.«

»Gut. Dann beeilen Sie sich. Sehen Sie zu, daß Sie früher dort sind, um sie gebührend in Empfang zu nehmen.«

»Mit welcher Zielstellung, Sir? Sie festzusetzen?«

»Ja, sie festzusetzen. Handeln Sie genau nach Dienstvorschrift. Schußwaffengebrauch nur dann, wenn es sich nicht vermeiden läßt.«

»Jawohl, Sir.«

»Jedenfalls wird das offiziell Ihre Aufgabe sein.«

»Und inoffiziell?«

»In Ihrem Bericht wird stehen, daß Sie in eine Situation gekommen sind, in der ein Schußwaffengebrauch bedauerlicherweise zwingend notwendig gewesen ist. Zur Vereitelung eines Fluchtversuches beispielsweise. Oder weil Sie angegriffen worden sind. Wir müssen schließlich davon ausgehen, daß es sich bei diesen Leuten um gefährliche und bewaffnete Strafgefangene handelt.« Lafayette faltete seine Hände, so daß die Zeigefinger seine Nase berührten, und über die Fingerspitzen hinweg sah er seinen Adjutanten eindringlich an. »Sie verstehen? Ich will keinen der Leute hier als Gefangenen sehen.«

Perkins nahm die Anweisung entgegen, ohne mit der Wimper zu zucken. Es war schließlich nicht das erste Mal, daß Lafayette ihm Befehle gab, deren offizielle und inoffizielle Fassung sich voneinander unterschieden.

»Wird gemacht, Sir. Sie können sich auf mich verlassen.«

»Das weiß ich, Perkins.« Lafayette lächelte. »Sonst wären Sie längst nicht mehr hier«, gab er ihm mit auf den Weg. Es war Ansporn und Warnung zugleich.

Der nachtschwarze Gleiter jagte über die Dächer der Mega-Stadt und tauchte, wenn ein Ausweichen nach oben aufgrund der Verkehrssituation nicht möglich war, immer wieder hinab in die tiefen Straßenschluchten, um einen Lidschlag später wieder hinaufzustoßen – und das alles so rasend schnell, daß Perkins sich wohlweislich hütete, allzu oft durch das Cockpitfenster nach vorne zu blicken. Die Unmenge von auftauchenden Gleitern und fliegenden Werbeflächen, auf die sie direkt zuschossen, um erst im letzten Moment auszuweichen, mußte er sich und seinen Nerven nicht antun. Er wußte, daß der Pilot ein Meister seines Fachs war, zusätzlich unterstützt durch einen Navigationscomputer, der immer wieder mit übermenschlicher Reaktionsgeschwindigkeit eingriff und den Kurs korrigierte, wenn ein Zusammenstoß unvermeidlich erschien.

Es handelte sich um ein System, wie es ähnlich auch in Kampfgleitern zur Unterstützung von Bodenlandetruppen eingesetzt wurde. In dieser Ausführung erlaubte es zudem die Umgehung aller Verkehrsbestimmungen oder elektronisch gesicherter Privat- und Sperrzonen, während dem zentralen Verkehrsleitsystem gleichzeitig falsche – natürlich korrekte Flugdaten vorgegaukelt wurden, die es im nachhinein nahezu unmöglich machten, solche Verstöße zu beweisen. Und das waren beileibe nicht die einzigen Besonderheiten, über die dieser speziell für solche Einsätze umgerüstete Botschaftsgleiter verfügte – ebenso wie die zweite Maschine, in der vier weitere Männer saßen und die ihnen dichtauf folgte.

Perkins instruierte sie noch während des Fluges über die Vorgehensweise während der bevorstehenden Aktion. Er wußte, daß er sich auf jeden einzelnen verlassen konnte. Es war schließlich nicht der erste Einsatz dieser Art, den er mit ihnen durchführte. Nicht wenige Deserteure, Dissidenten und andere Staatsfeinde des sarday'kinschen Imperiums hatten die Idee, sich über *Sankt Petersburg Zwei* in die Freiheit zu flüchten. Allein im letzten Jahr hatte Perkins acht solcher Zugriffsaktionen durchgeführt, und er war stolz, daß es keinen einzigen Mißerfolg gegeben hatte. Seine Weste war weiß, und er war entschlossen, alles zu tun, damit sie es auch blieb.

Es dauerte nur Minuten, bis das ESCAPADE vor ihnen in Sicht kam. Es war ein – selbst nach den Maßstäben des fünften Jahrtausends – futuristisches Bauwerk, das sich in anmutigen Kurven gute fünfhundert Meter in den rötlichen Himmel schraubte und die Form einer riesigen, hell erleuchteten Orchidee mit weit geöffneten Blütenblättern besaß. In jedem der überdimensionalen Gebilde funkelte Licht aus unzähligen Hotelzimmern, Geschäftsräumen, Freizeitzentren oder Restaurants.

Die Oberfläche eines der oberen Blütenblätter diente als Flugdeck. Die beiden Gleiter schossen geradewegs darauf zu. Erst dicht vor dem Ziel verlangsamten sie ihren Flug, um auf die Parkfläche hinunterzusinken.

Perkins registrierte erleichtert, daß das Flugtaxi mit den

gesuchten Personen noch nicht gelandet war. Es entsprach der vorausberechneten Ankunftszeit. Noch etwas mehr als vier Minuten.

Der elektronische Leitstrahl der Flugdeckkontrolle des ESCAPADE, der jeden ankommenden Gleiter aufs Parkdeck hinuntermanövrierte, hatte keinen Einfluß auf ihre Steuerung. Ungehindert setzten die beiden Botschaftsmaschinen zwischen Dutzenden von anderen Gleitern auf. Das sonore Summen der Triebwerke klang aus.

Aus jedem Gleiter stürmten jeweils zwei Männer auf das Flugdeck hinaus, ohne daß Perkins einen entsprechenden Befehl hätte geben müssen. Jeder wußte, was er zu tun hatte. Ein Paar zog ein kleines, tragbares Lasergeschütz hinter sich her und ging hinter dem geschwungenen Heck eines Luxusgleiters in Stellung, während das andere zu dem luxuriös geschwungenen Schott eilte, durch das man ins Innere des Hotelkomplexes gelangte.

Die beiden Männer hatten es gerade erreicht, als es sich öffnete und ein beleibter Hotelbediensteter mit hochrotem Kopf hinausstürmte. Er sah aus, als stellte eine gelaufene Strecke von zehn Metern bereits eine Höchstleistung für ihn dar – und als hätte er gerade das Zehnfache davon hinter sich.

Über die Mini-Kommunikatoren, die Perkins mit jedem seiner Männer verband, konnte er mithören, wie sich der Dicke, der die Aufsicht über das Parkdeck hatte, lautstark über ihre unerlaubte Landung beschwerte – zumindest so lange, bis ihm eine Strahlermündung unter das schwabbelige Kinn gehalten und nachdrücklich klargemacht wurde, daß er natürlich jederzeit das Recht hätte, sich darüber zu beschweren. *Später* jedenfalls. Falls er sich jedoch *jetzt* nicht haargenau an ihre Anweisungen hielte und einen von ihnen auf dem schnellsten Weg zum Kontrollraum brächte, würde es für ihn kein Später mehr geben.

Dieses Argument schien den Dicken zu überzeugen. Er brauchte drei Anläufe, um den Kloß in seinem Hals herunterzuschlucken, und noch einen hilfreichen Stoß mit der Strahlermündung, um sich endlich in Bewegung zu setzen.

Perkins beobachtete mit versteinerter Miene, wie er mit den beiden Männern im Innern des Gebäudes verschwand und sich das Schott wieder schloß. Einer von ihnen würde es von innen sichern, damit nicht etwa im unpassenden Augenblick eine Horde Hotelgäste aufs Flugdeck stürmte und Verwirrung stiftete. Und der andere würde vom Kontrollraum aus dafür sorgen, daß die Überwachungs- und Aufzeichnungseinrichtungen abgeschaltet sein würden. Und dafür, daß alle anderen ankommenden Gleiter, mit Ausnahme des gesuchten Flugtaxis, abgewiesen werden würden. Für die Arbeit, die sie hier zu erledigen hatten, brauchten sie weder Zeugen noch Störenfriede.

Perkins sah zur Uhr. Noch zwei Minuten bis zur berechneten Ankunftszeit. Er zog eine Schachtel Zigaretten aus der Brusttasche und steckte sich eine davon an. Den verstohlen vorwurfsvollen Blick, den ihm der im Gleiter verbliebene Pilot zuwarf, ignorierte er. Er wußte, daß es nicht gern gesehen war, wenn jemand zu solch bewußtseinstrübenden Drogen griff, vor allem während eines Einsatzes, aber erstens brauchte er jetzt etwas zur Beruhigung seiner Nerven und zweitens – wer seiner Untergebenen hätte es schon gewagt, ihn deswegen anzuschwärzen?

Die Zeit verstrich.

Eine Minute, zwei Minuten, drei Minuten, und selbst als Perkins den Zigarettenstummel ausdrückte, war das Flugtaxi noch nicht erschienen. Er ertappte sich dabei, daß er nervös mit den Fingern umhertrommelte, zwang sich, es zu unterlassen, und redete sich ein, daß alles noch im vertretbaren Rahmen lag. Auf einer solch langen Flugstrecke waren Verspätungen von ein paar Minuten nicht weiter ungewöhnlich. Trotzdem – es gab nichts Schlimmeres als die Zeit des Wartens vor einem Einsatz.

Erleichtert atmete er auf, als sich endlich der Mann aus dem Kontrollraum über Funk meldete.

»Zielobjekt erfaßt«, erklang die Stimme. »Leitstrahl steht. Das Flugtaxi setzt zur Landung an.«

Perkins beugte sich zum Cockpitfenster vor und blinzelte nach oben, und tatsächlich, da war das Gleitertaxi. Ein länglicher, aerodynamisch geformter Flugkörper, der langsam zu ihnen hinunterschwebte.

»Okay«, sagte er in das Mikrofon. »Es geht los!«

Das Flugtaxi sank tiefer und tiefer und setzte schließlich keine dreißig Meter von ihnen entfernt auf. Perkins versuchte, durch die Cockpitverglasung einen Blick auf den Innenraum des Taxis zu erspähen, aber die Insassen hatten einen Modus eingeschaltet, bei dem die Scheiben nach außen hin genauso verspiegelt waren wie die der beiden Botschaftsgleiter.

»Störfeld aktiviert«, meldete sich eine Stimme aus dem anderen Flugtaxi, nachdem die Maschinen des Flugtaxis erstorben waren.

Perkins nickte schweigend. Damit saß die Maus in der Falle. Das elektronische Störfeld, mit der das Flugtaxi überzogen wurde, verhinderte einen erneuten Start der Triebwerke. Wer immer sich dort drüben befand, für ihn gab es kein Entkommen mehr.

So weit, so gut, dachte Perkins. Jetzt brauchte er nur noch einen Grund, die Insassen über den Haufen zu schießen.

Er gab einen kurzen Befehl, und im nächsten Moment fuhren an den Längsseiten des Botschaftsgleiters nachträglich eingebaute Schotts auf, aus denen sich die Mündungen mittelschwerer Lasergeschütze schoben. Sie wiesen genau auf das gelandete Flugtaxi. Und auch das tragbare Geschütz, das hinter dem Heck eines Taxis plaziert war, schwenkte in die gleiche Richtung.

Perkins aktivierte die Außenlautsprecher.

»Sie sind umstellt!« hallte es über das Flugdeck. »Kommen Sie aus dem Taxi; langsam und mit erhobenen Händen. Ihre Waffen lassen Sie an Bord zurück. Sollten Sie gegen diese Anweisung verstoßen, eröffnen wir das Feuer.«

Das waren schon einmal Gründe genug, einen Feuerbefehl zu geben. Selbst wenn sie sich an seine Anweisungen hielten, was konnte er dafür, wenn sie dennoch irgendeinen Gegenstand mit sich trugen, den er fälschlicherweise als Waffe identifizierte?

Drüben beim Flugtaxi tat sich nichts. Das kleine Schott öffnete sich nicht, und zu Perkins' Überraschung gab es auch keinen Startversuch, um von hier zu fliehen. Natürlich hätte das Störfeld verhindert, daß die Maschine hätte abheben können, aber davon konnte man an Bord des Taxis nichts ahnen. Oder doch? Er wünschte sich abermals, ins Innere des Gleiters sehen zu können, doch die verspiegelten Scheiben ließen es noch immer nicht zu.

Wahrscheinlich war man drüben viel zu überrascht über den heißen Empfang, dachte er, und grübelte jetzt fieberhaft nach einem Ausweg. Doch er hatte nicht vor, ihnen diese Zeit zu geben.

Abermals aktivierte er die Außenlautsprecher und bemühte sich, seine Stimme so kompromißlos wie möglich klingen zu lassen.

»Sie haben genau dreißig Sekunden, das Flugtaxi zu verlassen! Ansonsten sind Sie für die Folgen selbst verantwortlich. Die Zeit läuft ab – jetzt!«

Immer noch keine Reaktion. Zum ersten Mal kam Perkins der Gedanke, die entflohenen Gefangenen könnten dort drüben in dem Taxi eine unangenehme Überraschung für sie vorbereitet haben. Beispielsweise eine kleine Giga-Bombe, die das gesamte Flugdeck zerfetzte und sie alle ins Verderben riß, sobald sie auf das Taxi feuerten. Doch er verwarf es sofort wieder. Woher hätten sie sich eine solche Bombe besorgen sollen?

Und wozu sich überhaupt Sorgen machen? Spielten Sie ihm mit ihrer Vogel-Strauß-Taktik nicht direkt in die Hände? Sollten sie doch im Taxi bleiben! Damit enthoben sie ihm aller Sorgen, seinen Feuerbefehl anschließend mit einem Versehen zu begründen.

Perkins fing einen irritierten Blick seines Piloten auf, der mittlerweile hinter den Kontrollen für das Bordgeschütz Platz genommen hatte. *Die werden doch wohl nicht so dumm sein, im Taxi bleiben zu wollen,* besagte er, doch Lafayettes Adjutant ließ ihn unbeantwortet. Er hoffte, daß sie auch noch die restlichen Sekunden ereignislos verstreichen lassen würden. Offenbar rechneten sie damit, daß es ihm darauf ankam, sie lebend zu bekommen. Eine Rechnung, die nicht aufgehen würde. Nicht im mindesten.

»Noch zehn Sekunden!« gab er über die Außenlautsprecher bekannt. Eigentlich war es unnötig, die Leute auch noch darauf aufmerksam zu machen, aber er wollte nicht unfair sein.

Auch diese Frist jedoch verstrich, ohne daß sich drüben beim Taxi irgend etwas tat. Perkins war hin und her gerissen, ob er angesichts soviel Unvernunft den Kopf schütteln oder erleichtert lächeln sollte, daß sie es ihm so leichtmachten. Er unterdrückte beides und machte statt dessen einen tiefen Atemzug.

Und dann gab er den Feuerbefehl.

Fast im selben Moment schlugen drei gleißende Strahlenbahnen, jede von dem Durchmesser eines Armes, in dem Flugtaxi ein, fraßen sich feurig ins Innere der Maschine. Glas splitterte, Metall schmolz, und irgendwo im Heck kam es zu einer kleinen Explosion.

Das Ganze dauerte keine zehn Sekunden, dann war das Flugtaxi nur noch ein brennendes, qualmendes Wrack, aus dessen aufgerissenen Eingeweiden dicker Rauch quoll. Perkins ließ das Feuer einstellen. Niemand, der sich dort drinnen befunden hatte, konnte noch am Leben sein, es sei denn, er hätte einen Vollplastanzug getragen, doch Perkins bezweifelte, daß sie sich während des Fluges hierher welche hätten besorgen können.

Trotzdem vermochte er seltsamerweise keinerlei Befriedigung zu empfinden. Zu stark war das Gefühl, daß hier irgend etwas nicht stimmte. Er gab den beiden Männern, die draußen das tragbare Geschütz bedient hatten, auf, das Taxi zu untersuchen, und seine Unruhe war so groß, daß auch er ausstieg und sich dem qualmenden Wrack näherte. Der beißende Gestank von verkohlten Materialien vermischte sich mit dem fahlen Geruch des Löschschaums.

Die automatischen Löscheinrichtungen des Flugdecks waren längst angelaufen und erstickten den Brand im Ansatz. Irgendwo heulten Feuersirenen auf. Perkins wußte, daß es an der Zeit war, von hier zu verschwinden, aber ehe er das tat, brauchte er Gewißheit.

Der aufquellende Löschschaum verklebte die zusammengeschmolzenen Fensteröffnungen, und so mußten seine Leute das lädierte Schott aufbrechen, um einen Blick ins Innere werfen zu können.

Mit gezogener Waffe, die ihm sicherlich wenig genutzt hätte, wenn die Insassen tatsächlich Vollplastanzüge getragen hätten, stieg Perkins hinein. Seine Vorsicht war unnötig. Hier drinnen gab es niemanden, der ihm hätte gefährlich werden können.

Mehr noch – im Innenraum der Maschine gab es überhaupt niemanden. Weder lebend noch tot.

Das Flugtaxi war leer. Keine Spur von den entflohenen Gefangenen.

Als die kleine Lampe des Kommunikators auf Lafayettes Arbeitstisch zu blinken begann, mußte der Botschafter sich gewaltsam zwingen, zumindest zwei Sekunden zu warten, um seinem Adjutanten gegenüber nicht den Eindruck zu vermitteln, er hätte die ganze Zeit geradezu fiebernd vor dem Gerät darauf gewartet, daß er sich endlich meldete – wie er es tatsächlich getan hatte.

»Was gibt's, Perkins?« rief er, als er die Verbindung angenommen hatte. »Hatten Sie Erfolg?« Und jeder von ihnen beiden wußte, wie er die Frage gemeint hatte.

»Leider nein, Sir«, kam Perkins' Antwort.

Lafayette erstarrte.

»Sind . . . sind sie Ihnen etwa entwischt?«

»Nein, Sir, sie sind erst gar nicht hier angekommen. Das Flugtaxi war leer.«

»Aber, wie ...?«

»Das haben wir inzwischen feststellen können, Sir«, gab Perkins Auskunft. »Während des Herfluges haben sie von ihrem Taxi aus ein zweites gebucht, das eine Zeitlang ganz dicht neben ihnen hergeflogen ist. Ich nehme an, daß sie in der Luft umgestiegen sind.«

»Dann verlieren Sie keine Zeit«, Lafayette schnaufte ärgerlich, »sondern fliegen Sie sofort dorthin, wo dieses Taxi runtergekommen ist. Sie haben das doch ebenfalls feststellen lassen, oder?«

»Das habe ich, Sir.« Ein Räuspern drang aus den Lautsprechern. »Es gibt da nur ein kleines Problem. Dieses zweite Taxi hatte wiederum Kontakt mit zwei anderen, und jedes von diesen mit zwei weiteren, und so weiter. Insgesamt über zwei Dutzend, und theoretisch könnten sie in jedem davon stecken. So viele Leute, um alle Landepunkte abzudecken, habe ich hier nicht zur Verfügung.«

Lafayette fühlte hilflose Wut. Ausgetrickst! dachte er. Die Strafgefangenen hatten ihn ausgetrickst. Ihr Verhalten bewies, daß sie mit einem heißen Empfang gerechnet hatten – ein Zeichen mehr, daß sie wußten, was hier gespielt wurde. Und das machte die Sache nicht gerade einfacher.

Trotzdem – er hatte gar keine andere Wahl, als sie zu finden. Denn sonst hätte er sich bei *Faktor 4* melden und sein Versagen eingestehen müssen. Und was das für Konsequenzen hätte, war ihm nur zu deutlich klar.

Mehr noch, er war sich sicher, daß *Faktor 4* die Geschehnisse aus der Ferne verfolgte und mit Sicherheit vom Scheitern dieser Aktion erfuhr. Und damit erhob sich die unangenehme Frage, wieviel Zeit *er* Lafayette noch zugestehen würde, um diese Angelegenheit zu bereinigen.

»Kommen Sie vorläufig hierher zurück«, befahl der Botschafter schweren Herzens. Etwas anderes blieb ihm nicht übrig. Einstweilen waren seinen Leuten die Hände gebunden. »Und sobald Sie die einzelnen Landepunkte der Taxis lokalisiert haben, klappern Sie sie alle nacheinander ab. So eine buntgemischte Gruppe ist viel zu auffällig, um spurlos unterzutauchen.«

»Jawohl, Sir.«

Synfile 4

Eine Sache der Ehre

Cedric sah aus dem Seitenfenster des Lufttaxis auf den Feuerzauber herab, den Perkins' Männer auf der Landeplattform des ESCAPADE veranstalteten. Ein Zug von grimmiger Genugtuung flog über sein Gesicht.

»Meine Güte!« entfuhr es Sheryl, und in ihrer Miene spiegelte sich Entsetzen über die Vorstellung, sich noch immer in dem Taxi dort unten zu befinden. Zuerst hatte sie Cedrics Vorschlag, einen halben Kilometer über dem Boden von einem Taxi ins andere zu klettern, als überflüssigen Versuch abgetan, sich den Hals zu brechen – jetzt aber mußte sie zugeben, daß er einmal mehr den richtigen Riecher gehabt hatte.

»Wenn uns bis jetzt eine Bestätigung gefehlt hat, daß die Hintermänner des Überfalls tatsächlich auf *Sankt Petersburg Zwei* sitzen«, kommentierte Maylor ungerührt, »da unten ist sie. Oder glaubt jemand von Euch, daß das da unten die übliche hiesige Begrüßungszeremonie ist?«

Cedric wandte sich vom Fenster ab. Er hatte genug gesehen.

»Computer!« sprach er in Richtung der Mittelkonsole. »Abdrehen. Wir fliegen weiter.«

»*Bitte geben Sie neuen Zielpunkt an*«, säuselte die freundliche Computerstimme. Cedric hob die Schultern.

»Erst mal da lang«, meinte er und deutete zur Frontscheibe hinaus.

»Bitte definieren Sie die zeitliche Bezugsgröße von ›erst mal‹ und die räumliche Bezugsgröße von ›da lang‹ genauer!«

Cedric seufzte. Er hatte schon immer gewußt, was er an diesen elektronischen Gehirnen am allerwenigsten leiden konnte. Daß sie nämlich schlicht und einfach blöd waren!

»Wir fliegen so lange geradeaus, wie das Restgeld reicht oder wir neue Anweisungen geben!«

»Bestätigt.«

Cedric wandte sich den anderen zu, während das Taxi wieder beschleunigte und über die endlos anmutenden Dächer der Giga-Stadt schwebte. Langsam brach über *Sankt Petersburg Zwei* die Nacht herein. Obwohl es auf diesem Teil des Planeten nie gänzlich dunkel wurde. Dazu strahlten die Städte zuviel Licht ab, das wie eine Glocke über den Straßenzügen schwebte, und hoch oben erhellten großflächige Werbeprojektionen den Himmel.

»So, wie geht's nun weiter?« fragte Sheryl. Cedric hörte diese Frage nicht zum ersten Mal von ihr, und auch der leicht säuerliche Tonfall, in den sie dann stets verfiel, erschien ihm schon vertraut.

»Was wir am dringendsten brauchen, ist eine halbwegs sichere Bleibe, von der aus wir ungestört operieren können«, sagte er. »Und etwas weniger Auffälliges zum Anziehen.«

»Operieren?« wiederholte Sheryl stirnrunzelnd und mehr zu sich selbst gewandt. »Was um alles in der Welt meinst du mit operieren?«

»Wir sollten uns ein Hotel in einem der weniger vornehmen Viertel suchen«, schlug Nabtaal vor. »Dort ist die elektronische Überwachung nicht so lückenlos wie in dieser Gegend hier.«

Cedric sah den Freischärler erstaunt an. Endlich mal etwas aus dessen Mund, das nach einer vernünftigen Anregung klang. Er nickte zustimmend.

»Weiß jemand, wo wir ein derartiges Viertel finden?« fragte er.

»Darf ich einen Vorschlag machen?« meldete Kara-Sek sich überraschend zu Wort. Alle Blicke wandten sich verblüfft in dessen Richtung. Es war absolut ungewöhnlich, daß der Yoyodyne von sich aus das Wort ergriff. Meist beschränkte er sich darauf, die Anweisungen zu bestätigen, die Cedric ihm gab.

»Nur raus damit«, forderte Cedric ihn auf, und mit einem leicht spöttischen Seitenblick auf Nabtaal fügte er hinzu: »Bei uns hier herrscht Demokratie. Da kann jeder sagen, was er will.«

»Schön wär's!« meinte Nabtaal prompt. »Ich erinnere euch nur daran, wie ihr mich angebrüllt habt, als ich euch erzählen wollte, was . . .«

»Nabtaal!« rief Sheryl ärgerlich. »Bitte nicht schon wieder! Man kann es auch übertreiben.«

»Seht ihr!« rief der Freischärler mit bedeutungsvoll erhobenem Zeigefinger. »Genau das meine ich.«

Cedric winkte ärgerlich ab. Mit einer Kopfbewegung bedeutete er Kara-Sek zu sprechen.

»Hier in der Nähe gibt es ein Stadtviertel, das vorwiegend von Leuten unseres Sternenreiches bewohnt wird«, erklärte der Yoyodyne.

»Stimmt«, sagte Maylor. »Ich habe schon davon gehört. Yoyo-Town, wenn ich mich recht erinnere.«

Kara-Sek bedachte Maylor mit einem unfreundlichen, fast feindseligen Blick. Die Kurzform ›Yoyo‹ wurde im allgemeinen als Schimpfname für Angehörige dieser Sternenfraktion gebraucht.

Maylor hob beschwichtigend die Hände.

»Nur nicht aufregen, okay?« meinte er. »Ich habe nur wiedergegeben, wie dieses Viertel normalerweise genannt wird. War kein bißchen persönlich gemeint.«

Kara-Sek schürzte die Lippen und machte ein Gesicht, als wolle er sich nichtsdestotrotz auf den ehemaligen Kommandanten der FIMBULWINTER stürzen. Soweit Cedric Cyper sich mittlerweile in der Mimik der Yoyodyne auszukennen glaubte, war das ein Zeichen, daß Kara-Sek die Entschuldigung annahm.

»Und?« forderte er ihn zum Weiterreden auf.

»Ich könnte uns dort sicherlich eine sichere Bleibe besorgen«, fuhr Kara-Sek fort. »Und kein Angehöriger einer anderen Fraktion würde jemals von einem meiner Brüder etwas darüber erfahren.«

»Nun ja«, meinte Cedric nachdenklich. Er hatte diese Möglichkeit noch gar nicht ins Auge gefaßt. Das war kein so schlechter Vorschlag. Und außerdem – egal, was man von ihm hielt, eine derartige Idee war immer noch besser als gar keine. »Warum nicht?« Die Frage galt in erster Linie den anderen.

Sheryl wiegte nachdenklich den Kopf, Nabtaal nickte überzeugt, Duncan sabberte irgend etwas vor sich hin, und von Omo war sowieso keine eigene Meinung zu erwarten; nur Maylor machte ein skeptisches Gesicht.

»Du denkst doch nicht wirklich daran, auf den Vorschlag einzugehen?« flüsterte er so leise, daß es nur für Cedrics Ohren bestimmt war. »Man hat uns damals dringlichst davor gewarnt, auch nur einen Fuß in dieses Viertel zu setzen. Was, wenn man dort nur darauf wartet, uns die Kehlen durchzuschneiden, um sich anschließend dann die Beute zu teilen? Oder warum sollte man uns nicht für ein paar Credits an unsere Verfolger verraten, wenn die ein Kopfgeld aussetzen?«

»Weil bei uns das Wort Ehre noch von Bedeutung ist«, erklärte Kara-Sek stolz und bewies, über welch ausgezeichnetes Gehör er verfügte. »Bei uns würde niemand einen anderen Angehörigen seines Volkes hintergehen oder verraten, wie es bei euch Sarday'kin anscheinend tagtäglich vorkommt.«

Maylor machte ein abweisendes Gesicht. Für ihn schien dieses Argument nicht zu gelten. Cedric mußte unwillkürlich an das Mißtrauen denken, das man ihnen während ihrer Ausbildung den Yoyodyne gegenüber eingeimpft hatte. Vielleicht würde Maylor anders darüber denken, wenn er wie Cedric zwei Jahre lang zusammen mit diesen Leuten in den Byranium-

Minen verbracht und deren strengen Verhaltenskodex näher kennengelernt hätte. Er glaubte spüren zu können, daß sie dem Yoyodyne vertrauen konnten. Das war natürlich bei weitem keine Gewähr, daß er auch recht behalten würde, aber es war immerhin etwas.

»Ich muß auch sagen, daß sich das gar nicht so schlecht anhört«, meinte Sheryl, die gleichermaßen über persönliche Erfahrungen mit Angehörigen dieser Fraktion verfügte. Sie schoß einen scharfen Blick in Maylors Richtung ab. »Ich jedenfalls vertraue eher Kara-Sek als einem Sarday'kin-Commander, den ich gerade mal seit zwei Tagen kenne.«

»Gut, meinetwegen«, gab sich Maylor geschlagen. »Eigentlich ist es ja auch egal, wo und wie wir draufgehen. Warum also nicht in Yoyo-Town?«

Auf Cedrics Aufforderung hin gab Kara-Sek dem Bordcomputer die neuen Koordinaten, und der Gleiter machte eine scharfe Linkskurve.

Während sie sich ihrem Ziel näherten, begann sich die Stadt unter ihnen allmählich zu verändern. Sie verlor mehr und mehr von ihrem Glanz und der aufgesetzten Pracht, bis das, was unter dem Gleiter entlangzog, schließlich nur noch heruntergekommen wirkte. Als sie dem angegebenen Zielpunkt näher kamen, verlangsamte das Taxi den Flug und sank in die Straßenschluchten hinunter. Auf einem dunklen Platz, der lediglich von einigen wenigen flackernden Werbetafeln umrandet war, setzte er schließlich auf.

»*Ich hoffe, Sie hatten einen angenehmen Flug*«, verkündete die freundliche Computerstimme, während sich das Schott öffnete. »*Ihr Restguthaben beträgt 17 Credits. Da eine Barauszahlung momentan aufgrund eines technischen Defekts nicht möglich ist, können Sie diesen Betrag jederzeit in unserer Zentrale . . .*«

»Vergiß es!« rief Cedric. Zusammen mit den anderen stieg er aus. »Betrachte es als Trinkgeld.«

Der Bordcomputer gab tatsächlich ein »*Danke, sehr freund-*

lich, Sir!« von sich, ehe sich das Schott schloß. Sekunden später hob das Taxi wieder ab und verschwand im wimmelnden Gleiterverkehr, der hoch über ihnen den Nachthimmel beherrschte.

Maylor blickte sich mit säuerlichem Gesicht um, als hätte er erwartet, geradewegs im Vorhof der Hölle zu landen – und damit recht behalten. Ganz in der Nähe hielten sich ein paar nicht gerade vertrauenerweckend aussehende Yoyodyne auf, die wie frischgebackene Unternehmensgründer wirkten, die sich in der Branche Raub und Überfall selbständig gemacht hatten.

»Dort entlang.« Kara-Sek deutete auf einen Straßenzug, der auf dem Platz mündete, und setzte sich in Bewegung. »Folgt mir.«

Er führte sie weiter. Auf den Straßen trieb sich allerlei Volk herum. Man sah einfache Passanten, Straßenhändler, die ihre Waren mehr oder minder verstohlen anpriesen, und herumlungernde Gestalten, die nur auf einen Anlaß für eine Schlägerei zu warten schienen. Der weitaus überwiegende Teil bestand aus Yoyodyne, aber es waren auch ein paar Freischärler oder Cybertechs darunter. Nur Sarday'kin sah man hier nirgends. Kein Wunder, wenn man daran dachte, daß das Verhältnis dieser beiden Fraktionen ständig zwischen kaltem und heißem Krieg pendelte.

Dementsprechend unfreundlich wurden sie gemustert, und wenn es trotzdem niemand wagte, sie zu behelligen, so lag das sicherlich vor allem an Omo. Der Anblick einer solchen Kampfmaschine war selbst auf *Sankt Petersburg Zwei* nicht alltäglich. Es gab, soweit Cedric von seinem letzten Besuch wußte, nur ein paar wenige yoyodynische Würdenträger, die sich eine *Humsz*-Züchtung als Leibwächter leisten konnten; ansonsten konnte man sie allerhöchstens in zwielichtigen Clubs sehen, in denen diese Giganten gegeneinander antraten.

Bald erreichten sie ein mehrstöckiges Gebäude, das aussah, als wäre der letzte Fassadenanstrich schon seit mindestens fünfzig Jahren überfällig. Auf einem flackernden Leuchtschild über dem Eingang befanden sich yoyodynische Schriftzeichen, die Cedric nicht zu lesen vermochte. Wahrscheinlich der Name des Hotels.

Kara-Sek führte sie zielstrebig in eine weiträumige Vorhalle. Die Wände waren in nüchternem Weiß gehalten, und auch das schmucklose Interieur machte einen spartanischen Eindruck. Offenbar der vorherrschende yoyodynische Stil.

»Wartet hier«, wies Kara-Sek sie an. »Ich werde mit dem Inhaber reden.«

Er ging auf ein Pult zu, hinter dem ein in ein prächtiges, kimonoähnliches Gewand gekleideter Yoyodyne stand, der sein schwarzes Haar ebenso streng zurückgekämmt und zu einem Zopf zusammengebunden trug wie Kara-Sek. Die beiden begannen eine Unterhaltung, und ab und an blickte der andere Mann in ihre Richtung.

»Mir wäre wohler, ich wüßte, was die da reden«, knurrte Maylor leise. »Wahrscheinlich handeln sie gerade den Preis für unsere Köpfe aus.«

»Zumindest wäre ein Kopf darunter, der so leer ist, daß es bei ihm nicht viel zu handeln gäbe«, stichelte Sheryl in Maylors Richtung.

»Aber, Sheryl«, protestierte Nabtaal, »ich weiß gar nicht, was ich dir jetzt wieder getan . . .«

»Mund zu, Hohlkopf«, zischte sie. »Ausnahmsweise warst du nicht damit gemeint.«

Cedric Cyper achtete nicht auf das Wortgeplänkel, sondern sah sich in der Halle um. Bis auf das Gespräch zwischen Kara-Sek und dem vermeintlichen Inhaber waren sämtliche Unterhaltungen verstummt. Alle Köpfe hatten sich in ihre Richtung gewandt, und die Blicke, die sie trafen, wirkten nicht gerade freundlich. Eine frostige Stimmung hatte sich ausgebreitet, schon von dem Augenblick an, in dem sie hereingekommen waren. Und Cedric hatte das ungute Gefühl, als gelte die Feindseligkeit zu allererst Sheryl, Maylor und ihm selbst – den Sarday'kin unter ihnen. Der Ärger lag so deutlich in der Luft, daß man ihn beinahe mit Händen greifen konnte.

Wie aufs Stichwort stand einer der Yoyodyne, ein kleiner drahtiger Kerl, auf und näherte sich ihnen.

Wer sagt's denn? dachte Cedric. Da kam der Ärger schon angelaufen.

Nur wenige Schritte entfernt von ihnen blieb der Yoyodyne stehen, spuckte verächtlich aus und sah sie mit herausfordernd vorgerecktem Kinn an.

»Der Gestank, der hier drinnen plötzlich unsere Nasen beleidigt, ist wirklich fürchterlich«, rief er, so laut, daß er sich der Aufmerksamkeit seiner Landsleute gewiß sein konnte. »Es ist ein Gestank von Falschheit, Dummheit und Feigheit! Und er schreit zum Himmel.«

Diese Worte galten eindeutig Sheryl, Cedric und Maylor.

»Ganz ruhig«, meinte Cedric zu den anderen beiden. »Laßt ihn ruhig reden. Kein Grund, sich aufzuregen.«

»Was ist?« rief der Yoyodyne. »Habt ihr keinen Mumm, mir zu antworten?«

Sheryl hauchte demonstrativ ihre Fingernägel an und polierte sie an ihrer Jacke.

»War da eben was?« fragte sie unschuldig. »Mir war so, als hätte ich da eben etwas gehört.«

Cedric fand, daß man es auch übertreiben konnte. Eine Disziplin, die die Sarday'kin mit dem chromfarbenen Haar geradezu meisterhaft beherrschte.

»Hah«, stieß der Yoyodyne verächtlich aus. »Ich habe gleich gewußt, daß ihr zu feige sein würdet, eure Ehre zu verteidigen. Drei von euch auf einem Haufen, und trotzdem seid ihr zu ängstlich, um es mit einem einzigen Gegner aufzunehmen. Pah, Abschaum!«

Erneut spuckte er aus und traf zielsicher Maylors Stiefelspitze. Maylor sah mit gefährlich zusammengekniffenen Lidern erst auf seinen Schuh und dann auf den Yoyodyne. Cedric kannte seinen ehemaligen Freund gut genug, um zu wissen, daß er so etwas nicht auf sich sitzen lassen würde. So ruhig und beherrscht er ein Raumschiff selbst durch die gefährlichsten Situationen zu steuern und befehligen vermochte, so sehr brachte ihn eine persönliche Provokation auf die Palme. Als er tief Luft holte und auf den Yoyodyne zutreten wollte, hielt Cedric ihn vorsorglich an der Schulter fest.

»Nur nicht provozieren lassen«, mahnte er. »Das ist doch genau das, was der Bursche will.«

»Aber er hat . . .« begann Maylor empört.

»Wir müssen uns ohnehin neue Kleidung besorgen, da kommt es darauf doch auch nicht mehr an, oder?«

»Du bist also derjenige, der den anderen befiehlt«, stellte der Yoyodyne fest und stellte sich direkt vor Cedric hin. »Das größte Großmaul von allen. Wollen wir doch mal sehen, ob du mehr kannst, als nur großartige Worte auszuspucken, *Sardaykin!*« So, wie er das letzte Wort betonte, war es eindeutig als Beleidigung gedacht. »Wie würdest du reagieren, wenn ich dich auffordere, gegen mich zu kämpfen? Von Mann zu Mann.«

Cedric hütete sich davor, einen Fehler zu machen. Er wußte, daß die Angehörigen dieser Fraktion durchweg perfekt geschulte Einzelkämpfer und ohne weiteres in der Lage waren, Knochen mit bloßen Händen zu brechen.

»Weshalb sollte ich das tun wollen?« fragte er vorsichtig.

»Weil ich dich dazu herausfordere«, erwiderte der Yoyodyne bestimmt. »Weil ich deine Ehre in Frage stelle!«

Cedric sah den Mann abschätzend an.

»He«, meinte Sheryl unsicher. »Du willst das doch nicht wirklich tun. Denk daran, was du uns eben noch gesagt hast!«

»Also?« Der Yoyodyne grinste Cedric geringschätzig an. »Wie wirst du dich entscheiden? Bist du Manns genug, die Herausforderung anzunehmen, oder verkriechst du dich wie ein Hund, der den Schwanz einklemmt und sich jaulend versteckt?«

Auf Cedrics Lippen erschien ein ironisches Lächeln.

»Also gut«, meinte er. »Meinetwegen.«

Die Miene des Yoyodyne erhellte sich. Sie drückte Zufriedenheit aus und die Vorfreude darauf, was er mit Cedric anzustellen gedachte.

Cedric erhob den Zeigefinger.

»Aber bevor wir anfangen, möchte ich dir erst noch meinen Adjutanten vorstellen«, sagte er. Er schnippste mit Mittelfinger und Daumen, ohne seinen Blick von dem Yoyodyne zu nehmen. »Omo?«

Hinter Cedrics Rücken erklang ein bestätigendes Grunzen, das gleichzeitig die Frage beinhaltete, was denn zu tun wäre.

»Komm doch mal her«, sagte Cedric.

Mit Befriedigung registrierte Cedric, wie sich die Augen des Yoyodyne erschrocken weiteten, als die *Humsz*-Züchtung wie ein riesiger Schatten vor ihm aufwuchs. Omos rechte Hand öffnete und schloß sich spielerisch, als zerquetsche er imaginäre Kokosnüsse.

Der Yoyodyne starrte Cedric ungläubig an und schien kaum fassen zu können, daß ein Angehöriger einer anderen Fraktion imstande war, einer solchen Züchtung zu befehlen. Schnell kreuzte er die Arme vor den Schultern und verbeugte sich unterwürfig.

»Verzeiht, Herr«, sagte er, »daß ich es wagte, meine Stimme gegen Euch zu erheben. Erlaubt mir, mich zu entfernen.« Cedric fragte sich, was der Mann wohl täte, wenn er es ihm nicht erlaubte. Seppuku?

Er nickte ihm großzügig zu, nicht ohne gewisse Befriedigung, und sah zu, wie der Yoyodyne eiligst verschwand – getreu dem Richtsatz, daß ein ehrenvoller Rückzug auch eine Möglichkeit war, sich aus dem Staub zu machen. Cedric konnte sich nicht helfen, irgendwie erinnerte er ihn an einen Hund, der sich mit eingezogenem Schwanz jaulend verkroch. Auch die anderen Yoyodyne hatten sich wieder ihren eigenen Angelegenheiten zugewandt, wie er bemerkte. Alle taten so, als hätte es nie einen Vorfall gegeben.

Kara-Sek kam zu ihnen zurück.

»Es ist alles geregelt«, erstattete er Bericht. »Wir bekommen für die nächsten Tage eine weitläufige Suite.«

Kurz darauf kam auch der Yoyodyne, mit dem er gesprochen hatte, zu ihnen und geleitete sie hinauf in den ersten Stock. Es erwies sich, daß Kara-Sek nicht zuviel versprochen hatte. Die Suite, in die er sie führte, bestand aus einem großen Gemeinschaftsraum und mehreren weiteren Zimmern. Genügend Platz, daß jeder von ihnen eine ruhige Ecke zur Verfügung hatte.

»Nicht schlecht!« lobte Sheryl, nachdem der Inhaber sie alleingelassen hatte. Sie ließ sich in die Sitzecke fallen, lehnte sich weit zurück und verschränkte die Arme hinter dem Kopf. »Heh, das Ding hier ist ja richtig weich. Ziemlich lange her, daß ich das letzte Mal auf so was gesessen habe. Wenn ich also in den nächsten Minuten einschlafe – weckt mich bitte nicht!«

»Wie hast du den Eigentümer überredet, uns hier unterzubringen?« fragte Cedric an Kara-Sek gewandt. »Will er denn gar keine Bezahlung haben?«

»Natürlich will er die«, erwiderte der Yoyodyne. »Und ich habe ihm zugesagt, daß er für seine Dienste großzügig entlohnt wird.«

»Klar, wirf ruhig mit Geld umher, das wir nicht haben«, bemerkte Maylor. »Darf ich daran erinnern, daß meine Credit-Card in diesem verfluchten Taxi steckengeblieben ist?«

»Ich glaube nicht, daß es uns an Mitteln fehlt, den Inhaber zu entlohnen«, sagte Kara-Sek und warf einen Blick auf Omo, der den Koffer mit dem Byranium bei sich hatte. »Schließlich tragen wir genügend Geld mit uns herum, um nicht nur diese Suite zu bezahlen, sondern mehr als tausend dieser Hotels zu kaufen.«

»Der Koffer. Richtig.« Sheryl beugte sich interessiert vor und hob die Augenbrauen. »Über den Koffer sollten wir einmal reden.« Cedric Cyper nickte nachdenklich. Er hatte gewußt, daß dieses Thema früher oder später auf den Tisch kommen würde. Der Zeitpunkt rückte näher, da sich ihre Wege trennen würden. Ihr Team war eine Angelegenheit auf Zeit gewesen, das hatte von Anfang an festgestanden. Jetzt, da sie *Sankt Petersburg Zwei* erreicht hatten und ihre Flucht ein Ende gefunden hatte, gab es keinen Grund, noch länger zusammenzubleiben.

Im Gegenteil, es war erheblich leichter, als Einzelperson unterzutauchen.

»Vor allem sollten wir darüber reden, was jeder von uns in Zukunft vorhat«, sagte er. Sein Blick wanderte von einem zum anderen.

»Was ich vorhabe, kann ich dir zwar nicht genau sagen«, meinte Sheryl. »Dafür aber um so genauer, was ich *nicht* vorhabe.« Sie deutete auf Cedric und Maylor. »Nämlich zusammen mit euch beiden Jagd auf irgendwelche dubiosen Hintermänner zu machen. Das ist es doch, was ihr vorhabt, nicht wahr?«

Cedric machte eine vage Geste. Was sollte er sagen? Zumindest was ihn selbst anging, stimmte das.

»Maylor?« fragte er.

Der Angesprochene schürzte die Lippen.

»Ich denke, Sheryl hat schon ganz recht«, erklärte er. »Mir ist nicht danach, mich einfach so zu drücken, ohne vorher versucht zu haben, ein wenig in dem Rattennest herumzustochern und zu sehen, ob da was an die Oberfläche kommt.«

»Schön.« Cedric war froh, es zu hören. Bedeutete es doch, daß er nicht ganz allein stehen würde. Seltsam, in den letzten zwei Jahren, die er nicht zuletzt dank Maylors Aussage auf Hadrians Mond verbracht hatte, hatte sein ehemaliger Freund zu den meistgehaßten Personen gehört. Und jetzt standen sie erneut Seite an Seite, selbst wenn das ihre Freundschaft nicht zurückbringen würde.

»Genau das meinte ich«, sagte Sheryl. »Ihr könnt einfach nicht auf euch sitzenlassen, was geschehen ist. Euer Glaube an das System ist so groß, daß ihr sogar bereit seid, zu zweit gegen einen Riesenapparat anzutreten. Und warum?« Sie schüttelte den Kopf. »Nur weil ihr hofft, anschließend wieder ins System integriert zu werden. Weil ihr euch freut, wieder das kleine

Rädchen spielen zu dürfen, das ihr früher mal gewesen seid. Applaus, Applaus! Das Flottenkommando wäre bestimmt stolz, wenn es euch so reden hören könnte. Nun ja, meinetwegen. Es ist eure Sache. Was allerdings mich betrifft, so bin ich mit den Sarday'kin fertig. Ich bin froh, meinen Hintern aus den Byranium-Minen gerettet zu haben und werde einen Teufel tun, ihn noch einmal für irgend etwas hinzuhalten.«

Unwillkürlich mußte Cedric an ihre gemeinsamen Stunden auf Hadrians Mond denken. Wie lange lag die letzte davon jetzt zurück? Tage, Wochen, Monate? Die Erinnerung verwischte sich bereits. Alles, was mit Hadrians Mond zusammenhing, war kaum mehr als ein dunkles, tiefes Loch.

Worüber beschwerte er sich überhaupt? Er hatte die ganze Zeit über gewußt, daß ihre Gemeinschaft lediglich aus der Not und der Gefangenschaft geboren gewesen war. In Freiheit mußte ihre Verbindung zwangsläufig auseinanderbrechen.

Offenbar ahnte Sheryl, welche Gedanken ihn bewegten.

»Was währt schon ewig?« meinte sie, und für seinen Geschmack klang es etwas zu gleichgültig.

»Was willst du statt dessen tun?« fragte Maylor.

»Keine Ahnung.« Sie hob die Schultern. »Vielleicht besorge ich mir eine Schiffspassage zu irgendeinem abgelegenen Planeten. Oder ich heuere bei einer der Söldnergilden an. Für eine Frau mit meinen Fähigkeiten hat man dort sicherlich Verwendung.«

Cedric wußte nicht einmal, welche Fähigkeiten sie meinte. Sie hatte nie ein Wort darüber verloren, was sie vor ihrer Zeit auf Hadrians Mond gemacht hatte. Ihre Reaktionen während der Flucht legten allerdings nahe, daß sie eine militärische Ausbildung erfahren hatte.

Er wandte sich Kara-Sek zu.

»Was ist mit dir? Was wirst du tun?« Und mit einem Kopfnicken in Omos Richtung ergänzte er: »Was werdet *ihr* tun?«

Der Yoyodyne verneigte sich leicht.

»Was immer du uns aufträgst«, erwiderte er.

»Nein, ich meine, wie sieht eure Zukunftsplanung aus?« stellte Cedric richtig. »Wollt ihr in euer Reich zurückkehren?«

»Du weißt, daß wir dir gegenüber verpflichtet sind. Taifan hat dir einen Treueeid gegeben, und daran sind wir ebenso gebunden, wie er es war.«

Taifan war ein dritter Yoyodyne gewesen, der in der strengen Hierarchie dieses Volkes über den beiden gestanden hatte. Er hatte auf der Flucht sein Leben gelassen, aber zuvor hatte Cedric ihm das Leben gerettet, und so hatte er Cedric gegenüber einen Treueeid abgelegt, der nun auch für Kara-Sek und Omo galt.

»Ja«, erwiderte er. »Aber ihr könnt mir ja nicht ewig hinterherlaufen. Also, wie kann ich euch beide aus diesem Treueeid entlassen? Damit ihr wieder zurück zu euren Leuten könnt.«

»Das kann ich dir nicht sagen«, antwortete Kara-Sek.

»Was heißt das? Kannst oder willst du es nicht?«

»Ich darf nicht. Unser Ehrenkodex verbietet es mir. Niemand darf davon zu Angehörigen einer anderen Fraktion sprechen.«

Cedric atmete ein paarmal tief durch. War denn dieser ominöse Kodex einzig und allein dazu da, einem das Leben unnötig schwerzumachen?

»Aber irgend jemanden in der weiten Welt muß es doch geben, der mir das sagen kann!« rief er. »Und den werde ich dann eben fragen.«

»Ja, so jemanden gibt es«, sagte Kara-Sek. »Die sogenannten *Nikkei* Priester. Allein sie dürfen, sofern sie es für angebracht halten, zu einem Uneingeweihten über derartige Dinge sprechen.«

»Na prima«, meinte Cedric aufatmend. »Und wo finde ich diese *Nikkei*-Typen?«

»Auf den inneren sieben Welten unserer Fraktion. Dort befinden sich ihre Tempel, auf jeder Welt einer.«

Cedric schluckte. Na, wunderbar! Die inneren sieben Welten der Yoyodyne. Die Zentralgestirne ihres Reiches. Bis dorthin war noch kein Sarday'kin gekommen. Jedenfalls nicht lebendig.

»Und sonst?« fragte er verzweifelt. »Es muß doch sonst noch etwas geben, was euch aus dem Eid entläßt.«

»Ja, das gibt es.«

»Schön. Und was?«

»Der Tod«, erwiderte Kara-Sek huldvoll.

Sackgasse! hallte es in Cedrics Kopf.

»Du könntest uns befehlen, uns umzubringen«, ergänzte Kara-Sek, als redete er übers Wetter. »Das wäre die einfachste Lösung für dich.«

»Aber sonst geht's dir gut«, entfuhr es ihm erschrocken. So etwas kam überhaupt nicht in Frage. Er beschloß, das Problem auf später zu verschieben. Der nächste, an den er sich wandte, war Nabtaal.

»Was wirst du tun?«

»Mir geht es wie Sheryl«, antwortete er. »Ich weiß es ebenfalls noch nicht. Vielleicht kehre ich auf die Erde zurück. Mein Status als entflohener Strafgefangener eines Geheimplaneten wird mir sicher viele Chancen eröffnen. Vielleicht schließe ich mich einer Untergrundbewegung an. Oder ich gründe eine Menschenrechts-Kommission oder etwas anderes in der Richtung.« Er sah Cedric und Maylor an. »Andererseits... Ich wäre natürlich auch daran interessiert, wer die Verantwortung für den Überfall auf Hadrians Mond trägt. Vielleicht könnte ich mich ja euch beiden anschließen und...?«

»Nein!« riefen Cedric und Maylor wie aus einem Mund.

Sie sahen sich überrascht an. Offenbar waren sie genau derselben Meinung. Jemand wie Nabtaal hatte ihnen zu ihrem Glück noch gefehlt! Es reichte, daß sie schon Kara-Sek und Omo mit sich herumschleppen mußten.

Nabtaal senkte den Kopf.

»Na ja, was soll's?« meinte er. »Das hatte ich mir fast schon gedacht.«

Cedric unterließ es, Duncan ebenfalls nach seiner Meinung zu fragen. Der Cybertech hatte sich in eine Ecke zurückgezogen und starrte eine der schmucklosen Wandlampen so treuherzig an, als hätte er einen neuen Spielkameraden gefunden.

Duncan war ein echtes Problem. Sie konnten ihn schließlich nicht ewig mit sich herumschleppen. Aber ebensowenig konnten sie ihn sich selbst überlassen. Er war so hilflos wie ein Kleinkind. Auf dieser Welt hätte er keine zwei Tage überlebt. Und es widerstrebte Cedric, den Cybertech, dessen abnormer Geist ihnen mehrfach lebensrettende Hinweise gegeben hatte, dem sicheren Tod zu überlassen. Es wäre sicherlich das beste für ihn, wenn sie ihn in irgendeiner Klinik unterbringen könnten, aber angesichts ihrer eigenen Sorgen bezweifelte er, daß sie die Zeit dafür finden würden.

»Aber eines steht fest«, meldete Sheryl sich erneut, »bevor ich euch verlasse, möchte ich vorher noch meinen Anteil an dem Byranium haben. Oder glaubt ihr, ich hätte mitgeholfen, den Koffer bis hierher zu schleppen, um jetzt leer auszugehen?«

»Als wir in der Rettungskapsel waren, hat es aber nicht so geklungen, als würdest du besonderen Wert auf ihn legen«, stellte Cedric fest.

»Wenn wir dich hätten gewähren lassen«, entgegnete sie schlagfertig, »dann wäre jetzt keiner von uns vieren mehr in der Lage, sich darüber zu streiten.« Sie hob die Hände. »Aber keine Bange, ich erwarte gar nicht, daß wir zu gleichen Teilen ausgezahlt werden. Es ist in erster Linie *dein* Byranium, das ist schon klar.« Schön, daß das klar war, dachte Cedric. »Was ich will, ist nichts anderes als ein kleines Stück, gerade groß genug, um mir damit ein neues Leben aufbauen zu können.« Sie lächelte ihn aufreizend an. »Ich denke, soviel müßte ich dir doch wert sein, oder?«

Keine Frage, sie war es. Er hatte ohnehin nicht vorgehabt, sie um ihren Anteil zu bringen.

»Wir müssen ohnehin einen Teil davon abtrennen, um die gastliche Stätte hier zu bezahlen«, sagte er. »Dafür brauchen wir allerdings jemanden, der sich damit auskennt und über das nötige Gerät verfügt.«

»Da könnte ich vielleicht weiterhelfen«, sagte Kara-Sek. »Ich kenne einen freien Yoyodyne-Händler, der nicht weit von hier mit kostbaren Edelsteinen und Mineralien aller Art handelt. Und der eine Werkstätte für die nötigen Bearbeitungen hat.«

»Die Frage ist nur«, unkte Maylor, »wie vertrauenswürdig der Kerl ist, wenn er einen Brocken dieser Größe vor sich sieht.«

»So vertrauenswürdig, wie jeder Yoyodyne es gegenüber einem anderen ist«, erinnerte Kara-Sek mit scharfer Stimme. Wahrscheinlich, dachte Cedric, hätte er Maylor längst zu einem Zweikampf herausgefordert, wenn der Treueeid nicht gewesen wäre.

»Gut«, beendete Cedric die Diskussion. »Darum und um all die anderen Dinge werden wir uns morgen kümmern. Jetzt sehne ich mich zuallererst nur nach zwei Dingen, nach einem heißen Bad und einem weichen Bett. Und dem ersten, der mich beim Schlafen stört, brenne ich einen mit dem Laser über, kapiert?«

Um die Mittagszeit des nächsten Tages verließen sie zu viert das Hotel. Sie hatten Sheryl, Nabtaal und Duncan zurückgelassen und ihnen eingeschärft, das Haus bis zu ihrer Rückkehr auf keinen Fall zu verlassen – wenn möglich, nicht einmal die Suite. Den Handlaser hatte Cedric bei sich, und ohne eine Waffe, um sich notfalls aufdringliche Straßengangster vom Leib zu halten, wären sie in diesem Viertel nicht besonders weit gekommen. Und im Zweifelsfall hätte Sheryl alleine gestanden. Denn inwieweit Nabtaal oder gar Duncan in der Lage waren, sich ihrer Haut zu erwehren, war ohnehin kaum einen Gedanken wert.

Cedric fühlte sich wie neugeboren. Sie hatten lange geschlafen und gut gefrühstückt, und als er sich nach der Morgentoilette und einer ausgiebigen Rasur im Spiegel betrachtet hatte, hatte er das Gefühl gehabt, daß dort ein vollkommen neuer Mensch vor ihm stehe. Nun gut, seine Wangen waren noch immer eingefallen, die Linien unter den Augen noch tief, aber der Schimmer von Hoffnungslosigkeit, der in den zwei letzten Jahren darin gelegen hatte, war verschwunden.

Mittlerweile waren sie auch mit neuer Kleidung ausgestattet. Kara-Sek hatte es zustande gebracht, daß einer der vielen yoyodynischen Straßenhändler sie in ihrer Suite besucht hatte, und die Kosten für ihre neue Ausstattung waren vom Hotelinhaber vorgestreckt worden. Besonders groß war die Auswahl des Händlers nicht gewesen, jedenfalls für sarday'kinsche Geschmacksvorstellungen. Am besten hatte es noch Kara-Sek getroffen. Er trug jetzt ein weißes Hemd mit weiten Ärmeln, eine schwarze Weste mit goldenen Stickereien und eine weite, knallrote Pluderhose, die in weißen Strümpfen endete. Maylor hingegen hatte einen schlichten schwarzen Overall gefunden und Cedric ein samtrotes Kostüm, das entfernt an eine Phantasieuniform erinnerte. Nicht besonders kleidsam, aber immer noch besser als die zerschlissene Gefangenenkleidung. Und vor allen Dingen weniger auffällig.

Trotzdem, allein das Beisein Omos, der jetzt in ein langes, sackähnliches Gewand gekleidet war, verursachte genügend Aufsehen. Er ragte im wahrsten Sinne des Wortes aus der Menschenmenge heraus, die die Straßenzüge bevölkerte. Da sie noch kein Geld besaßen, hatten sie auf ein Flugtaxi verzichten und zu Fuß gehen müssen. Cedric fragte sich, ob es klug gewesen war, Omo überhaupt mitzunehmen. Aber wer einen Koffer voller Byranium bei sich trug, tat gut daran, jemand wie Omo dabei zu haben. Allein sein Anblick reichte aus, jeden Gedanken eines Straßenräubers, ihnen in die Quere zu kommen, von vornherein zu vertreiben. So gesehen, hätte Cedric seine Laserwaffe durchaus bei Sheryl im Hotel zurücklassen können, aber er hatte nicht gewollt, daß sie die Möglichkeit erhielt, etwas auf eigene Faust zu unternehmen.

Bald erreichten sie das Geschäft, von dem Kara-Sek gesprochen hatte. Es lag in einer der besseren Gegenden in diesem Viertel und war nicht ganz so heruntergekommen wie das

Hotel. In den Auslagen der schmucken Fassade funkelten und schimmerten zahllose Edelsteine. Sie lagen hinter dickem, lasersicherem Plastglas verborgen, und der Eingang wurde zusätzlich von zwei breitschultrigen und schwertbewehrten Yoyodyne gesichert. Es war die bevorzugte Waffe dieser Fraktion.

Als Cedric eintreten wollte, ertönte ein Summen, und einer der beiden Wachen trat ihm in den Weg. Verlangend streckte er die Hand aus.

»Ihre Waffe, bitte!«

Cedric tauschte einen kurzen Blick mit Kara-Sek, und als dieser nickte, zog er den Handlaser unter seiner Jacke hervor. Solange Omo bei ihnen war, benötigten sie ohnehin keine weitere Waffe. Jeder, der von diesen *Humsz*-Züchtungen gehört hatte, wußte auch, daß sie sich auf ein bestimmtes Kommando übergangslos in rasende Kampfmaschinen verwandelten, die selbst von einem halben Dutzend *Terminatoren* nicht zu halten waren.

»Hier!« Er händigte dem Mann den Strahler aus. »Aber gut drauf aufpassen, ja? Den will ich nachher zurückhaben.«

Der Yoyodyne verzog keine Miene und trat zur Seite, um ihn ins Geschäft zu lassen.

Kara-Sek stellte wiederum den Kontakt mit dem Inhaber her, einem kleinen gebeugten Mann mit ergrautem Haar, einem weißen Spitzbart und listigen, kleinen Augen. Sein Name war Herkai-Sar. Er brachte sie in die hinteren Räumlichkeiten, wo die Werkstätten lagen, und sie zogen sich in eine Ecke zurück, in der sie sich in Ruhe unterhalten konnten.

»Meine Ausstattung reicht aus, sämtliche Laserschneidarbeiten ausführen zu können«, antwortete er auf eine entsprechende Frage Cedrics. »Hier seid ihr an der richtigen Adresse.«

»Ein einfacher Laserschneider genügt in unserem Fall nicht«, gab Cedric Cyper zurück. In den letzten zwei Jahren war er, was solche Dinge anging, zum Fachmann geworden. »Im Gegenteil, er würde das Material lediglich zerstören oder eine unvorhersehbare Reaktion auslösen. Für das, was wir hier haben, benötigt man schon einen Kaltlichtlaser.«

»Auch ein derartiges Gerät kann ich mein eigen nennen.« Herkai-Sar sah Cedric überrascht an. »Aber ... im ganzen Universum gibt es kein Dutzend Schmucksteine, für dessen Bearbeitung ein Kaltlaser benötigt wird. Was für ein Material habt ihr bei euch, wofür man so etwas braucht?«

»Omo?« Wieder schnippste Cedric mit dem Finger. »Zeig es ihm!«

Der Riese öffnete den Koffer und zog den Deckel so weit auf, daß der Händler sehen konnte, was sich darin befand. Herkai-Sars Augen weiteten sich voller Fassungslosigkeit, dann streckte er die Arme von sich und wich entsetzt von dem Koffer zurück. »Nein, nicht!« rief er. »Ihr wißt nicht, was ihr da bei euch habt. Das ist gefährlich. Es vermag uns alle umzubringen!«

»Ganz ruhig!« rief Cedric. »Das Byranium ist stabil. Es steht keine Spontanreaktion bevor.«

Herkai-Sar verharrte und beruhigte sich langsam. Er sah unsicher zwischen Koffer und Cedric hin und her, dann blieb sein Blick auf letzterem liegen.

»Wie kommt es, daß du das so genau einzuschätzen vermagst?« fragte er forschend. »Normalerweise können das nur Personen, die intensiv mit diesem Stoff zu tun haben. Und sehr lange Zeit.«

Damit traf er haargenau ins Schwarze, dachte Cedric.

»Nun«, meinte er gedehnt, »sagen wir, daß ich ...«

»... sagen wir«, übernahm Maylor ungeduldig, »daß wir nicht hergekommen sind, um Interviews zu geben, sondern um ein paar Stücke aus dem Brocken schneiden zu lassen. Wenn wir hier nicht richtig sind, müssen wir uns eben nach jemand anderem umsehen.«

»Nein, nein«, versicherte der Händler schnell, »das müßt ihr nicht. Ihr seid hier genau richtig. Ich kann die gewünschten Arbeiten machen. Aber es wird nicht ganz billig sein.«

»Sei unbesorgt!« sagte Cedric. »Du wirst einen angemessenen Lohn erhalten. Hauptsache, es dauert nicht zu lange.«

Herkai-San mußte nicht lange überlegen.

»Kommt«, sagte er knapp und führte sie in den entsprechenden Werkstattraum. »Laßt uns gleich beginnen.«

Knapp zwei Stunden später waren drei Stücke aus dem Brocken herausgetrennt, die nicht einmal ein Zwanzigstel der Gesamtgröße ausmachten. Zusätzlich gab es eine kleine Handvoll Splitterstücke. Die meisten davon überließen sie Herkai-San, zum einen als Lohn für die Arbeit und zum anderen im Austausch gegen eine gewisse Menge Blanko-Credit-Cards, auf denen jeweils eine bestimmte Summe abgebucht werden konnte. Allein das war ein kleines Vermögen, mehr als genug, um sich ein paar Wochen im ESCAPADE einzuquartieren, aber trotzdem hatte der yoyodynische Händler noch ein hervorragendes Geschäft gemacht.

Dementsprechend freundlich verabschiedete Herkai-Sar sie, als sie sein Geschäft verließen. Die Wache händigte Cedric den Strahler anstandslos aus.

Diesmal winkten sie sich ein Flugtaxi heran und flogen vorsichtshalber eine Zeitlang ziellos durch die Giga-Stadt, bis sie sicher sein konnten, daß ihnen niemand folgte. Erst dann gab Cedric dem Bordcomputer ihr eigentliches Flugziel an. Es handelte sich um eine Depotbank, in der sie ein Schließfach buchten und den Koffer verstauten. Dort war das Byranium sicherer, als wenn sie es ständig mit sich herumgetragen hätten. Die abgetrennten drei Brocken nahm Cedric mit sich. Jeder von ihnen war genügend wert, um sich damit eine neue Existenz aufzubauen. Ein Brocken war für Sheryl bestimmt, der zweite für Nabtaal. Cedric konnte nun mal nicht anders; er fand, auch der Freischärler hatte ein Recht darauf. Schließlich war er einer von ihnen, und auch er hatte seinen Anteil daran gehabt, daß sie die Flucht lebend überstanden hatten.

Was er mit dem dritten Brocken anfangen sollte, war Cedric Cyper noch nicht klar. Maylor brauchte ihn einstweilen nicht;

er war inzwischen mit genügend Credit-Cards ausgestattet, und falls er sich absetzen wollte, war immer noch Zeit, ein anderes Stück aus dem Brocken zu schneiden.

Ihr nächster Weg führte sie in ein Waffengeschäft. Als Cedrics Blick über die Ausstellungsstücke in den Auslagen streifte, mußte er im stillen anerkennen, daß es hier auf *Sankt Petersburg Zwei* wirklich alles gab, was dieser Spiralarm der Galaxis an Handfeuerwaffen und ähnlichen Gemeinheiten zu bieten hatte. Er selbst entschied sich für einen superflachen Laser, der zusätzlich kleine, raketengetriebene Sprengsätze verschießen konnte. Ein Modell aus den Hi-Tech-Waffenschmieden der Cybertechs, das dem Händler zufolge gerade eben auf den Markt gekommen war.

Maylor versorgte sich mit einem Strahler, wie er zur Standardausrüstung sarday'kinscher Streitkräfte gehörte. Nicht besonders durchschlagsfähig, aber anscheinend die Waffe, mit deren Handhabung er am meisten Übung hatte. Cedric wählte dann noch zwei weitere Strahler, die für Nabtaal und Sheryl bestimmt waren. Er wußte nicht, ob sie ihren Vorstellungen entsprachen, aber es würde mit Sicherheit genügen, bis sie die für sie bestimmten Byranium-Brocken zu Geld gemacht hatten und in der Lage waren, sich selbst auszurüsten.

Nachdem Cedric ihm signalisiert hatte, daß er sich selbstverständlich ebenfalls ausrüsten dürfe, wählte Kara-Sek ein prachtvolles Schwert mit newtoniumveredelter Klinge. Wie die meisten seiner Landsleute zog er eine solche Waffe jederzeit einem Strahler vor. Unsinnigerweise, wie Cedric fand, denn obwohl die Yoyodyne unübertroffene Meister im Umgang damit waren, waren sie damit doch jedem unterlegen, der zielsicher mit einem Laser zu schießen verstand. Für Duncan eine Waffe kaufen zu wollen erübrigte sich. Der Cybertech hätte sich damit allerhöchstens irgendwelche Körperteile abgetrennt.

Solchermaßen ausgerüstet, verließen sie den Laden, und als Cedric ins Freie trat, wo ihr Flugtaxi noch auf sie wartete, verspürte er ein lange vermißtes Gefühl von Sicherheit und Zuversicht. Doch die Sicherheit, wie sie Waffen vermittelten, konnte sich allzu schnell als trügerisch erweisen.

»Okay«, sagte Maylor, auf dessen Gesicht ein ähnlicher Zug von Erleichterung lag. »Damit hätten wir alle Besorgungen erledigt. Wir können also zu den anderen zurückkehren. Sie warten bestimmt schon sehnsüchtig.«

»Vorher machen wir noch einen kleinen Umweg«, antwortete Cedric. »Wenn wir schon mal unterwegs sind, möchte ich die Gelegenheit nutzen, um noch ein paar Erkundigungen einzuziehen.«

»Worüber?«

»Zum Beispiel ein Schiff namens PFENNIGFUCHSER.«

»Verstehe. Aber wo willst du diese Erkundigungen einziehen?«

»Laß mich nur machen«, sagte Cedric. »Mir ist eingefallen, daß es hier ein Viertel gibt, wo wir eventuell genau das bekommen, was wir brauchen.«

»Ach«, machte Maylor. »Und was bitte brauchen wir?«

»Einen Datensurfer.«

»Einen – was?«

Cedric Cyper lachte und zog Maylor in das Flugtaxi hinein. »Noch nichts von Jugendkultur gehört?« fragte er, und als Maylor ihn nur nichtverstehend ansah, fügte er hinzu: »Komm schon. Du wirst es sehen.«

Ronald Lafayette blickte auf, als Perkins sein Arbeitszimmer betrat. Der Botschafter fühlte sich nicht besonders gut. Seine Augen sahen verquollen aus, und sein Blick, der sich auf Perkins richtete, wirkte unruhig. Er hatte letzte Nacht nur schlecht geschlafen. Es waren die untergetauchten Strafgefangenen, die ihm das Leben schwer machten.

Zu allem Überfluß hatte er heute morgen auch noch eine Botschaft von *Faktor 4* auf seinem Schreibtisch gefunden. Es war eine der üblichen Nachrichten gewesen, ein zusammengefalteter

Zettel aus Spezialpapier, das sich zehn Sekunden nach dem Auseinanderklappen selbst entzündete und in Rauch aufging. Es war der übliche Weg, auf dem *Faktor 4* ihm Anweisungen zukommen ließ. Ein Weg, der allerdings nur in einer Richtung funktionierte. Lafayette hatte keine Möglichkeit, der anderen Seite derartige Botschaften oder Anfragen zukommen zu lassen, einzig für den äußersten Notfall gab es eine Möglichkeit, *Faktor 4* über eine audiovisuelle Leitung zu erreichen, doch wie ungehalten der darauf reagierte, hatte die gestrige Kontaktaufnahme gezeigt. Rückfragen waren in diesem System nicht vorgesehen. Lafayette hatte zu tun, was man ihm sagte. Das war alles, was man von ihm erwartete.

Bis heute war es ihm ein Rätsel, wie die Zettel in sein Büro gelangten. Einer der Botschaftsangehörigen mußte es sein, soviel war ihm klar. Mehr als einmal hatte er eine Mini-Kamera in seinem Arbeitszimmer versteckt, um ihn auf frischer Tat zu filmen, aber dann waren ganz einfach keine Anweisungen gekommen oder er hatte sie statt dessen auf dem Armaturenbrett seines Gleiters gefunden, mit dem nüchternen Nachsatz, solche unnützen Spielchen in Zukunft doch zu unterlassen.

Bis heute war Perkins derjenige, den Lafayette am stärksten unter Verdacht hatte. Einmal hatte er ihn von einem anderen Mitarbeiter mehr als zwei Monate lang überwachen lassen, doch dabei war nichts herausgekommen.

Natürlich war das kein endgültiger Beweis für Perkins' Unschuld. Es war zum Verzweifeln. Je länger Lafayette darüber nachdachte, desto hilfloser kam er sich vor. *Faktor 4* war ihm auf allen Gebieten überlegen.

Zielpersonen lebend festsetzen und nach erfolgter Verhaftung an mich überstellen, hatte auf dem Zettel gestanden. *Nähere Anweisungen zur Übergabe folgen im Erfolgsfall.*

Lafayette hatte so lange darauf gestarrt, daß er sich die Fingerkuppen an dem aufflammenden Papier verbrannt hatte. Noch etwas, was seine Stimmung nicht gerade gesteigert hatte. Ebensowenig wie die empörte Anfrage der Händlerfamilie, der das ESCAPADE gehörte, was die gestrige Aktion zu bedeuten gehabt hatte. Oder die Forderung des Flugtaxi-Unternehmens, Schadenersatz für die zerstörte Maschine und den Abtransport des Wracks zu bekommen.

»Was ist?« rief er seinen Adjutanten voll verborgener Hoffnung. »Was haben Sie bisher erreicht?«

»Wir haben letzte Nacht alle Landepunkte der verschiedenen Flugtaxis unter die Lupe genommen, ohne Ergebnis«, erstattete Perkins Bericht. Lafayette beneidete ihn insgeheim um seine Jugend. Sein Adjutant hatte gewißlich die ganze Nacht über kein Auge zugetan, aber seinem Gesicht war davon nichts anzumerken. »Ein paar wirre Aussagen von Wichtigtuern, das war alles. Ich habe die genauen Flugrouten sämtlicher Taxis anschließend dann noch einmal genau überprüft. Dabei hat sich herausgestellt, daß eine der Maschinen zur Zeit unserer Zugriff-Aktion in unmittelbarer Nähe der Flugplattform des ESCAPADE gewesen ist.«

»Das waren sie!« rief Lafayette leidenschaftlich. Er knirschte mit den Zähnen. Und in Gedanken ergänzte er: Demnach haben sie sich alles mit angesehen. Und nun wissen sie, daß es jemand auf sie abgesehen hat! Hatte sich denn seit gestern alles gegen ihn verschworen?

»Davon bin ich auch ausgegangen, Sir«, redete Perkins weiter. »Und ich habe alle Anstrengungen auf den Landepunkt dieses einen Taxis konzentriert.«

»Gut, Perkins. Und?«

»Leider Fehlanzeige. Die Maschine ist in Yoyo-Town runtergekommen. Und Sie wissen selbst, Sir, wie verstockt diese Schlitzaugen sind. Die lassen sich eher die Zunge ausreißen, als einem Fremden gegenüber den Mund aufzumachen. Aus denen war kein einziges Wort herauszubekommen, gleichgültig, ob wir ihnen gedroht oder sie mit Geld gelockt haben.«

»Verflucht« rief Lafayette. Damit standen die Chancen, sie ausfindig zu machen, so ziemlich gleich Null. Diese Störenfriede hatten sich wirklich die richtige Gegend ausgesucht, um unterzutauchen. »Und das ist alles? Sonst nichts? Kommen Sie, Perkins, bislang haben Sie mich doch noch nie enttäuscht!«

»Etwas gäbe es da tatsächlich noch, Sir. Ein anonymer Anruf.«

»Ja, und?« rief Lafayette ungeduldig.

»Der Anruf kam vor ein paar Minuten bei uns rein. Übers örtliche Telefonnetz. Der Anrufer gab die Adresse eines Hotels in Yoyo-Town an, in dem die gesuchten Personen sich eingemietet haben sollen.«

Die Nachricht ließ Lafayette unwillkürlich hinter seinem Arbeitstisch aufspringen.

»Das ist es doch!« rief er. »Warum haben Sie Ihre Männer noch nicht zusammengesucht und sind dorthin unterwegs?«

»Die Männer stehen selbstverständlich bereit, Sir«, erwiderte Perkins. »Aber natürlich wollte ich Ihren Einsatzbefehl abwarten. Und ich möchte zu bedenken geben, daß eine derartige Zugriffs-Aktion in Yoyo-Town zu beträchtlichen diplomatischen Verwicklungen zwischen uns und der Fraktion der ...«

»Unsinn!« wischte Lafayette den Einwand hinweg. Welche diplomatischen Verwicklungen konnten schlimmer sein als das, was ihm bevorstand, wenn er der Leute nicht habhaft wurde? »Was ist mit Ihnen, Perkins? Sonst kümmern Sie sich doch nicht um solche Dinge.«

»Ich wollte es nur zu bedenken geben, Sir«, sagte der Adjutant steif. »Und außerdem ...« Er zögerte, als wüßte er nicht, ob er es aussprechen sollte.

»Und außerdem?« wiederholte Lafayette.

»Welchen Grund sollte der Anrufer haben, uns diesen Tip zu geben? Was hätte er davon, Sir? Wir haben weder eine Belohnung ausgeschrieben, noch hat er Anspruch darauf erhoben oder sich überhaupt danach erkundigt. Auch die Yoyos dürften die Ankunft der Strafgefangenen registriert haben und auch unsere Aktion im ESCAPADE. Vielleicht wollen sie uns in einen weiteren Zwischenfall verwickeln, um unsere Position hier auf *Sankt Petersburg Zwei* zu schwächen.«

Lafayette dachte kurz nach. Den Yoyos war tatsächlich jede hinterhältige Aktion zuzutrauen, Hauptsache, sie schadete dem Imperium der Sarday'kin. Trotzdem glaubte er nicht so recht daran. Er hielt es noch am ehesten für wahrscheinlich, daß *Faktor 4* mittlerweile eigene Ermittlungen aufgenommen hatte und der anonyme Hinweis von ihm oder einem seiner Männer gekommen war. Aber das konnte er Perkins ja schlecht auf die Nase binden.

»Ach was, uns kann es egal sein, wer uns den Tip gegeben hat«, entschied er. »Halten Sie aber auf jeden Fall die Augen offen. Und sehen Sie zu, daß Sie sich dieses Mal nicht wieder übertölpeln lassen!«

»Sehr wohl, Sir. Ich werde alles tun, was in meiner Macht steht.«

»Das hoffe ich, Perkins. Ach ja, in einem Punkt hat sich Ihr Auftrag geändert. Sie werden die Leute lebend herbringen.«

»Lebend? Aber gestern haben Sie doch noch . . .«

»Ich weiß, was ich Ihnen gestern gesagt habe«, brüllte Lafayette ungehalten. »Jetzt sage ich Ihnen eben etwas anderes. Und nun gehen Sie endlich und tun, was ich gesagt habe. Und wenn Sie dieses Mal wieder versagen, dann . . .«

»Ich glaube, Sie müssen es nicht aussprechen, Sir. Ich habe auch so verstanden, was Sie meinen.«

Er drehte sich um und verließ das Büro.

Lafayette starrte auf die Tür, die sich hinter ihm geschlossen hatte, und überlegte, ob die letzte Bemerkung ein erstes Anzeichen von Auflehnung gegen ihn war. Oder spielten ihm nur seine überreizten Nerven einen Streich?

Er ging zur Bar und suchte Zuflucht bei einem kräftigen Schluck.

Nicht zum ersten Male am heutigen Tag.

Synfile 5

Der Ritt des Datensurfers

Das Flugtaxi brachte Cedric, Maylor und die beiden Yoyodyne in ein anderes Viertel der Giga-Stadt und setzte sie auf einem kleinen Platz mit einem futuristischen, sich wahrscheinlich seit Jahren außer Betrieb befindlichen Brunnen ab. Diese Gegend hier war nicht minder heruntergekommen, aber auf eine gänzlich andere Art als Yoyo-Town.

Auch hier waren die Fassaden zerfallen, aber dafür mit farbenprächtigen Graffitis in selbstblinkenden Holo-Farben übersprüht. Die Straßen waren in erster Linie von jungen Leuten bevölkert, Jugendliche und Kinder, die zumeist in kleinen Gruppen unterwegs waren. Es waren Kinder, die ihre Eltern verloren oder sie verlassen hatten. Ein buntes Gemisch aus Angehörigen aller Völker, nur Yoyodyne und Phagon waren nicht zu sehen, was nicht weiter überraschend war. Aufgrund ihrer Erziehungsstrukturen und ihres engen Wertesystems blieben die Yoyodyne vorwiegend unter sich, und mit den Phagon, den Hexenmeistern sämtlicher Gen-Küchen, wollte sowieso niemand etwas zu tun haben. Sie waren aufgrund ihrer Abnormität, die selbst vor Experimenten am eigenen Körper nicht haltmachte, von allen anderen Fraktionen gleichermaßen gefürchtet.

Ein Produkt ihrer Gentechnik, die sie gegen entsprechendes Entgelt auch anderen Fraktionen zur Verfügung stellten, waren beispielsweise die von den Yoyodyne eingesetzten *Humsz*-Züchtungen, wie auch Omo eine war. Cedric hatte beim Anblick des muskelbepackten Riesen mehr als einmal darüber nachgedacht, was für ein Mensch er vor seiner genetischen Umwandlung gewesen war. Ein Mörder? Ein unbequemer Dissident aus den eigenen Reihen? Oder ein Kriegsgefangener? Womöglich sogar ein Sarday'kin? Jemand, mit dem Cedric vielleicht noch zusammen auf der Flottenakademie gewesen war und den er jetzt nicht wiederzuerkennen vermochte? Doch wer immer Omo früher einmal gewesen war, mit der genetischen Umwandlung war sein Bewußtsein vollständig ausgelöscht worden.

»So, da wären wir«, meinte Maylor, den Cedric während des Fluges über alles aufgeklärt hatte. »Und wo finden wir einen deiner Datensurfer?«

Cedrics Arm beschrieb einen Halbkreis.

»Wir müssen eben eines der Kids danach fragen«, sagte er. »So schwierig dürfte das ja wohl nicht sein. Die werden ja schließlich Interesse daran haben, ein paar Credits zu verdienen.«

Sie liefen ein paar Schritte in die nächste Straße hinein und gingen auf eine Gruppe vielleicht fünfzehn- bis sechzehnjähriger Sarday'kin zu.

»He, Junge«, sprach Cedric einen von ihnen an, »kannst du mir vielleicht sagen, wo . . .«

»Verpiß dich, Alter!«

Damit eilten die Burschen weiter. Cedric sah ihnen konsterniert hinterher und mußte sich Maylors Lachen gefallen lassen.

Sie versuchten es noch ein paarmal, doch mehr oder minder schnell machten sich die Kids davon. Und die anderen, die sich auf der Straße befanden und mittlerweile mitbekommen hatten, daß sie mit ihnen ins Gespräch kommen wollten, machten von vornherein einen großen Bogen um sie.

Cedric stellte die nutzlosen Versuche ein.

»Wir müßten uns einen von ihnen schnappen und uns in Ruhe mit ihm unterhalten«, sagte er. »Sonst kommen wir nicht weiter.«

»Willst du ihnen etwa hinterherlaufen?« fragte Maylor ironisch. »Erstens sind die viel flinker als du, und zweitens locken sie dich in eine dunkle Ecke und ziehen dir eins über den Schädel. Dann gib mir lieber das Byranium, ehe du solche Aktionen unternimmst.«

Cedric dachte flüchtig daran, daß sie sich in dem Waffengeschäft auch einen Betäubungsschocker hätten kaufen sollen.

»Wozu haben wir Omo?« fragte er. »Die Arbeit kann er doch für uns übernehmen.« Er wandte sich der *Humsz*-Züchtung zu. »Hast du verstanden, was ich meine?«

Omo knurrte irgend etwas.

Der Zufall wollte es, daß im nächsten Augenblick eine Gruppe von jugendlichen Cybertechs, die in zwei bis drei Metern Höhe auf ihren Flugboards durch die Straße jagten, auf sie zukamen. Einer von ihnen steuerte aus reinem Übermut direkt auf Omo zu, um erst dicht vor ihm zur Seite auszuweichen.

»He, Platz daaaaaaah!«

Der Ruf wurde zum überraschten Aufschrei, als Omos Arm blitzartig hochschoß und den Surfer vom Board riß.

Während das plötzlich führerlos gewordene Flugboard in wilden Loopings weiterflog, hielt Omo Cedric den Surfer so, daß sich ihre Köpfe annähernd auf gleicher Höhe befanden.

»So«, sagte Cedric freundlich. »Vielleicht ist es jetzt ja möglich, sich mit einem von euch in Ruhe zu unterhalten.«

»He, du blöder Macker, ich weiß überhaupt nicht, was ihr von mir wollt!« protestierte der Surfer und begann so wild um sich zu treten, daß ihm die silberne Brille, die fast sein gesamtes Gesicht bedeckte, zu Boden polterte. Ein paar roter Zöpfe baumelten in der Luft.

»He, das ist ja ein Mädchen!« rief Cedric überrascht.

»Natürlich, oder was hast du denn gedacht?« schimpfte sie.

»Hattest es wohl auf einen kleinen Jungen abgesehen, oder? Tut mir leid, daß ich dich enttäuschen muß.«

Cedric befahl Omo, sie auf dem Boden abzusetzen, aber nach wie vor festzuhalten. Das Mädchen schaffte es nicht, den Griff zu lösen, gleichgültig, wie sehr sie sich auch sträubte und wand.

Es handelte sich um ein vielleicht dreizehnjähriges Mädchen. Ihr schmaler, hagerer Körper, an dem noch kaum etwas von weiblichen Rundungen zu erkennen war, steckte in einem fleckigen Overall.

»He, was wollt ihr von mir?« rief sie und bedachte Cedric mit einem wütenden Blick, wie selbst Sheryl ihn nicht besser hätte hinbekommen können. »Glaubt ja nicht, daß mich meine Kumpels so einfach im Stich lassen würden. Die machen euch fertig, wenn ihr etwa vorhabt, mich zu entführen.«

Cedric sah zu den anderen Surfern aus ihrer Gruppe, die abgestoppt hatten und in respektvollem Abstand auf ihren Boards schwebten. Skeptisch verfolgten sie den Ablauf der Dinge; es war ihnen anzusehen, daß Omos Gestalt sie viel zu sehr verunsicherte, als daß sie es gewagt hätten, etwas zu unternehmen.

»So?« rief Cedric spöttisch. »Meinst du wirklich?«

Das Mädchen sah ein, daß sie von dieser Seite aus keine Hilfe zu erwarten hatte, wand sich abermals in Omos Griff und trat mehrmals gegen dessen Schienbein. Doch der Hüne reagierte darauf nicht einmal mit einem Wimpernzucken.

»Nun beruhige dich doch«, sagte Cedric sanft. »Wir wollen dir nichts Böses.«

»Nichts Böses? Ach, dann ist Freiheitsberaubung jetzt etwa was Gutes? Tut mir leid, da muß ich wohl irgend etwas verpaßt haben.«

»Alles, was wir wollen, ist eine Auskunft«, sagte Cedric. »Und wir wären auch bereit, dafür etwas zu zahlen.«

Er griff in eine Tasche und holte die Credit-Card hervor, mit der er schon das Taxi bezahlt hatte. Das Restguthaben bestand aus 467 Credits, wie die Leuchtschrift auf der Oberseite anzeigte. Er hielt dem Mädchen die Karte so vor die Nase, daß sie es lesen könnte. Es sprach für ihre Intelligenz, daß sie nicht sofort danach griff. Solange sie in Omos Griff hing, würde ihr die Karte sowieso nichts nutzen.

»Na?« Er lächelte. »Wie würde dir das gefallen?« Sie sah auf den angezeigten Betrag, und man mußte kein Psycho-Offizier sein, um zu bemerken, daß sie ins Grübeln gekommen war. Ein solcher Betrag war mehr Geld, als die meisten dieser Kids in einem ganzen Jahr zur Verfügung hatten. Entsprechend mißtrauisch reagierte das Mädchen.

»Und was soll ich dafür tun?« erkundigte sie sich. »Euch sagen, wo ihr euren Muskelprotz hier für illegale Wettkämpfe anmelden könnt? Oder irgendeinen Dealer um die Ecke bringen? Schuldet er euch Stoff?«

Cedric schüttelte fast ärgerlich den Kopf und zog den Arm wieder ein.

»Nein«, antwortete er. »Du sollst uns nur zu einem Datensurfer führen. Wir brauchen jemand, der unauffällig ein paar Erkundigungen für uns einzieht.«

»Einen bestimmten?«

»Irgendeinen. Hauptsache, er ist gut.«

»Ich kenne nur die besten«, antwortete sie fast beleidigt, und im nächsten Moment fügte sie argwöhnisch hinzu: »Und das ist alles? Dafür, daß ich euch zu einem Datensurfer führe, wollt ihr soviel Geld springen lassen? Das könnt ihr mir nicht erzählen. Nein, nicht mir.«

»Es ist nicht nur dafür da, daß du uns hinführst, sondern auch dafür, daß er uns die gewünschten Informationen besorgt. Danach gehört die Karte dir. Wie ihr anschließend untereinander klarkommt, ist eure Sache.«

Sie sah ihn schweigend an.

»Nun, überleg's dir«, sagte Cedric. Er hob mit einer gleichgültigen Bewegung die Schultern. »Es ist allein deine Entscheidung. Du mußt wissen, ob du das Geld haben willst. Omo? Laß sie los.«

Die *Humsz*-Züchtung gehorchte. Doch kaum hatte Omo das Mädchen freigegeben, sprang sie auch schon auf Cedric zu und rammte ihm die Schulter in den Leib, so kräftig, daß er mit rudernden Armen um sein Gleichgewicht kämpfen mußte.

Einen Moment später hatte sie ihm auch schon die Credit-Card aus der Hand gerissen und rannte in Richtung ihrer Kumpanen.

»Ob ich das Geld haben will?« rief sie ihnen spöttisch zu, ohne im Laufen innezuhalten, und präsentierte Cedric fröhlich lachend den ausgestreckten Mittelfinger – eine wahrhaft universelle Geste. »Und jetzt habe ich es ja auch. Vielen Dank, ihr Idioten!«

Ihre Freunde kamen ihr entgegengeflogen, und einer von ihnen schob ihr ihr Flugboard zu, das er eingefangen hatte.

»Gut gemacht, Bi-Bop!« rief er.

Sie sprang mit einem eleganten Satz darauf und jagte mit ihren Freunden davon.

»Dieses Miststück!« rief Maylor. Er zog seine Strahlwaffe und zielte am ausgestreckten Arm in ihre Richtung.

Cedric drückte den Arm nach unten.

»Spinnst du, Maylor? Willst du sie vielleicht abknallen?«

»Aber, dieses Biest hat ...«

»Ich weiß, was sie getan hat!« rief Cedric erbost. »Aber das ist noch lange kein Grund, einem Mädchen in den Rücken zu schießen!«

Maylor senkte den Kopf.

»Okay«, sagte er einsichtig. »Du hast natürlich recht. Ich glaube, mir sind da eben die Sicherungen durchgebrannt.« Er steckte die Waffe weg. »Und außerdem hätte ich nie auf sie geschossen, sondern nur auf ihr Flugboard.«

»Klar«, sagte Cedric. »Und dabei in Kauf genommen, ihr die Füße wegzuschmelzen.«

»Trotzdem ist sie ein elendes Diebsstück«, beharrte Maylor. »Sieh dich doch mal um. Was sollen wir jetzt machen? Meinst du, wir finden hier noch jemanden, der uns eine Auskunft gibt?«

Nicht nur die Gruppe des Mädchens war mittlerweile in der nächsten Seitenstraße verschwunden, sondern auch fast alle anderen Kids hatten sich inzwischen verdrückt. Die Straße war so gut wie leergefegt, einzig ein paar Junkies torkelten in der Nähe umher. Doch sie waren zu high, als daß man aus ihnen irgendein vernünftiges Wort herausbekommen hätte.

Cedric überlegte tatsächlich, ob sie aufgeben sollten, aber er entschied sich dagegen. Wie hatte sein Ausbilder, der Daily Lama, ihm beizubringen versucht: *Wer heute den Kopf in den Sand steckt, knirscht morgen mit den Zähnen.* »Los!« sagte er. »Wir gehen noch ein Stück weiter. Vielleicht finden wir ja woanders jemanden, den wir fragen können.«

Sie gingen weiter die Straße entlang und bogen irgendwann in eine Querstraße ein. Nur langsam füllten sich die Straßen wieder. Bis hierher schien sich die Nachricht, daß da vier ›Macker‹ unterwegs waren, um die Kids zu belästigen, noch nicht gedrungen zu sein.

Cedric war fast gewillt, Omo einen neuen Fang machen zu lassen, als sie von irgendwo über ihnen eine leise Stimme erreichte.

»He, Idioten!«

Cedric hob den Kopf und erkannte das Mädchen, das sie eben bestohlen hatte. Diesmal war sie allein, ohne die anderen Kids aus ihrer Gruppe. Sie stand mit übergeschlagenen Beinen auf ihrem Flugboard, in Höhe des zweiten Stocks, und hatte ihre Schulter lässig gegen die Fassade gelehnt, aber trotzdem glaubte Cedric die Bereitschaft zu spüren, blitzartig in der nächsten Seitengasse zu verschwinden.

»Was willst du?« rief er. »Glaubst du, du könntest noch eine Credit-Card stehlen?«

»Seid ihr noch immer an dem Deal interessiert?«

»Jetzt, wo wir schon mal gezahlt haben«, meinte Cedric. »Natürlich.«

Sie lachte. »Du bist in Ordnung«, sagte sie und deutete auf Maylor. »Ganz im Gegensatz zu deinem Kollegen dort. Er hätte mir glatt in den Rücken geschossen, wenn du ihn nicht zurückgehalten hättest.«

»Hätte ich nicht«, protestierte Maylor wenig überzeugend.

»Okay, wenn du mir garantieren kannst, daß er mich nicht gleich wieder über den Haufen schießen will, dann bringe ich euch dorthin, wohin ihr wollt.«

»Kein Problem«, rief Cedric. »Der Kerl ist gar nicht so schlimm, wie er immer tut. Und solange ich bei ihm bin, macht er bestimmt keinen Blödsinn.« Befriedigt registrierte er Maylors säuerliches Gesicht. »Also komm ruhig runter.«

Das Mädchen zögerte noch ein paar Augenblicke, dann kam sie in einer eleganten Kurve herabgeschwebt, sprang leichtfüßig auf den Boden und klemmte ihr Flugboard mit einer schnellen Bewegung unter den Arm, die so routiniert war, daß sie nicht einmal mehr nötig hatte hinzusehen. Irgendwie beneidete Cedric sie um ihre Geschicklichkeit. Er selbst hätte sich keine fünf Sekunden auf einem solchen Gerät halten können.

»Okay«, meinte sie und übernahm wie selbstverständlich die Führung. »Kommt! Hier geht's lang.« Sie führte sie in eine Seitenstraße hinein.

»Dein Freund hat dich eben Bi-Bop genannt«, versuchte Cedric, mit ihr ins Gespräch zu kommen.

»Das war nicht mein Freund«, antwortete sie, ohne sich zu ihm umzudrehen.

»Nun . . . Bi-Bop, ist das dein Name?«

»Du hast es doch gehört.«

Sie machte es einem wirklich nicht leicht. »Wie kommt ein Mädchen zu so einem Namen?«

Sie blieb stehen, wandte sich abrupt um und hielt Cedric den Zeigefinger vor die Nase.

»Paß auf, Alter, wenn unser Deal hier laufen soll, gilt folgende Regel: Ich quatsch dich nicht voll, und du quatschst mich nicht voll! Kapiert?« Sie deutete auf ihre Brust. »Frage ich dir etwa ein Loch in den Bauch, wie du heißt, wo du herkommst und so weiter?«

Cedric schluckte. »Nein«, mußte er zugeben.

»Na, also!« stellte sie zufrieden fest. »Und? Was bedeutet das dann für dich?«

»Schon kapiert«, sagte er.

»Gut!« Sie wandte sich wieder um. »Dann laßt uns endlich weitergehen.«

Cedric Cyper konnte sich nicht helfen, irgendwie gefiel ihm die Kleine. Sie schien genau zu wissen, was sie wollte. Trotzdem ließ er in seiner Aufmerksamkeit nicht nach. Es konnte immer noch sein, daß sie sie in irgendeine Falle führte, um dann mit ihren Freunden über sie herzufallen. Cedric wußte, wie einfallsreich diese Kids sein konnten, und deshalb beließ er seine Hand vorsichtshalber in der Nähe seines neuen Strahlers.

Bi-Bop führte sie zu einem baufälligen Haus.

»Hier ist es.«

Im Treppenhaus, durch das sie hinaufstiegen, stapelte sich der Müll und Abfall, und nicht anders sah es in den Zimmern aus, in die sie gelangten. Überall lagen leere Getränkedosen, Flaschen und die Verpackungen von Fertiggerichten herum. In dem ganzen Abfall waren ein paar schlafende Gestalten auszumachen, die zumeist auf drogengeschwängerten Reisen durch ihr eigenes Ich waren.

Bi-Bop beachtete die Gestalten kaum, sondern führte sie zielstrebig weiter. Jedesmal, wenn sie durch eine Türöffnung in den Nebenraum gingen, mußte Omo den Kopf einziehen, um nicht gegen den Türrahmen zu stoßen.

Schließlich erreichten sie einen Raum, der verhältnismäßig sauber war. Cybernetische Systeme bedeckten sämtliche Fächer eines großen Regals. Und davor, auf einer Liege, lag ein vielleicht sechzehnjähriger Cybertech. Über seine obere Kopfhälfte war ein Helm gestülpt, der mit zahlreichen Drähten an die Apparaturen angeschlossen war.

Bi-Bop setzte sich auf den Rand der Liege und versetzte dem Jungen ein paar leichte Ohrfeigen.

»Dunkerbekk, komm zu dir«, rief sie leise. »Du hast Besuch.«

Der Junge reagierte nicht. Bi-Bop schien das nicht weiter zu beunruhigen. Sie drehte sich zu Cedric und seinen Begleitern um.

»Es wird etwas dauern, bis er wieder zu uns zurückfindet«, erklärte sie. »Setzt euch doch.«

Cedric sah sich um. Stühle gab es hier nirgends. Er hockte sich auf eine herumstehende Kiste, genau wie Maylor. Omo ließ sich im Schneidersitz auf dem Boden nieder, und damit war er immer noch ebenso groß wie der im Hintergrund stehende Kara-Sek. Und es war bestimmt kein Zufall, daß der Yoyodyne sich so postiert hatte, daß er die Tür jederzeit im Auge behalten konnte.

Bi-Bop stand von der Liege auf, und als sie an ihnen vorbeigehen wollte, hielt Maylor sie am Arm fest.

»Hiergeblieben!« sagte er. »Wir möchten nicht, daß du verschwindest, bevor wir hier fertig sind. Sonst kommst du vielleicht noch auf die Idee, mit ein paar Leuten hierher zurückzukehren und uns eine kleine Überraschung zu bereiten.«

Das Mädchen verzog empört den Mund.

»Cool, Mann, cool«, sagte sie. Sie deutete in eine Zimmerecke, in der ein kleiner Kühlbehälter stand. »Ich wollte uns nur was zu trinken holen. Wenn ihr schon soviel gelöhnt habt, sind die Getränke nämlich inbegriffen, wißt ihr?« Und als Maylor sie immer noch nicht losließ, meinte sie mit genervt verzogenem Gesicht in Cedrics Richtung: »He, großer Junge! Hast du mir nicht versprochen, diesen Clown hier unter Kontrolle zu halten?«

Großer Junge, so war Cedric noch nie genannt worden. Bevor er irgend etwas sagen konnte, hatte Maylor sie schon losgelassen. Bi-Bop rieb sich in einer unnachahmlich vorwurfsvollen Geste den Arm und sah Maylor unfreundlich an.

»Wo hast du solche Grobheiten gelernt?« fragte sie. »Bist du etwa auch einer dieser verbohrten Offiziere der sarday'kinschen Sternenflotte?« Diesmal war es an Cedric zu lachen. Bi-Bop hatte den Nagel auf den Kopf getroffen.

Sie ging zum Kühlbehälter und holte drei schlanke Getränkedosen hervor, eine davon für sich, die beiden anderen warf sie Cedric und Maylor zu.

»Ich glaube, für die beiden ist so ein Zeug nichts«, meinte sie mit einem Fingerzeig in Kara-Seks und Omos Richtung.

Cedric sah skeptisch auf die Dose herab. Sie war silberverspiegelt mit einem stilisierten roten Bullen darauf und trug ansonsten keine Aufschrift.

»Was ist das?« fragte er.

»Mokie-Coke«, erwiderte sie, während sie wieder auf der Liege Platz nahm, und als er nur fragend dreinsah, fügte sie hinzu: »Bringt dich ganz nach oben, Mann!« Und als er immer noch nicht zu verstehen schien: »Kennst du den Slogan nicht *Picks you up, Cools you down?*«

Lächelnd öffnete sie die Dose, und wie um ihm zu beweisen, daß sie ihn nicht vergiften wolle, trank sie die Hälfte davon in einem Zug. Sie sah Cedric mit glänzenden Augen an.

»Weißt du, daß du schon viel kleiner geworden bist?« fragte sie und lachte. »Und durchsichtiger?«

Cedric sah auf die Dose in seinen Händen hinab. Eine Zeitlang spielte er tatsächlich mit dem Gedanken, ebenfalls zu trinken. Was ein zwölfjähriges Mädchen anheiterte, konnte einen gestanden Ex-*Terminator* ja wohl kaum umwerfen. Doch er unterließ es. Für so etwas war immer noch Zeit, wenn sie das alles hier hinter sich hatten.

Und er war sich nur zu bewußt, was *das alles hier* beinhaltete!

Allmählich begann der Junge auf der Liege, sich zu regen. Es verging noch eine weitere Minute, ehe er den Helm vom Kopf streifte.

»Wow!« hauchte er. »Wenn ihr wüßtet, wo ich gerade gewesen bin! Die Kommunikationsnetze der Söldnergilden. Das totale Ding. Einfach riesig.«

Nur langsam klärte sich sein Blick.

»Hallo, Bi-Bop«, meinte er freundlich, als er neben sich das

Mädchen erkannte, und im nächsten Moment, als er die anderen entdeckte, erschrak er. Besonders Omos Anblick schien ihn zu verschrecken. »Was für Leute sind das? Jäger?«

»Nein, das sind ...« begann das Mädchen und hob die Schultern. »Na ja, wer genau das ist, weiß ich auch nicht, aber ...«

»Und trotzdem hast du sie hierhergebracht?« fragte er entsetzt.

»Ganz ruhig, Dunkerbekk«, sagte Cedric, »wir sind nur gekommen, um ...«

»Moment mal!« Der junge Cybertech richtete den Oberkörper auf. Seine Blicke huschten umher, als suche er verzweifelt nach einer Fluchtmöglichkeit. »Woher kennt ihr meinen Namen?«

»Jetzt flipp nicht gleich aus!« zischte Bi-Bop. »Deinen Namen haben sie von mir gehört.«

»Ja, kein Grund zur Aufregung«, ergänzte Cedric. Dieser Bursche war wirklich hypernervös. Vielleicht eine Folge seiner Daten-Trips. »Wir sind nur gekommen, um ein Geschäft mit dir zu machen.«

Geschäft – das schien das Zauberwort zu sein. Er sah sie interessiert an, und seine Furcht war wie weggewischt.

»Ein Geschäft? Was für ein Geschäft?«

»Das erkläre ich dir später«, mischte sich Bi-Bop schnell ein. »Du sollst für die Leute hier auf einen kleinen Surf-Trip gehen.« Sie lächelte verheißungsvoll. »Und glaub mir, es lohnt sich.«

»Ein Surf-Trip? Na klar! Das ist schließlich meine Spezialität. Worum geht's? Sind das hier Geheimagenten?«

»So etwas Ähnliches«, antworteten Bi-Bop und Cedric fast gleichzeitig. Das Mädchen sah ihn an, und sie kicherte. Erneut spürte er Sympathie für sie. Was mochte ein aufgewecktes Mädchen wie sie in eine solch trostlose Gegend geführt haben?

»Okay«, sagte Dunkerbekk wichtigtuerisch. »Ich bin bereit. Worum geht's?«

Cedric zog einen kleinen Computerausdruck hervor. Auf ihm befanden sich die Daten des Containerschiffes, das an dem

Überfall auf Hadrians Mond beteiligt gewesen war. Er gab ihn an den jungen Cybertech weiter.

»Ich möchte, daß du uns alles mitteilst, was du über dieses Schiff herausfinden kannst«, sagte er, »und besonders darüber, was sich in letzter Zeit getan hat. Die Registriernummer und den Namen des letzten Eigners findest du darauf.«

Dunkerbekk sah mit enttäuschter Miene auf den Zettel.

»Registriernummer!« stöhnte er. »O Mann, und ich dachte schon, es wäre eine spannende Sache.«

»Es ist auf jeden Fall eine *lohnende* Sache«, meinte Bi-Bop.

Dunkerbekk seufzte.

»Na gut, von mir aus«, sagte er großzügig. »Aber erst brauche ich noch etwas Treibstoff.«

Bi-Bop nahm Cedric die Mokie-Coke-Dose mit einem »Die brauchst du ja wohl doch nicht!« aus der Hand und reichte sie weiter.

Nachdem Dunkerbekk sie ausgetrunken hatte, ließ er sich wieder auf die Liege zurücksinken und stülpte den Helm über seinen Kopf. Soweit Cedric wußte, funktionierte diese Vorrichtung nach einem ähnlichen Prinzip wie die Transformerhauben der Navigatorinnen, mit dem Unterschied, daß der menschliche Geist sich hier nicht mit den Schaltungen des *Legraine-Warington-Generators* verband, sondern in die vielfältig verknüpften Datennetze schlüpfte.

»Okay«, sagte Dunkerbekk. »Ich bin bereit. Fangen wir an. Als erstes die Registriernummer. Mal sehen, was offiziell so in den Datenbanken darüber verzeichnet ist.«

Sein Atem wurde flach und regelmäßig, als würde er schlafen.

»Keine Angst«, sagte Bi-Bop. »Dunkerbekk ist der beste Datensurfer, den ich kenne.«

»Und das soll schließlich etwas heißen«, sagte Maylor.

Bi-Bop bedachte ihn mit einem säuerlichen Blick, der wohl besagen sollte, daß sie hier für die dummen Sprüche zuständig war. Dann genehmigte sie sich den Rest der Mokie-Coke-Dose.

»Erste Station«, flüsterte Dunkerbekk. »Gott! Das Registriersystem ist wirklich so einfallslos strukturiert wie ein schwarzes Loch! Die Nummer ... mal sehen. Wo haben wir sie denn ...? Ach ja, da ist sie. PFENNIGFUCHSER. Handelsschiff der Containerklasse. Inhaber: Sandals Systems. Eigner: Reginald Reagan.«

»Genau!« rief Cedric, ohne genau zu wissen, ob der junge Cybertech ihn überhaupt hören konnte. »Das ist sie. Was ist noch darüber verzeichnet?«

»Technische Daten«, begann Dunkerbekk, womit er bewies, daß er sie durchaus verstand. »Mindestbesatzung: Sechs Personen. Hyperraumsprungweite: Achtunddreißig Komma vier Lichtjahre. Fassungsvermögen ...«

»Der ganze technische Kram interessiert uns weniger«, sagte Maylor. Er beugte sich etwas zu dem Jungen vor. »Uns geht es mehr um die Personen, die damit zu tun haben.«

»Und natürlich die letzten Einsatzdaten«, ergänzte Cedric. »Ist etwas über die Flüge vermerkt, die die PFENNIGFUCHSER in den letzten Wochen und Monaten gemacht hat?«

Es dauerte ein paar Sekunden, ehe die Antwort kam. »Gar keine«, lautete sie. »Schon seit anderthalb Jahren nicht mehr. So lange gibt es das Schiff nämlich nicht mehr. Es ist als zerstört registriert.«

Cedric und Maylor sahen sich stirnrunzelnd an.

»Aber, das ist ...« flüsterte Cedric und hielt inne. Er hatte unmöglich sagen wollen. Aber nein, unmöglich war das ganz und gar nicht. Vielleicht war die Kennung des am Überfall beteiligten Containerschiffes gefälscht gewesen. Oder diese Eintragungen waren falsch ...

»Ist irgend etwas über die Umstände vermerkt, die zu der Zerstörung geführt haben?« fragte Maylor.

»Mal sehen«, flüsterte Dunkerbekk, und nach einer Weile fuhr er fort: »Ja, da haben wir es ja schon. Der Text der Versicherungsexpertise. Danach ist es bei einem Hyperraumsprung zu einem Versagen des *Legraine-Warington-Reaktors* gekommen, mit anschließendem Kernbrand. Das Schiff ist explodiert, ehe die Mannschaft die Rettungsboote besteigen konnte. Das ging aus den Logbucheintragungen hervor. Die Kapsel mit dem Logbuch wurde von einem rund eine Woche später ankommenden Patrouillenschiff eingesammelt. Auch die Untersuchung der Restmoleküle der Explosionswolke ergab, daß es sich bei dem zerstörten Schiff um die PFENNIGFUCHSER gehandelt hat.«

Das mußte nicht einmal bedeuten, daß die Untersuchungsergebnisse oder der amtliche Bericht getürkt sein mußte. Solche Explosionswolken konnten auch gefälscht werden – sofern man über die entsprechenden Möglichkeiten verfügte. Und die Hintermänner des Überfalls auf Hadrians Mond schienen über sehr viele zu verfügen.

»Was ist mit dem Eigner, diesem Reginald Reagan?« fragte er.

»Er hat sich bei der Explosion ebenfalls an Bord befunden«, antwortete Dunkerbekk.

»Na schön«, sagte Cedric. »Dann sieh doch mal nach, was über diese Firma Sandal Systems verzeichnet ist, der das Schiff gehört hat. Wer sind die Besitzer, was machen sie heute, und gibt es irgendwelche Auffälligkeiten?«

Wieder dauerte es eine Weile, ehe Dunkerbekk antwortete. Leider konnte er ihnen auch diesmal nichts Besonderes vermelden. Der Geschäftsbetrieb von Sandal Systems war nur wenige Monate nach dem Unglück der FIMBULWINTER eingestellt worden. Der einzige Eigentümer, ein Freihändler namens O'Brian, war aus dem Geschäft ausgestiegen und hatte sich mit der ausbezahlten Versicherungssumme offenbar einen angenehmen Lebensabend gönnen wollen. Doch nur zwei Wochen später, als er schon auf dem Weg zum Raumhafen gewesen war, hatte der Antrieb des Flugtaxis, in dem er gesessen hatte, versagt, und er war beim Absturz ums Leben gekommen. So jedenfalls war es in den Dateien vermerkt.

Cedric ballte die Hände zu Fäusten. Er hatte soviel Hoffnung darauf gesetzt, mit Hilfe eines Datensurfers zu den Hintermännern durchdringen zu können. Die Daten der PFENNIGFUCHSER waren die einzige Spur, die sie überhaupt besaßen. Wenn sie im Nichts versandeten, konnten sie ihr Vorhaben gleich aufgeben.

»Ist das alles, was du finden kannst?«

»Ja«, antwortete Dunkerbekk. »Aber ich kann ja noch mal alle Stränge durchgehen, ob irgendwo ein paar interessante Schnittpunkte zu finden sind. Zuerst einmal habe ich nur die Hauptlinien verfolgt.«

»Ja, tu das!« sagte Cedric und dachte dabei: Wovon immer der Cybertech redete.

Bi-Bop tat mit einem Gähnen kund, was sie von der ganzen Sache hielt, und öffnete eine zweite Dose Mokie-Coke.

»Muß das sein?« fragte Cedric besorgt.

»Hör mal, großer Junge, hab' ich dir vorhin nicht was gesagt?«

»Schon klar«, gab er sich geschlagen. »Du quatschst mich nicht voll, und ich ...« Er sparte sich den Rest.

Irgendwann meldete Dunkerbekk sich wieder.

»He, ich glaube, ich habe da was!« rief er.

Cedric sprang aufgeregt vor. »Ja?« rief er.

»Haltet euch fest. Es scheint, als wäre die PFENNIGFUCHSER kurz vor ihrem letzten Flug verkauft worden. Es gibt Eintragungen über Kontenbewegungen, aus denen hervorgeht, daß entsprechende Gelder eingegangen sind. Der Firmeneigentümer hat also doppelt abgezockt.«

»Wer ist der Käufer?« drängte Cedric. »Was kannst du uns über ihn sagen?«

»Bin gerade dorthin unterwegs.« Dunkerbekk grinste und rief jauchzend: »Huii!«

Cedric Cyper versuchte, sich vorzustellen, welche Erlebnisse Dunkerbekk auf seiner Tour durch die Datensysteme hatte. Schweigend wartete er, um den Jungen nicht zu stören.

»Da bin ich!« rief Dunkerbekk. »Wartet, ich schau mich erst mal etwas um. Aha, das hier ist eine kleine Investmentfirma.

War schon an mehreren solchen Raumschiffkäufen beteiligt. Tatsächlich, sie haben die Gelder an Sandal Systems überwiesen.«

»Wo sitzt diese Firma?« fragte Cedric.

»Hier auf *Sankt Petersburg Zwei*. Habt ihr was zum Schreiben? Ich gebe euch die Daten.« Maylor zog Block und Bleistift hervor und notierte die Adresse, die Dunkerbekk nannte. »Auch hier, nur ein Inhaber. Ein Sarday'kin namens Longius.« Er nannte auch dessen Adresse, und Maylor schrieb erneut mit.

»Sehr gut«, lobte Cedric. »Kannst du ...«

»He, Moment!« rief der Junge. »Da ist noch etwas. Diese Gelder sind nur ein durchlaufender Posten. Die Investmentfirma ist nur als Strohmann für jemand anderen aufgetreten. Ja, aber kein Zweifel! Natürlich haben sie versucht, den Weg zu verschleiern. Wartet ... Wartet ... Ah, ja, wie ich's mir gedacht habe. Da müssen Profis am Werk gewesen sein. Ein dreifacher Gödelscher Knoten. Klug. Wirklich sehr klug. Aber nicht klug genug für mich. Ich bin schon mit ganz anderen Sachen fertiggeworden.«

Seiner Stimme war anzumerken, daß er mit einem Male weitaus engagierter bei der Sache war als am Anfang seiner Datenreise. Die Aufgabe schien sein Interesse und seinen Ehrgeiz geweckt zu haben.

Es dauerte eine gute Minute, ehe er sich wieder meldete.

»Ich hab's geschafft. Ich bin jetzt da, woher die Gelder gekommen sind. Wow, das ist ein System. Irre!«

»*Wo* bist du?«

»Hm, mal sehen. Recht unübersichtlich und kompliziert hier. Moment, jetzt bin ich in einem der Hauptstränge. Das ist die *K&K-Bank*!«

Abermals tauschten Cedric und Maylor einen bedeutungsvollen Blick. Jeder von ihnen hatte diesen Namen schon gehört. Es war eine der größten Freihandelsbanken, die es gab, und soweit Cedric sich erinnerte, war sie besonders im Edelstein- und Schmuckgeschäft tätig.

»Das bedeutet, daß der Käufer der PFENNIGFUCHSER seine Geschäfte über diese Bank abgewickelt hat«, folgerte Maylor. »Kannst du an sein Konto rankommen und seinen Namen feststellen?«

Dunkerbekk stöhnte. Es schien, als hätte er irgendwelche Schwierigkeiten. Sein Atem beschleunigte sich.

»Nein«, gab er gepreßt von sich. »Kein ... kein Kundenkonto. Ein bankinterner Vorgang. Ich ... will mal sehen, ob ich ...« Er zuckte zusammen. »Oh, verdammt!«

Unruhig begann er, sich zu bewegen. Es war, als kämpfte er gegen einen unsichtbaren Gegner.

»Dunkerbekk!« rief Bi-Bop besorgt. »Was ist mit dir? Was hast du?«

Er antwortete nicht und reagierte auch nicht, als sie ihn leicht an der Schulter rüttelte. Sie warf einen hilfesuchenden Blick in Cedrics Richtung. Er hob die Schultern. Er wußte auch nicht, was zu tun war.

»Vielleicht sollten wir ihm den Helm abnehmen«, schlug Maylor vor.

»Spinnst du?« fuhr Bi-Bop ihn so heftig an, daß er zusammenzuckte. »Genausogut könntest du ihm das Gehirn herausnehmen! Er muß schon von alleine zurückfinden. Sonst ist er verloren.«

»Schon ... schon gut«, meldete sich Dunkerbekk wieder. »Kei ... keine Sorge. Es geht schon wieder.«

»Was war denn?« fragte Bi-Bop.

»Ein internes Sicherungssystem. Ich wäre beinahe ein paar Programmlöschern in die Finger gefallen. Ich habe mich einstweilen in eine ruhige Ecke zurückgezogen. Aber das heißt noch lange nicht, daß ich schon aufgebe. Ich weiß auch schon, wie ich das Sicherungsprogramm austrickse.«

»Komm zurück, wenn es zu gefährlich wird«, bat Bi-Bop.

»Ach was! Das Programm, das mich aufhalten kann, ist noch nicht erfunden. Ich hatte an dieser Stelle nur nicht mit solch einem komplizierten Doppelsystem gerechnet, das ist alles.«

»Hast du noch was herausgefunden?« fragte Cedric.

»Es ist, wie ich sagte. Die Zahlungen sind von einem bankinternen Konto überwiesen worden. Allerdings einem verdeckten Konto. Wer darauf Zugriffsberechtigung hat, kann ich allerdings nur hinter dieser verdammten Sperre herausfinden.« Er atmete tief durch, wie ein Kunstspringer, der sich darauf vorbereitet, sich vom Zehnmeterturm zu stürzen. »Also los, auf geht's!«

»Paß auf dich auf«, gab ihm Bi-Bop mit auf den Weg.

»Ah! Geschafft«, ließ sich Dunkerbekk kurz darauf vernehmen. Sein Mund formte sich zu einem abwesend wirkenden Grinsen. »Ich bin durch. Jetzt wird mir alles klar.«

»*Was* wird dir klar?« Maylor beugte sich noch ein wenig weiter vor.

»Paßt auf!« rief Dunkerbekk. »Das Geheimkonto ist ausschließlich einem zugänglich. Dem Direktor der Bank. Er hat die Zahlung veranlaßt. Sein Name ist ... Oh, heilige Scheiße!«

»Was ist?«

»Da sind sie wieder!« stieß er hervor, und der Teil seines Gesichts, der zu sehen war, erblaßte. Sein Atem beschleunigte sich wie in höchster Not. »Die Programmlöscher! Ich ... ich habe mich geirrt, das war kein ... kein Doppelsystem. Eine Viererschlaufe! Und ... und ...«

Er brüllte schmerzgepeinigt auf, ein mörderischer Ruck ging durch seinen Körper, der sich wie ein Bogen krümmte, und seine umherschlagenden Arme fegten Bi-Bop von der Kante der Liege.

Mit einem Schmerzenslaut landete sie auf dem Boden, und die Getränkedose aus ihrer Hand flog in hohem Bogen durch den Raum.

Cedric war längst aufgesprungen, um zu Dunkerbekk zu eilen, ohne daß er wußte, wie er ihm hätte helfen können. Er hatte gerade noch Zeit, den ätzenden Gestank von schmorenden Kabeln und Leitungswegen in seiner Nase zu spüren, da fauchten aus den cybernetischen Geräten auf dem Regal auch schon Flammen. Eines der Gehäuse detonierte mit lautem Knall, und im selben Augenblick riß Dunkerbekks Schrei ab.

Cedric riß den Arm nach oben, um seine Augen vor den umherspritzenden Splittern zu schützen. Er spürte einen kleinen Stich am Unterarm, das war alles. Er war noch einmal davongekommen.

Die Flammen hatten das Regal erfaßt und fraßen sich schnell voran. Dunkler Rauch breitete sich aus.

»Ein Feuerlöscher!« rief Maylor. »Wir brauchen einen Feuerlöscher.«

»Träum weiter!« wies ihn Bi-Bop zurecht, die sich aufrappelte. »Als ob es hier so etwas gäbe! Glaubst du, hier kümmert sich jemand um die Einhaltung von Brandschutzvorschr . . .« Sie verstummte, als ihr Blick auf den Cybertech fiel. Er lag ganz ruhig auf der Liege, der Helm und die darumliegenden Hautpartien waren verkohlt.

Cedric mußte seine Hand erst gar nicht an Dunkerbekks Halsschlagader legen, um zu wissen, daß der Datensurfer tot war.

»Ist er . . .?« fragte Bi-Bop mit erstickter Stimme.

»Ja«, antwortete Cedric leise. Er gab sich einen Ruck und stand auf. »Wir müssen raus hier. Und wir müssen die anderen Bewohner warnen.« Er ging zu Bi-Bop und wollte seinen Arm tröstend um ihre Schultern legen, doch sie stieß ihn mit ärgerlicher Geste fort.

»Ich brauche dein Mitleid nicht«, zischte sie. »Kapiert?«

Damit lief sie in den Nebenraum und begann, die dort anwesenden Leute aufzuscheuchen. Längst nicht alle reagierten in angemessener Weise darauf. Einige hoben nur schläfrig den Kopf, um sich sofort auf die andere Seite zu drehen, andere taten überhaupt nichts.

»Omo!« Cedric wies auf die entsprechenden Gestalten. »Mach ihnen klar, daß sie hier raus sollen. Und wen du nicht wachkriegst, den schnappst du dir und bringst ihn ins Freie.«

Die *Humsz*-Züchtung tat, wie ihr befohlen wurde, und auch

Maylor, Kara-Sek und Cedric beteiligten sich daran, die Leute aus dem Gebäude zu scheuchen.

»Los, raus hier!« brüllte Cedric, als er an einer Gruppe Leute vorbeikam, von denen niemand zu wissen schien, was der Aufruhr zu bedeuten hatte.

Die Flammen fanden genügend Nahrung und eroberten Raum um Raum. Dunkler Rauch zog durch das Gebäude. Im Treppenhaus herrschte bald ein einzige Gewühl von flüchtenden Leuten. Jeder schien nur an sein eigenes Wohl zu denken. Soviel zu der vielgerühmten Solidarität junger Leute, dachte Cedric grimmig.

Er sah sich nach Bi-Bop um; vergebens. Das rothaarige Mädchen war irgendwo im Durcheinander verschwunden. Dafür fand er einen höchstens dreizehnjährigen Jungen, der ins Stolpern gekommen, unglücklich gefallen und zu benommen war, um alleine weiterzukommen. Cedric warf ihn sich kurzerhand über die Schulter und hastete weiter die Treppe hinunter. Auch Maylor hatte jemanden gefunden, der aus eigener Kraft nicht weiterkam.

Als sie endlich auf die Straße vor dem Haus traten und ihre Last auf dem Bürgersteig ablegten, hatte sich das Feuer schon über die gesamte Etage ausgebreitet. Cedric konnte nur hoffen, daß sich niemand mehr dort oben befand. Für ihn würde jede Hilfe zu spät kommen. Vielleicht hätte man die Eingeschlossenen noch mit einem Rettungsgleiter rausholen können, doch ein solcher Gleiter war weit und breit nirgends zu sehen, und wahrscheinlich würde sich auch in den nächsten Minuten keiner blicken lassen. Wer in diesem Viertel hätte einen solchen Einsatz bezahlen sollen?

Er! dachte Cedric, doch im nächsten Moment sah er auch schon die Sinnlosigkeit dieses Gedankens ein. Ehe er einen Kommunikator gefunden hätte und die Rettungsmannschaften hier ankommen würden, wäre das Haus längst bis auf die Grundmauern abgebrannt.

»Komm«, sagte Maylor, der neben ihn getreten war. »Hier

können wir nichts mehr tun. Wir haben erfahren, was wir erfahren konnten. Jetzt sollten wir zurück zu den anderen.«

»Ja, du hast recht.« Cedric nickte. Er sah sich nach Bi-Bop um, die sie während der Flucht aus den Augen verloren hatten, ohne sie entdecken zu können. Er hatte allerdings nicht den Eindruck, als müsse er sich Sorgen um sie machen. Das Mädchen war klug und geschickt genug, um sich rechtzeitig in Sicherheit gebracht zu haben.

Zusammen mit Maylor und den beiden Yoyodyne machte er sich auf den Weg zum nächsten größeren Platz, von wo aus man Flugtaxis rufen konnte. Über diesem Viertel befanden sich kaum Taxis in der Luft.

Sie hatten den Ort fast erreicht, als aus der Luft ein rotgeschopfter Schatten auf sie niederstieß und vor ihnen vom Flugboard sprang.

»Bi-Bop!« rief Cedric freudig.

»Na?« meinte sie. »Wolltet ihr etwa verschwinden, ohne euch von mir zu verabschieden?«

Er ließ sich von dem lockeren Ton nicht täuschen. Dunkerbekks Tod war ihr nahegegangen, selbst wenn sie es nicht eingestehen wollte.

»Was mit Dunkerbekk passiert ist, tut mir leid«, sagte Cedric.

»Er hat gewußt, worauf er sich einläßt. Die meisten der Datensurfer landen früher oder später in einem der Sicherungssysteme. Außerdem war es ihm bestimmt lieber, so zu sterben, als irgendwo hier draußen umzukommen.« Es war seltsam, ein dreizehnjähriges Mädchen in einem solchen Tonfall übers Sterben sprechen hören. »Er hat mir mal erzählt, daß es immer sein Traum war, auf diese Weise zu enden. Er sagte, daß sich dann sein Geist aufs Datennetz verteilen würde, und in jedem Rechenprozeß ein Stück von ihm enthalten wäre. Wie auch die anderen Surfer, die es vor ihm erwischt hat.« Sie lächelte etwas gekünstelt. »Er sagte, wenn von irgendeinem Bildschirm mal überraschend ein Mund erscheine und mich anlache, dann wüßte ich, daß er das wäre.«

Cedric wußte nicht recht, was er darauf erwidern sollte. Also sagte er besser gar nichts.

»Wißt ihr was?« redete Bi-Bop weiter. »Für euer Alter seid ihr korrekt drauf. He, ihr habt nicht zufällig Verwendung für ein aufgewecktes, kleines Mädchen, das sich hier unheimlich gut auskennt?«

Cedric schüttelte den Kopf. »Nein«, beschied er. »Wir wissen selbst noch nicht einmal genau, was wir vorhaben. Aber wir wissen, daß es gefährlich wird. Zu gefährlich für . . .«

». . . für ein aufgewecktes, kleines Mädchen wie mich«, vollendete sie. »Verstehe schon.« Sie stieg mit einem Bein auf ihr Flugboard. »Na ja, war schön, euch getroffen zu haben.«

»Was wirst du jetzt tun?« fragte Cedric.

»Was sollte ich schon tun?« fragte sie ironisch zurück. »Dasselbe, was ich die letzten Jahre auch gemacht habe. Zusehen, daß ich einigermaßen gut über die Runden komme. Dank eurer Credit-Card dürfte mir das die nächsten Wochen etwas einfacher fallen.«

»Und dann?« fragte Cedric weiter. »Was wirst du danach anfangen? Ich meine, mit deiner Zukunft?«

Sie schaute ihn ein, zwei Sekunden lang verblüfft an, dann lachte sie, als hätte sie einen guten Witz gehört.

»Meine Zukunft?« Sie schüttelte den Kopf, immer noch lachend. »O Mann, bin ich etwa eine Prinzessin, daß ich das selbst bestimmen könnte? Glaube mir, wenn ich's mir aussuchen könnte, wäre ich bestimmt nicht in so einer runtergekommenen Gegend.«

Cedric hatte spontan in die Tasche seiner Jacke gegriffen, holte einen der kleinen, nicht einmal fingernagelgroßen Splitterstücke, die er vom Schneiden des Byranium-Brockens noch übrig hatte, hervor und warf ihn ihr zu.

»Hier!« rief er dabei. »*Jetzt* kannst du dir's aussuchen.«

Sie fing den Splitter elegant auf, betrachtete ihn auf der geöffneten Handfläche, und als sie begriff, was sie da hatte, weiteten sich ihre Augen. Mit offenem Mund starrte sie darauf.

»Aber ... aber das ist ja ...« stotterte sie. »Das ist reines Byra ...«

»Pssst!« machte Cedric und legte lächelnd den Finger vor den Mund. »Du hast recht. Aber das muß ja nicht gleich jeder hier wissen, oder?«

Sie zuckte zusammen, riß sich von dem Anblick los und ließ den Brocken in einer Tasche ihres Overalls verschwinden.

»Und du willst mir so ein Vermögen einfach schenken?« fragte sie ungläubig.

»Ja«, sagte er schlicht. »Was du da hast, ist deine Zukunft. Mach was daraus.«

»Worauf du einen ...« rief sie und unterbrach sich schnell. »Äh, ich meine, da kannst du sicher sein.« Sie stieg auf ihr Flugboard, überlegte es sich aber noch einmal anders, kam zu Cedric und drückte ihm einen flüchtigen Kuß auf die Wange, wobei sie sich auf die Zehenspitzen stellen mußte. »Danke, großer Junge.« Sie zögerte. »Und ihr braucht wirklich kein ...«

»Nein«, sagte Maylor fest.

Sie zuckte mit den Schultern.

»Tja, man kann eben nicht alles haben.« Sie sprang auf das Flugboard, hob vom Boden ab und entfernte sich mit einer übermütigen Kurve. »Ach ja, noch eines«, rief sie ihnen von dort oben zu. »Wenn ihr mal wieder in dieses Viertel kommt – sucht mich nicht! Ab heute wird man mich hier nicht mehr finden!«

Damit entfernte sie sich endgültig. Cedric sah ihr hinterher, bis sie aus ihren Blicken entschwunden war.

»Nun ja«, bemerkte Maylor mürrisch. »Jeden Tag eine gute Tat. Hauptsache, du fühlst dich gut dabei.«

»Und wie!« sagte Cedric. »Ich finde, sie hat diese Chance verdient.«

»Geschmackssache! Wahrscheinlich nutzt sie sie, um damit einen Drogenring aufzubauen. Oder einen Großhandel für die Mokie-Coke.« Er räusperte sich. »Auf jeden Fall aber hat es Sheryl verdient, daß wir endlich zum Hotel zurückkehren!«

Synfile 6

Niederlagen

Wenn es etwas gab, das Sheryl haßte, dann war es, sich an gute Ratschläge anderer Leute zu halten – insbesondere wenn sie von Cedric Cyper kamen.

In diesem Fall jedoch hielt sie es für angebracht, auf Cedrics dringende Ermahnung zu hören, die Suite bis zu seiner Rückkehr unter keinen Umständen zu verlassen. Ohne Geld und Waffen wäre sie draußen auf den Straßen ohnehin nicht sehr weit gekommen, und auch der Gedanke, hinunter in die Empfangshalle oder in das zum Hotel gehörende yoyodynische Restaurant zu gehen, vermochte auf Sheryl keinen sonderlichen Reiz auszuüben. Noch zu deutlich erinnerte sie sich an den streitsüchtigen Yoyo, dem sie gestern über den Weg gelaufen waren und den nur die *Humsz*-Züchtung zur Räson gebracht hatte. Doch Omo war mit den anderen unterwegs und stand ihnen jetzt nicht zur Verfügung. Sie hatten sich das Essen über den Kommunikator nach oben bringen lassen. Wieder yoyodynische Hausmannskost. Auch wenn es sich bei den einzelnen Gerichten um wahre Spezialitäten dieser Sternenfraktion handeln mochte, es kostete Sheryl eine gehörige Portion Überwindung, zumindest ein paar Bissen zu sich zu nehmen. Da erschien ihr selbst die Syntho-Nahrung, die sie in den Rettungskapseln gefunden hatte, weitaus wohlschmeckender. Was hätte sie jetzt für eine ordentliche Portion Echt-Fleisch gegeben! Sie tröstete sich mit dem Gedanken, daß man schließlich nicht alles haben konnte.

Der einzige, der die Suite vor Stunden verlassen hatte, war Nabtaal gewesen. Da man mit den Kommunikatoren in den Zimmern nicht aus dem Hotel herauskam, hatte er von der Empfangshalle aus versucht, Kontakt mit Angehörigen seiner Fraktion aufzunehmen. Sheryl war es nur recht gewesen. Je eher Nabtaal einen neuen Unterschlupf fand, desto kürzer mußten sie seine Anwesenheit ertragen.

»Hast du eigentlich erreicht, wen du sprechen wolltest?« fragte sie.

»Leider nein«, antwortete er. »Von den Leuten, die ich zu finden gehofft hatte, habe ich leider keinen ausfindig machen können.« Er machte eine fuchtelnde Geste. »Das heißt natürlich nicht, daß sie nicht trotzdem hier sind. Vielleicht sind sie irgendwo im Untergrund tätig. Auf jeden Fall wird es mich noch einige Arbeit kosten, sie zu finden.«

»Ich hoffe, du hast niemandem unsere Adresse hinterlassen«, meinte Sheryl. Dem Freischärler war jede Dummheit zuzutrauen.

Nabtaal verzichtete auf eine Antwort und bedachte sie mit einem halb gekränkten, halb vorwurfsvollen Blick.

Sheryl wandte sich von ihm ab, ging an Duncan vorbei, der immer noch damit beschäftigt war, die Reste der Mahlzeit in sich hineinzustopfen, und trat ans Fenster. Wiederum blickte sie nach unten, wo ein kleiner Ausschnitt der Straße vor dem Hotel zu sehen war.

Von Cedric und den anderen noch immer keine Spur. Sheryl wußte nicht recht, ob sie sich Sorgen machen sollte oder ob sie sich allmählich mit dem Gedanken anfreunden mußte, daß sie sich mit dem Byranium davongemacht hatten. Doch eine derartige Hinterhältigkeit traute sie Cedric nicht zu. Dazu war er zu impulsiv, zu geradeaus und ... zu ehrlich. Der Gedanke, daß sie sich in diesen Eigenschaften auf verblüffende Weise ähnelten, gefiel ihr nicht besonders.

Sheryl wollte sich wieder vom Fenster abwenden, als ihr der nachtschwarze Gleiter auffiel, der fast direkt unter dem Fenster geparkt war. Beim letzten Mal hatte er noch nicht dagestanden. Irritiert zog sie die chromfarbenen Augenbrauen zusammen. Irgend etwas an der Maschine kam ihr in höchstem Maße verdächtig und beunruhigend vor. Es war, als ob die Lösung des Problems ganz nah vor ihr läge, zum Greifen nahe.

Und dann, im nächsten Moment, wußte sie, was es war, und ihre Augen weiteten sich in eisigem Erschrecken. Die Gleiter, die auf dem Parkdeck des ESCAPADE das Flugtaxi zerschmolzen hatten, hatten haargenau so ausgesehen wie die Maschine dort unten!

»Verflucht!« stieß sie wenig damenhaft hervor. »Wir müssen raus hier!«

»Raus hier?« wiederholte Nabtaal träge und sah sie verwundert an. »Aber wieso denn? Cedric hat doch gesagt, wir sollten hier warten, bis...«

»Mein Gott, verstehst du denn nicht? Wer immer uns gestern an den Kragen gewollt hat, hat uns gefunden. Und das heißt, daß wir verschwinden müssen. Los, schnell!« Sie wies auf den Cybertech. »Und nimm Duncan mit!«

Wie sehr wünschte sie sich, jetzt wenigstens einen kleinen Handstrahler bei sich zu haben. Aber Cedric hatte ihn ja unbedingt mitnehmen müssen. Hier im Hotel würde ihnen schon nichts geschehen, hörte sie seine Worte noch so deutlich am Ohr, als hätte er sie erst vor Sekunden gesprochen.

Sheryl eilte zur Tür, ohne sich darum zu kümmern, ob Nabtaal ihr folgte oder nicht. Sie wollte hinauslaufen, kaum daß die Tür zur Seite geglitten war, und prallte erschrocken zurück.

Direkt vor ihr stand eine Gestalt in einem schwarzen Kampfanzug, in den Armen ein schweres Lasergewehr.

Einen Moment stand Sheryl wie erstarrt da, dann traf sie der Gewehrkolben am Schulterblatt, und sie stürzte zu Boden. Mit katzenhafter Geschmeidigkeit kam sie sofort wieder auf die Beine – und mußte einsehen, daß jede Gegenwehr sinnlos war.

Der Mann mit dem Lasergewehr stand bereits im Zimmer, und hinter ihm kamen zwei weitere Männer mit gleicher Ausrüstung und Bewaffnung herein. Sheryl fragte sich, ob sie schon lange darauf gewartet hatten, daß die Tür geöffnet wurde. Nabtaal war ebenso überrascht wie die Sarday'kin. Er machte einen unentschlossenen Schritt nach vorne, auf die Männer zu, doch eine bestimmte Bewegung mit dem Gewehrlauf machte ihm klar, daß er besser erst gar nicht versuchen sollte, den Helden zu spielen. Nabtaal preßte die Lippen zusammen und verharrte.

»Los, rüber dort an die Wand!« rief einer der Männer.

Ihnen blieb nichts anderes übrig, als sich der Anweisung zu beugen. Nabtaal zog Duncan mit sich, der die Männer interessiert ansah und zu überlegen schien, was das Ganze zu bedeuten hatte.

Die Männer waren ein gut eingespieltes Team, wie Sheryl neidlos anerkennen mußte. Während einer sie in Schach hielt, suchten die anderen beiden systematisch alle Zimmer der Suite ab, wobei jeweils einer dem anderen Deckung gab.

»Alles klar«, meldeten sie, als sie zurückkamen. »Niemand mehr da.«

»Das hätte ich euch gleich sagen können«, meinte Sheryl und rieb sich das schmerzende Schulterblatt. »Aber ihr wart ja zu sehr in Eile, um zu fragen.«

»Wo sind die anderen?« fragte der Mann, der sie in Schach gehalten hatte, ohne auf ihre Bemerkung einzugehen.

»Nun«, begann Nabtaal mit einem seiner Lieblingswörter, »die sind heute morgen . . .«

Sheryl brachte ihn mit einem Stoß in die Rippen zum Verstummen. Sie sah den Mann unschuldig an.

»Welche anderen?« fragte sie, doch sie wußte, daß es längst zu spät war, die Eindringlinge bluffen zu können.

Der Mann hatte für ihre aufgesetzte Arglosigkeit nur ein mitleidiges Lächeln übrig.

»Ihr werdet schon reden«, versprach er ihnen. Er zog ein kleines Funkgerät aus der Tasche. »Hier oben ist alles klar«, sprach er hinein. »Keine Komplikationen. Wir haben sie, Sir. Drei Personen. Eine Sardaykin, ein Freischärler . . .« Es klang abfällig. ». . . und ein brabbelnder Idiot. Wahrscheinlich ein Cybertech.«

»Sonst niemand?« kam es aus dem Lautsprecher zurück.

»Nein, Sir.«

»Gut. Warten Sie auf mich. Ich bin gleich oben bei Ihnen.«

Der Mann bestätigte und steckte das Funkgerät wieder ein.

»Warum seid ihr Jungs eigentlich so scharf darauf«, fragte Sheryl, »uns in die Finger zu bekommen?«

»Befehle«, lautete die knappe Antwort.

»Was du nicht sagst«, meinte Sheryl, als hätte sie damit niemals gerechnet. »Und wer gibt sie?«

»Ihr werdet ihn gleich kennenlernen.«

Sheryl nickte in stummem Einverständnis. Sie war Realistin genug, um ihre Situation richtig einzuschätzen. Immerhin, sprach sie sich Mut zu, hatte man sie nicht einfach über den Haufen geschossen. Demnach legte man Wert darauf, daß sie am Leben blieben.

Duncan hatte sich mittlerweile einem der Männer genähert und betrachtete dessen Uniform, als gäbe es dort etwas furchtbar Interessantes zu entdecken. Der Mann trat einen Schritt zurück und fuchtelte mit seiner Waffe vor Duncans Gesicht herum, als wolle er ein lästiges Insekt verscheuchen.

Doch Duncan reagierte nicht darauf. Er schien es gar nicht als Drohung aufzufassen, sondern als Einladung zum Spielen. Er griff nach dem Lasergewehr, der Mann aber zog es schnell zurück. Duncan gab einen enttäuschten Laut von sich und griff statt dessen nach der Uniformjacke, als wolle er die Qualität des Stoffes prüfen.

Sheryl und Nabtaal warfen sich einen kurzen, verstohlenen Blick zu. Jeder von ihnen erinnerte sich noch daran, wie Duncan in den Byranium-Minen von Hadrians Mond mit bloßen Händen die Knöchel eines Aufsehers förmlich zerquetscht hatte. Wenn er hier so etwas zustande brachte . . .

»Verschwinde endlich!« rief der Mann und riß sich los. Ihm war anzusehen, daß er Skrupel hatte, einfach abzudrücken. Statt dessen schickte er einen hilfesuchenden Blick in Richtung des Wortführers unter ihnen, als wolle er die Erlaubnis einholen, dem lästigen Cybertech den Gewehrkolben über den Schädel zu ziehen.

»Los!« rief der Führer der Gruppe ungehalten in Richtung von Sheryl und Nabtaal. »Haltet endlich diesen Idioten zurück, und sorgt dafür, daß er damit aufhört. Sonst...«

Ein feines, lediglich eine Zehntelsekunde währendes Fiepen ließ ihn mitten im Wort verstummen. Sein Kopf ruckte herum, und sein Gesicht verlor von einem Lidschlag zum anderen beinahe sämtliche Farbe.

Duncan hatte an eine der Granaten gegriffen, die der Mann am Gürtel trug, und den Zünder aktiviert. Ein kleines, in hektischem Rot blinkendes Lämpchen zeigte an, daß die Detonationssequenz eingeleitet war.

Einen Augenblick lang waren alle Blicke entsetzt auf den Mann gerichtet, der verzweifelt versuchte, die Granate zu greifen, um sich von dem todbringenden Gegenstand zu befreien, doch irgendwie hatte Duncan seine Hände dazwischen. Für ihn war das augenscheinlich nur ein Spiel...

Seltsamerweise war es Nabtaal, der als erster zu einer Reaktion fähig war. Er packte Sheryl an den Schultern und zog sie mit sich. Mit zwei, drei Schritten waren sie am Fenster und stürzten sich durch die Scheibe.

Sie landeten fünf, sechs Meter tiefer auf dem Straßenpflaster, und wenn sich keiner von ihnen dabei das Genick brach, dann war das nichts anderes als pures Glück. Pures, unverschämtes Glück.

Trotzdem trieb der Aufprall Sheryl sämtliche Luft aus den Lungen. Auch Nabtaal schrie schmerzerfüllt auf, sein Schrei aber wurde von der Explosion der Granate übertönt, die die restlichen Scheiben zerschmetterte und fauchende Glutbälle durch die Fensteröffnungen schießen ließ. In weitem Umkreis prasselten Scherben und Splitter zu Boden.

Wie betäubt kam Sheryl auf die Beine, mit einem Gefühl, als wäre sie unter eine Dampfwalze geraten. Erschüttert blickte sie nach oben, wo immer noch Rauch aus den Fensteröffnungen drang.

»Duncan ...« hauchte sie. »Er ist ...«

Es war nur ein Flüstern, aber Nabtaal schien sie trotzdem zu verstehen.

»Da oben lebt niemand mehr«, erwiderte er. Er wollte sich aufrichten, stieß einen erneuten Schmerzensschrei aus und ließ sich auf den Boden zurücksinken.

Sheryl wollte ihm zurufen, daß er sich nicht so wehleidig anstellen solle, doch ein Blick auf sein seltsam verdrehtes Bein reichte aus, um zu erkennen, daß er sich den Unterschenkel gebrochen hatte. Sie versuchte, ihm aufzuhelfen, doch er schüttelte ihre hilfreich ausgestreckte Hand ab.

»Das ... hat keinen Sinn!« stieß er hervor. »Hau ab, Sheryl! Bring dich in Sicherheit!«

Sie sah ihn entsetzt an.

»Aber ... ich kann dich doch hier nicht so einfach ...«

»Du mußt!« schnitt er ihr mit einer Bestimmtheit das Wort ab, die sie an ihm noch nie zuvor gehört hatte. »Sonst bekommen sie uns beide. Hier müssen noch mehr von denen sein. Verschwinde endlich! Einer von uns muß ...« Ein Stöhnen, als er seine Lage veränderte. »... muß Cedric und die anderen warnen!«

Sheryl mußte einsehen, daß sie keine andere Wahl hatte. Auch wenn er ein Leichtgewicht war, ihre Kräfte hätten kaum ausgereicht, ihn längere Zeit mit sich zu schleppen. Trotzdem zögerte sie. Ein Zögern, das ihr beinahe zum Verhängnis geworden wäre.

Aus dem nachtschwarzen Gleiter, vor dem sie zu Boden gestürzt waren, sprang ein weiterer Mann heraus, der dort offensichtlich auf das Ende der Aktion gewartet hatte und durch die Detonation überrascht worden war. Auch er trug einen Kampfanzug und ein Lasergewehr. Er war verblüfft, Sheryl und Nabtaal hier unten zu sehen. Vielleicht begriff er nicht gleich, wie sie hinunter auf die Straße gekommen waren, aber dafür erfaßte er um so rascher, daß sie zu den gesuchten Personen gehörten.

Sofort richtete er die Waffe auf sie.

»Halt!« rief er im Näherkommen. »Keine Bewegung!«

Seine Aufmerksamkeit war dabei überwiegend auf Sheryl gerichtet, die langsam die Arme hob; auf sie zielte auch der Gewehrlauf. Nabtaal stufte er anscheinend nicht als Gefahr ein, aber das erwies sich als folgenschwerer Fehler.

Kaum war der Mann in Nabtaals Reichweite gekommen, wirbelte Nabtaal auf dem Boden herum und trat ihm mit dem unverletzten Bein in die Waden. Der Mann verlor das Gleichgewicht, fiel zu Boden, und ehe er sich wieder aufrappeln konnte, krachte ihm Nabtaals Faust ins Gesicht. Kraftlos sank sein Kopf aufs Pflaster zurück.

Sheryl starrte wie vor den Kopf geschlagen auf Nabtaal. Niemals hätte sie dem Freischärler, der dem Bewußtlosen das Lasergewehr entwand, eine derartige Reaktion zugetraut.

»Was ist?« brüllte Nabtaal sie an. »Worauf wartest du noch? Verschwinde! Es wird nicht lange dauern, ehe seine Kollegen hier auftauchen.«

Wie zur Bestätigung seiner Worte erschienen im Hoteleingang zwei weitere Männer in schwarzen Kampfanzügen. Nabtaal trieb sie mit ein paar Lasersalven ins Haus zurück, um sich anschließend sofort hinter dem Gleiter in Deckung zu wälzen, wobei ihm jede Bewegung des gebrochenen Beines ein Stöhnen entlockte.

Vom Hoteleingang wurde das Feuer erwidert. Doch die Laserstrahlen schlugen nur in die Speziallegierung des Gleiters ein, ohne viel Schaden zu hinterlassen.

»Hau endlich ab!« drängte Nabtaal. »Es reicht, wenn sie mich bekommen. Oder willst du dich auch gefangennehmen lassen? Dann kann ich gleich damit aufhören zu versuchen, sie zurückzuhalten. Was meinst du, warum ich das hier mache? Doch nur, um dir einen Vorsprung zu verschaffen!«

Sheryl fühlte sich so hilflos wie selten zuvor in ihrem Leben. Alles in ihr widerstrebte, Nabtaal hier so einfach zurückzulassen, ihn ihren Verfolgern auszuliefern. Aber was sollte sie anderes tun? Sie hatte nicht einmal eine Waffe, um ihn zu unterstützen.

Schließlich gab sie sich einen Ruck. Nabtaal hatte recht. Es half weder ihm noch ihr, wenn sie hierblieb.

»Ich lasse dich nicht im Stich!« stieß sie impulsiv hervor, während sie sich auf den Weg machte, so daß der Gleiter zwischen ihr und dem Eingang lag. »Ich ... ich finde die anderen. Und dann werden wir kommen, um dich herauszuholen.«

Er sah sie nicht einmal an, sondern machte nur eine ungeduldige Geste, um den Hoteleingang sofort darauf mit einer erneuten Salve zu belegen. Die beiden Männer, die dort drüben versucht hatten, zum Gleiter zu laufen, sprangen in Deckung zurück.

Sheryl begann zu laufen. Wohin, das wußte sie selbst nicht, und es war ihr auch gleichgültig. Sie war es Nabtaal schuldig, sich in Sicherheit zu bringen.

Nabtaal hielt sich gut – so lange, bis über ihm ein zweiter nachtschwarzer Gleiter auftauchte, in dem ein Mann hockte und auf ihn zielte. Nabtaal versuchte, sich erneut in Deckung zu bringen, doch dazu war es zu spät. Der Schockerschuß traf ihn und raubte ihm das Bewußtsein. Das Lasergewehr entglitt seinen kraftlosen Händen.

Sheryl warf im Laufen einen Blick über ihre Schulter. Sie sah die beiden Männer, die im Hoteleingang Schutz gesucht hatten und von denen einer in ihre Richtung deutete.

Sie wußte, daß sie keine Hilfe zu erwarten hatte. Die Straße vor ihr lag einsam und verlassen da. Jedermann, der die Explosion und Strahlerschüsse gehört hatte, hatte sich schleunigst in Sicherheit gebracht. Auf *Sankt Petersburg Zwei* galt in solchen Situationen offenbar die Regel, sich auf keinen Fall einzumischen.

Sheryl bemerkte, wie der Gleiter, aus dem heraus Nabtaal

ausgeschaltet worden war, Fahrt aufnahm und hinter ihr herstieß. Sie hastete auf eine Seitengasse zu, doch schon glitt die nachtschwarze Maschine ebenfalls um die Ecke.

Und dann, plötzlich, entdeckte Sheryl Cedric und die anderen. Sie befanden sich weit voraus, am anderen Ende der Gasse.

Und sie hatten sie im gleichen Moment ebenfalls ausgemacht.

»Cedric!« rief Sheryl aus Leibeskräften.

Sie hörte, wie er ihr etwas zurief, doch da traf sie der Schockerschuß im Rücken und ließ sie der Länge nach auf die Straße schlagen, während bläuliche Blitze ihren Körper umknisterten.

Vom Aufprall selbst spürte sie nichts mehr.

Entsetzt sah Cedric, wie Sheryl zu Boden stürzte und leblos wie eine Gliederpuppe liegenblieb. Langsam schwebte der Gleiter neben ihr nieder.

»Der Gleiter!« rief Maylor. Auch er hatte seine Waffe bereits in der Hand. »Das ist eine der beiden Maschinen, die beim ESCAPADE waren!«

Cedric nickte, während er nach vorne stürmte. Er hatte es ebenfalls registriert. Als der Gleiter auf dem Boden aufsetzte, gab er aus dem Laufen einen Schuß auf das geöffnete Schott des Gleiters ab und trieb den Mann, der ins Freie hatte treten wollen, in Deckung zurück.

»Was machst du da?« brüllte Maylor, der Mühe hatte, ihm zu folgen.

Cedric antwortete nicht, sondern rannte weiter. Er wußte, daß es Wahnsinn war, mit Handfeuerwaffen gegen einen gepanzerten Gleiter vorgehen zu wollen. Aber er wußte ebensogut, daß er nichts unversucht lassen würde, um zu verhindern, daß Sheryl in die Hände dieser Leute fiel. Immerhin folgten Maylor, Kara-Sek und Omo ihm auf dem Fuß.

»Ich werde Sheryl nicht im Stich lassen!«

»Ach ja«, höhnte Maylor. »Und wie willst du sie retten?«

Eine gute Frage, wie Cedric eingestehen mußte. Die Antwort darauf wurde ihm abgenommen, als plötzlich ein zweiter nachtschwarzer Gleiter um die Ecke bog und direkt auf sie zuflog.

Cedric Cyper verharrte, als wäre er gegen eine Mauer gelaufen. Natürlich! Er hätte sich denken können, daß da, wo der erste Gleiter war, eine zweite Maschine nicht weit sein konnte.

Der Gedanke, Sheryl zu retten, trat zwangsläufig in den Hintergrund. Jetzt ging es erst einmal darum, die eigene Haut in Sicherheit zu bringen. Cedric rannte in die Richtung zurück, aus der er eben gekommen war. Im Laufen schickte er ein paar Schüsse zu dem Gleiter; auch Maylor feuerte.

Ihre Schüsse richteten nicht mehr aus, als daß sie den Piloten ein wenig blendeten, aber immerhin zog der Gleiter über ihnen hinweg, ohne daß das Feuer auf sie eröffnet wurde. Cedric wurde bewußt, daß auch Sheryl nicht erschossen worden war, sondern lediglich geschockt. Demnach ging es ihren Gegnern darum, sie lebend in die Finger zu bekommen.

Sie hetzten in die nächste Seitengasse, während der Gleiter in einer weiten Kurve zu ihnen herabstieß. Cedric hörte das charakteristische Zischen eines Schockers irgendwo in seinem Rücken und warf sich instinktiv in den nächsten Hauseingang. Bläuliche Blitze knisterten über die Stelle, wo er gerade noch gestanden hatte, aber sie zerstoben sofort wieder.

Als er den Kopf hob, sah er, daß Maylor Strahl um Strahl zu dem Gleiter schickte, der ein weiteres Mal über sie hinwegbrauste und zu einer neuen Kurve ansetzte. Ein Schmerzensschrei wehte zu ihnen heran.

»Ich habe ihn erwischt!« rief Maylor. »Den Kerl in der Luke.«

Cedric plagte sich auf und rannte mit den anderen weiter. Die nächste Seitengasse war dunkel und leer – und sie war zu schmal, als daß der schwarze Gleiter mit seinen weit geschwungenen Heckflügeln sie hätte durchfliegen können.

Doch nach fünfzig hastigen Schritten sah Cedric, daß sie in eine Falle gelaufen waren.

Die Straße war eine Sackgasse.

Cedric Cyper blickte sich gehetzt um, ob einer der Hauseingänge offenstand, durch den sie hätten verschwinden können, aber der eine, den es hier gab, war mit einer Codeleiste geschützt. Auf den Tasten prangten yoyodynische Schriftzeichen.

Das Summen des Gleiters hinter ihnen ließ Cedric den Kopf wenden. Die nachtschwarze Maschine konnte ihnen zwar nicht hinterherfliegen, aber dafür sank sie zu Boden und setzte sich längsseits vor den Anfang der Gasse, als wolle ihnen der Pilot demonstrieren, daß es keinen Rückweg für sie gab. Eine eindrucksvolle Demonstration, wie Cedric zugeben mußte.

»Ergeben Sie sich!« schallte aus den Außenlautsprechern des Gleiters eine harte Stimme durch die Gasse. »Dann wird Ihnen nichts geschehen.«

Als Antwort schickte Cedric ein paar Lasersalven zurück, die allerdings wirkungslos von der Außenhülle des Gleiters abprallten. Schnell suchte er zusammen mit den anderen hinter einem kleinen Hausvorsprung Deckung.

»Und nun?« rief Maylor, der sich neben ihn gepreßt hatte.

»Wieso fragst du *mich* das?« gab Cedric gereizt zurück.

»Weil *du* vorhin auf den Gleiter gefeuert und sie überhaupt erst auf uns aufmerksam gemacht hast!«

»Klugscheißer!«

Vorsichtig spähte Cedric um die Ecke zu dem Gleiter. Ein paar Männer waren herausgesprungen und rückten zu beiden Seiten der Gasse langsam vor, während sie sich gegenseitig Deckung gaben. Er erkannte die Schocker-Gewehre in ihren Händen. Also ging es immer noch darum, sie lebend zu bekommen, aber er wußte nicht, ob diese Erkenntnis tröstlich war oder nicht. Es gab unendlich viele Dinge, die weitaus unangenehmer sein konnten als ein schneller Tod. Das wußte er aus eigener Erfahrung. Schließlich war er zwei Jahre lang auf Hadrians Mond gewesen.

Cedric hob den Strahler und schickte eine Salve in ihre Richtung, mußte aber sofort in Deckung gehen, als bläuliche Schockerblitze gegen den Hausvorsprung prasselten. Ein paar knisternde Ausläufer trafen seine Seite, und er glaubte, sofort ein taubes Gefühl in der Schulter zu verspüren. Doch nicht so stark, als daß es ihn behindert hätte.

»Und nun?« rief Maylor erneut, noch eine Spur nervöser.

»Du wiederholst dich«, hielt Cedric ihm vor. »Warum fällt zur Abwechslung nicht mal *dir* etwas Kluges ein?«

»Oh, du wirst dich wundern. Mir ist schon eine ganze Menge eingefallen.«

»Zum Beispiel?«

»Mich niemals wieder auf ein gemeinsames Unternehmen mit dir einzulassen.«

Cedric verspürte den Drang, Maylor mit einem Kinnhaken klarzumachen, wieviel Lust er jetzt auf solch kluge Sprüche hatte. Er unterdrückte den Impuls und sah zur anderen Seite der Gasse. Fast direkt ihnen gegenüber befand sich ein Tor, das früher vielleicht einmal als Liefereingang gedient hatte und behelfsmäßig mit einer Plastplatte zugemauert worden war.

»Vielleicht können wir das Tor da drüben aufschießen«, schlug er vor, »und durch das Gebäude fliehen. Das würde es ihnen schwermachen, uns zu folgen.«

Maylors Blick wanderte ebenfalls zur anderen Straßenseite. Einen Moment lang schien es, als hielte er den Gedanken für akzeptabel, dann schüttelte er den Kopf.

»Aussichtslos«, sagte er. »Selbst wenn wir das Tor aufbekommen würden, wir würden es nie bis zur anderen Straßenseite schaffen. Die Schockerladungen hätten uns in den Schlaf geschickt, ehe wir drei Schritte weit gekommen wären.«

»Und wenn wir uns gegenseitig Deckung geben?« wandte Cedric ein.

Wie um darauf zu antworten, beugte Maylor sich etwas vor und feuerte ein paar Laserbahnen auf die weiter vorrückenden Männer. Sofort wurde der gesamte Bereich um ihre Deckung von bläulichen Schockerblitzen umspielt.

»Soviel zu deiner Frage«, meinte Maylor säuerlich. »Willst du's trotzdem probieren?«

Cedric Cyper kniff die Lippen zusammen. Zu allem Überfluß tauchte in dem schmalen Stück Himmel, der von ihrer Position aus zu sehen war, der zweite Gleiter auf und blieb über den Dächern der Häuser zu beiden Seiten der Gasse schweben. Nur noch ein paar Augenblicke, dann würden sie von zwei Seiten aus unter Beschuß genommen werden.

»Verdammt, wir können doch nicht einfach hier warten, bis sie uns erwischt haben.« Cedric starrte zum Tor hinüber. Es waren nur zehn Schritte, und doch war es zu weit, als daß sie es jemals hätten schaffen können. »Es muß eine Möglichkeit geben, dort hinüber zu kommen!«

Er hielt seinen Strahler aus der Deckung und schickte blindlings ein paar Schüsse die Gasse entlang.

»Es gibt eine Möglichkeit«, sagte Kara-Sek da plötzlich.

Cedric fuhr herum und sah den Yoyodyne durchdringend an. »Welche?«

Kara-Sek sah ostentativ zu Omo.

»*Er* könnte uns den Vorsprung verschaffen«, sagte er.

»Er?« wiederholte Maylor und schickte einen kurzen Blick zu der muskulösen *Humsz*-Züchtung, der belegte, wieviel Unbehagen er in ihrer Gegenwart noch immer verspürte. »Werden ihn die Schocker-Ladungen nicht genauso betäuben wie uns?«

»Nicht, wenn ich das Wort spreche, um ihn zu aktivieren«, antwortete Kara-Sek ungerührt.

Cedric hielt unwillkürlich den Atem an. Er wußte, was das bedeutete. Omo würde sich übergangslos in eine rasende Kampfmaschine verwandeln, die alles, was ihr in die Quere kam, niederwalzte, zerriß oder zerstampfte. Es war ein Prozeß, der, einmal eingeleitet, nicht mehr aufzuhalten oder rückgängig zu machen war. Jede aktivierte *Humsz*-Züchtung würde so lange weiterkämpfen, bis sie zerstrahlt worden war. Bei dieser Vorstellung fühlte sich Cedrics Mund mit einem Male sehr trocken an.

»Dies ist die letzte Warnung!« tönte es aus dem Lautsprecher. »Verlassen Sie ihr Versteck, und kommen Sie heraus. Ansonsten sind wir gezwungen, stärkere Mittel einzusetzen.«

Zur Bekräftigung tastete ein armlanger Laserstrahl durch die Gasse, schlug Meter über ihren Köpfen in der Fassade ein und ließ rotglühende Tropfen zerschmolzenen Plaststoffes auf den Boden tropfen. Ein kurzer Blick um den Hausvorsprung zeigte Cedric, daß es sich um das mittelschwere Gleitergeschütz handelte, das bereits auf dem Flugdeck in Aktion getreten war. Zwar zweifelte er immer noch daran, daß man es direkt gegen sie einsetzen würde, aber es würde auf jeden Fall ausreichen, sie binnen einer halben Minute aus ihrer Deckung zu treiben. Offensichtlich wurden ihre Jäger langsam ungeduldig.

Cedric stieß die Luft aus, die er die ganze Zeit über in den Lungen gehalten hatte. Ein kurzer Blick zu Maylor, wie um sich zu vergewissern, daß sein ehemaliger Freund keine Einwände gegen seine Entscheidung erheben würde, dann sah er zu Kara-Sek und nickte mit ernster Miene.

»Gut«, sagte er. »Tu es!«

Er wußte, daß ein einziges Wort ausreichte, den Prozeß auszulösen. Ein bestimmtes Wort, das nur der Vorgesetzte kannte. In diesem Fall war das Kara-Sek.

Kara-Sek verneigte sich ein Stück weit.

»Sobald das Wort gesprochen ist, müssen wir schnell verschwinden«, sagte er. »Omo wird dann nicht mehr zwischen Freund und Feind unterscheiden.«

Cedric nickte, und Kara-Sek verneigte sich abermals. Dann sah er zu Omo hoch, wobei er den Kopf tief in den Nacken legen mußte.

»Omo!« rief er. Er betonte es irgendwie eigenartig und deutete mit ausgestrecktem Arm dorthin, wo die Häscher sich verschanzt hatten. Und dann sagte er es. *»Grisbpuessln!«*

Es war ein Wort, wie Cedric es noch nie gehört hatte. Es klang nicht einmal yoyodynisch. In seinen Ohren war es nur ein Wort, aber Omo machte binnen Sekundenbruchteilen eine erschreckende Veränderung durch. Ein Zittern durchlief seinen massigen Körper, seine Muskeln und Adern begannen anzuschwellen und pulsierend hervorzutreten, als wollten sie mindestens die doppelte Größe erreichen, und es sah aus, als würde sich unter seiner Haut noch eine Menge mehr bewegen, das irgendwie lebte und erschreckend gewalttätig war.

Cedric stand bei alledem kaum drei Schritte von Omo entfernt. Ihm schoß durch den Kopf, daß es wohl noch niemals zuvor zwei Sarday'kin gegeben hatte, die so nah der Aktivierung einer *Humsz*-Züchtung beigewohnt hatten – zumindest niemanden, der anschließend noch länger als Sekunden gelebt hätte.

Doch Omo zollte ihnen keinerlei Aufmerksamkeit, sondern sprang mit einem meterweiten Satz aus der Deckung, kam mitten in der Gasse zu stehen, während sein Kopf wie suchend herumruckte. Sofort wurde er von mehreren Schocker-Salven getroffen, die seinen Körper in ein feines, bläuliches Gespinst hüllten.

Jeder normale Organismus wäre jetzt zu Boden gestürzt, von tiefster Bewußtlosigkeit umnachtet, aber Omo stieß nur ein Grollen aus, so laut und drohend, daß Cedric eine Gänsehaut den Rücken herunterlief, dann schnellte er gleich einem Springteufel auf die Männer zu, die angesichts des leibgewordenen Verderbens entsetzt aufschrien und ihr Heil in der Flucht suchten.

Omo hatte sich den ersten gepackt, kaum daß er aus seiner Deckung gesprungen war, ergriff ihn mit beiden Armen – und riß ihn in der Mitte durch. Blut und Eingeweide spritzten im Halbkreis über die Häuserfassade, und Cedric war sich sicher, den grauenvollen Schrei des Mannes niemals in seinem Leben wieder aus seinem Gedächtnis tilgen zu können.

Der Anblick der amoklaufenden Züchtung, die sich schon auf den zweiten Mann stürzte, war so furchterregend und überwältigend, daß Cedric kaum mitbekam, wie Maylor auf das gegenüberliegende Tor schoß und einen manngroßen Durchschlupf in der wenig widerstandsfähigen Plastplatte schuf. Dahinter schien ein verlassener Lagerraum zu liegen. Omo schleuderte die blutigen Überreste des Mannes hinter sich, und ein kleiner Gegenstand landete vor Cedrics Füßen. Eine kleine Kennkarte, ausgestellt auf – die sarday'kinsche Botschaft hier auf *Sankt Petersburg Zwei*!

»Los!« rief Maylor und zog Cedric, der sich danach bücken wollte und noch immer wie betäubt war, mit sich. »Komm endlich! Wir müssen weg hier.«

Ein Laserschuß, der von dem Gleiter über der Gasse zu Ihnen herunterstach, ließ Cedric seine Erschütterung überwinden. Dabei hatte der Schuß nicht einmal ihnen gegolten, sondern der *Humsz*-Züchtung, ohne sie jedoch zu treffen. Natürlich hatte man oben in dem Gleiter längst bemerkt, was hier unten los war, und versuchte zu retten, was noch zu retten war.

Auch das Lasergeschütz des geparkten Gleiters feuerte auf Omo, der gerade den dritten Mann packte, und zerschmolz einen seiner Arme fast zur Gänze. Omo ließ sich dadurch nicht einen Moment lang aufhalten, schleuderte den dritten Mann auf den Mann hinter dem Geschütz und setzte in einem gewaltigen Sprung hinterher.

Cedric sah noch, wie der Hüne das mittelschwere Geschütz mit einer Armbewegung aus der Halterung fegte, dann verging der Gleiter in einer grellen Lichtexplosion. Mit einem Sprung durch die Öffnung im Tor flüchtete er sich vor dem Trümmerregen ins Innere des Gebäudes.

Es handelte sich tatsächlich um einen Lagerraum. Auf der anderen Seite lagen mehrere Türen. Maylor wählte eine von ihnen aus, öffnete sie mit seinem Handstrahler und lief tiefer ins Gebäude. Wie selbstverständlich hatte er die Führung übernommen. Cedric war sogar froh darüber. So mußte er nichts anderes tun, als ihm hinterherzulaufen.

Sie hetzten weiter, durch Treppenhäuser, Korridore und Hinterhöfe. Ein-, zweimal begegneten sie anderen Yoyodyne, die Kara-Sek lautstark aus dem Weg scheuchte, und irgendwann, als sie eine belebte Straße erreichten und weit und breit nichts von ihren Jägern zu sehen war, begriffen sie, daß sie in Sicherheit waren. Schweratmend lehnte Cedric sich an die nächste Hauswand. Er vermochte keine rechte Erleichterung empfinden. Seine Gedanken galten Sheryl und der Tatsache, daß er es nicht geschafft hatte, sie zu retten. Sie war den Häschern in die Hände gefallen.

Aber immerhin wußten sie, in wessen Gewalt sie sich befand.

Synfile 7

Mittels- und Hintermänner

»Wir freuen uns, daß Sie sich für die K&K-Bank entschieden haben«, säuselte die Computerstimme. *»Wir versichern Ihnen, daß Sie mit Ihrer Entscheidung, ein Konto bei unserem Institut zu eröffnen, die bestmögliche Wahl getroffen haben. Unser Service wird Sie vollauf zufriedenstellen. Falls Sie sich zuvor über unser breitgefächertes Angebot und unsere einzelnen Serviceleistungen orientieren wollen, nennen Sie bitte eines der folgend angebotenen Themengebiete.«*

Cedric Cyper, der zusammen mit Maylor und Kara-Sek in der kleinen Beratungskabine der Bank hockte, hatte den Eindruck, als hätte für die Synthetisierung der Stimme dieselbe superblonde, etwas einfältige Sexbombe Pate gestanden wie für die Taxi-Computer. Wahrscheinlich das Ergebnis jahrzehntelanger Werbepsychologie. Er fragte sich, ob Sheryl an seiner Stelle die sympathisch-forsche Stimme einer hünenhaften Adonis-Gestalt gehört hätte.

Vor ihm erschienen mehrere holografische Kästchen, in denen aus dreidimensionalen Buchstaben bestehende Begriffe leuchteten, von ›Geschäftsbedingungen‹ bis ›Gebührenordnung‹

»Unternehmensstruktur«, verlangte er.

»Ihre Auswahl bezeugt das große Interesse, das Sie unserem Haus entgegenbringen. Gerne sind wir Ihnen mit entsprechenden Informationen behilflich. Das Auskunfts-Menü ist breit gefächert.«

Neue holografische Kästchen, und neue Begriffe. ›Auftragsabwicklung‹, ›Filialverbindungen‹ und...

»Gründung.«

»Die K&K-Bank wurde gegründet 3974 A. D. mit Sitz auf Sankt Petersburg Zwei *von der Freihandelsfamilie O'Patrick. Nach einer anfänglichen Orientierung als reine Handelsbank erfolgte mit mehrfacher...«*

»Derzeitige Anteilseigner«, unterbrach Cedric.

»Größter Anteilseigner mit siebenundachtzig Prozent des Eigenkapitals ist die Sandara Star Company *mit Sitz auf* Star City. *Dieses Mehrheitsverhältnis wurde erzielt im Jahre 4272 A. D. durch den gezielten Ankauf...«*

»He!« rief Maylor, während die Computerstimme ungestört weiterredete. »Sandara! Das ist wirklich eine Überraschung!«

»Du kennst ihn?« fragte Cedric verwundert.

»Ihn?« Maylor hob belustigt die Augenbrauen. »Du machst mir Spaß! Es handelt sich um eine Frau. Und kennen wäre etwas übertrieben ausgedrückt. Schließlich ist sie eine der reichsten Frauen, die es in diesem Spiralarm der Galaxis gibt. So was gehört nicht gerade zum üblichen Bekanntenkreis eines einfachen Raumschiffkommandeurs.«

»... erfolgte beispielsweise auch eine Umstrukturierung der Außenhandelsposten zu...«

»Sag mal, kannst du dich auch etwas genauer ausdrücken?«

»Mensch, Cedric! Sandara, die Juwelenkönigin! Erzähl mir nicht, daß du noch nie von ihr gehört hast. Sie kontrolliert einen Großteil des Schmuckhandels.«

Stimmt, dachte Cedric. Allmählich dämmerte es ihm. Und sie sollte nicht nur unendlich reich, sondern auch ausgesprochen hübsch sein. In einschlägigen Gazetten und TV-Sendungen wurde bisweilen über ihre großartigen Gala-Empfänge berichtet, die als gesellschaftliches Ereignis ersten Ranges galten. Doch diese Art Berichterstattung hatte Cedric auch schon vor seiner Verbannung in die dunklen Stollen von Hadrians Mond nie sonderlich interessiert.

Ein Gedanke kam Cedric.

»Moment mal!« rief er. »Ich glaube, mir ist da eben was aufgegangen ... Unterbrich mich bitte, wenn ich etwas Falsches sagen sollte. Diese Bank hier ist doch besonders auf dem Gebiet des Schmuckhandels tätig. Und diese Sandara, der sie quasi gehört, ist, wie du sagst, die Juwelenkönigin.«

»Bis hierhin war's richtig.«

»Gut«, sagte Cedric und machte eine auffordernde Geste, als wolle er eine Schar plomboyanischer Jung-Buärps aufscheuchen. »Und – was sagt uns das?«

Maylor blickte ihn verständnislos an.

»Ich verstehe nicht, was du meinst«, sagte er. »Was sollte uns das schon sagen?«

»Kommt dir dabei nichts verdächtig vor? Na gut, dann will ich dir etwas auf die Sprünge helfen. Was ist denn der kostbarste und teuerste Schmuck, mit dem man überhaupt handeln kann?« Und als Maylors Miene sich aufhellte, fügte Cedric hinzu: »Ich sehe, du verstehst endlich. Und jetzt nimm mal an, du wärst ein Verschwörer und hättest ein ganzes Containerschiff voller Byranium. Was für eine Einrichtung bräuchtest du wohl, um es zu Bargeld zu machen und für deine Zwecke nutzen zu können? Na ...?«

»Du meinst, diese Bank hier ...?«

Cedric nickte. »Genau das meine ich!«

Maylor zog die Augenbrauen herab und kniff die Lippen zusammen. Ein Zeichen, daß er ins Grübeln gekommen war.

»Es paßt alles zusammen«, faßte Cedric seine Gedanken zusammen. »Über die *K&K-Bank* kam auch die Order, die PFENNIGFUCHSER zu kaufen, kurz bevor sie dann angeblich explodiert ist. Damit hatten die Verschwörer eine Transportmöglichkeit zur Hand, um das geraubte Byranium zu befördern. Und damit niemand als Zeuge aussagt, was für ein Raumschiff dabei war, haben sie alle erledigt. Bis dann Hadrians Mond an die Reihe kam.«

»Du gehst also davon aus, daß der Überfall auf Hadrians Mond kein Einzelfall war?« meinte Maylor.

»Das war nur einer aus einer ganzen Reihe von Überfällen. Sonst hätte man die PFENNIGFUCHSER nicht schon vor anderthalb Jahren offiziell aus dem Verkehr gezogen. Ein solches Schiff hätte man sich auch kurzfristig besorgen können.«

»Du könntest recht haben. In den Stützpunkten der Flotte war in letzter Zeit so manches Gerücht über Überfälle auf Byranium-Minen zu vernehmen. Aber da alles, was entsprechende Vorfälle betrifft, der strengsten Geheimhaltungsstufe unterliegt, hat man natürlich nie etwas Genaueres erfahren.« Er sah Cedric an. »Und wie paßt deiner Meinung nach die SK MARVIN ins Spiel?«

Das war der Schwere Kreuzer, der die PFENNIGFUCHSER begleitet und die FIMBULWINTER zusammengeschossen hatte. Eindeutig ein Schiff der Sarday'kinschen Raumflotte, aber seine Kennung war in keinem Speicher verzeichnet gewesen. Offiziell gab es ein solches Schiff nicht.

»Das weiß ich noch nicht«, antwortete Cedric. »Vielleicht haben sie es ähnlich wie mit dem Containerschiff gemacht, und es handelt sich um ein angeblich zerstörtes Raumschiff, das mit neuer Kennung versehen wurde. Oder es ist das Schiff irgendeines geheimen Flotten-Kommandos und taucht deshalb in den offiziellen Listen nicht auf.«

»Du weißt, was du da andeutest? Daß die Hintermänner der ganzen Sache im Apparat der Raumflotte sitzen würden, und zwar nicht irgendwo, sondern ganz oben!«

»Davon bin ich ausgegangen, seitdem die SK MARVIN die geheimen Identifizierungscodes benutzt hat«, sagte Cedric. »Glaube mir, um solche Codes zu bekommen, reicht simple Bestechung oder Erpressung nicht aus. Da mußt du ein ganzes

Sicherheitssystem austricksen, und das kannst du eigentlich nur, wenn du der Boß einer solchen Einrichtung bist.«

»Ich fürchte, daß du recht hast«, mußte Maylor zugeben. »Welche Verbindung gibt es dann aber zwischen den Drahtziehern in der Flotte und dieser Bank? Oder zur *Sandara Star Company*.«

»Keine Ahnung«, meinte Cedric. »Vielleicht gelingt es uns ja, das herauszufinden. Was weißt du eigentlich noch über diese Sandara?«

»Kaum mehr, als ich erzählt habe.«

»Und was ist mit diesem Ort, wo sie residiert? Wo befindet sich *Star City*?«

»Soweit ich mich erinnern kann, handelt es sich dabei um eine Kunststadt auf einem Asteroiden, der irgendwo innerhalb der Freihandelszone um einen einsamen weißen Zwerg kreist. Die genaue Lage ist öffentlich nicht bekannt. Man muß schon zu den geladenen Gästen gehören, um dorthin gelangen zu können.«

Das klang nicht besonders ermutigend, aber solch ein Umstand vermochte Cedric mittlerweile nur noch um so mehr herauszufordern.

»Was hast du vor?« fragte Maylor. »Wenn du so ein Gesicht machst, dann brütest du doch etwas aus. Willst du etwa auf einen bloßen Verdacht hin versuchen, eine Passage nach Star City zu ergattern?«

»Das hängt davon ab, was wir noch herausfinden«, meinte Cedric. »Wie du schon sagtest, bis jetzt basieren diese ganzen Zusammenhänge mehr oder minder auf reinen Vermutungen. Es ist genausogut möglich, daß der Direktor dieser Bank auf eigene Faust mit den Hintermännern zusammenarbeitet«, fügte er hinzu, um im nächsten Atemzug selbst einzuschränken. »Bei den Summen, um die es hier geht, erscheint mir das allerdings fraglich.«

»Sicher scheint, daß die sarday'kinsche Botschaft ebenfalls ihre Rolle in diesem Spiel spielt«, sagte Maylor grimmig.

Cedric konnte nur nicken. Spätestens seit der Verhaftungsaktion, der sie mit Mühe und Not entkommen waren, stand dieser Punkt fest. Denn warum sonst hätte man sich derart massiv und ohne Rücksicht auf etwaige diplomatische Verwicklungen um ihre Verhaftung kümmern sollen?

Es ließ ihn erneut daran denken, daß sich Sheryl, Nabtaal und Duncan jetzt in den Händen dieser Leute befanden. Nicht, daß er es vergessen hätte, schließlich lagen diese Geschehnisse erst drei Stunden zurück, aber er hatte es seitdem so gut wie möglich zu verdrängen versucht; und er war erstaunt, wie gut es ihm gelungen war.

Sein erster Gedanke, nachdem sie sich in Sicherheit gebracht hatten, hatte darin bestanden, mit dem nächsten Flugtaxi so schnell wie möglich zur sarday'kinschen Botschaft zu jagen, um vielleicht noch eher als die Häscher dort zu sein und die drei Mitstreiter aus ihren Händen zu befreien. Doch Maylor hatte widersprochen.

Eine solche Verzweiflungsaktion war wahrscheinlich genau das, was man von ihnen erwartete. Sie konnten unmöglich zu dritt versuchen, in die gutgesicherte Botschaft einzudringen und die anderen zu befreien – jedenfalls nicht ohne vernünftigen Plan.

Cedric hatte eingesehen, daß Maylors Argumente die besseren gewesen waren, aber insgeheim hatte er seinen ehemaligen Freund im Verdacht, nur deshalb so nüchtern zu reden, weil er keinerlei persönliche Beziehungen zu den drei hatte. Hätte er nicht ganz anders reagiert, wenn an Sheryls Stelle jemand verhaftet worden wäre, mit dem *er* die letzten zwei Jahre in einer Byranium-Mine verbracht hatte. Cedric machte sich nichts vor: Seine Sorge galt in erster Linie Sheryl. Seltsam, dachte er, gestern abend noch hatte sie ihm knallhart ins Gesicht gesagt, daß sich ihre Wege von nun an trennen würden, und heute bangte er derart um sie, als hätte sie ihm statt dessen das Versprechen gegeben, ihr restliches Leben an seiner Seite zu verbringen.

Cedric würde nichts unversucht lassen, sie dort herauszuholen.

Dafür jedoch benötigte er mehr Informationen und einen erfolgversprechenden Plan. Da er beides nicht vorzuweisen hatte, blieb ihnen nichts anderes übrig, als sich vorläufig um weitere Informationen zu kümmern. Nicht zuletzt deshalb befanden sie sich schließlich in dieser Beratungskabine.

Cedric zwang seine Gedanken gewaltsam in die Gegenwart zurück und wandte sich der Konsole zu, aus deren Lautsprechern die Computerstimme die ganze Zeit über mit unveränderter Freundlichkeit weitergesprochen hatte: *». . . hält die K&K-Bank Anteile an mehr als neunzig verschiedenen Unternehmen, die auf dem Gebiet . . .«*

»Das reicht!« unterbrach er. Die Computerstimme verstummte weisungsgemäß. »Zurück ins letzte Auswahlmenü.« Und dann: »Hiesige Geschäftsleitung!«

»Die Leitung der K&K-Bank auf Sankt Petersburg Zwei *wird geleitet von einem Direktorium von fünf Mitgliedern«*, lautete die freundliche Auskunft, *»wobei die geschäftsführenden Aufgaben einem leitenden Direktor obliegen, der jeweils im Abstand von fünf Jahren von den Gesellschaftern eingesetzt wird. Seit mehr als vier Perioden wird dieser Posten bekleidet von Sartorius Wosch, der aus der alteingesessenen Freihandsfamilie der . . .«*

»Visuelle Darstellung!« verlangte Cedric.

Tatsächlich erschien vor ihnen – dem auskunftsbereiten Kundenprogramm sei Dank! – die holografische Darstellung eines vielleicht sechzigjährigen Mannes mit immer noch energischen Gesichtszügen und klaren Augen, aus denen eine überdurchschnittliche Intelligenz sprach – und auch eine gewisse Portion Verschlagenheit.

»Sartorius Wosch«, flüsterte Cedric. »Das ist also einer der Hintermänner. Derjenige, der den PFENNIGFUCHSER-Deal vorgenommen hat.«

»Sofern wir Dunkerbekk trauen können«, schränkte Maylor

ein. »Oder sofern er nicht von dem Bank-Computer getäuscht worden ist.«

Cedric nickte. »Programm Ende und Abbruch«, wies er den Computer an. »Und Türöffnung.«

»Aber, Sir«, protestierte der Computer mit butterweicher, dermaßen enttäuscht klingender Stimme, als wäre die dahintersteckende Blondine mit den größten Versprechungen zu einem romantischen Rendezvous gelockt und dann brutal von der Bettkante gestoßen worden. *»Sie hatten unseren Service doch in Anspruch genommen, um ein Konto bei unserem Institut ...«*

»Türöffnung, habe ich gesagt!« wiederholte Cedric ungehalten.

»Die K&K-Bank wünscht Ihnen noch einen guten Tag«, schwenkte die Computerstimmte ansatzlos um, während die Tür zu der kleinen Kabine auffuhr.«

»Hoffentlich beehren Sie uns bald wieder.«

Cedric, Maylor und Kara-Sek, der der ganzen Szene wie üblich schweigend beigewohnt hatte, verließen die Kabine.

»Na schön«, meinte Maylor, als sie wieder im Freien standen, und sah die kobaltblaue Außenfassade des Bankgebäudes hinauf, das irgendwo hoch über ihnen in den Abendhimmel stieß. Es hatte etwas von einem Blick an sich, den man den Göttern zuschickte. »Aber selbst, wenn dieser Sartorius Wosch unser Mann ist, wie kommen wir dann an ihn heran? Hast du eine Ahnung, wie gut der Direktor einer solchen Bank bewacht sein dürfte? Mindestens so scharf wie ein Flottenadmiral! Glaubst du, unsere armselige Artillerie reicht aus, um ihn davon zu überzeugen, uns eine Audienz zu gewähren?«

»Darüber können wir uns später Gedanken machen«, sagte Cedric. »Setzen wir den Hebel erst einmal dort an, wo mit am wenigsten Widerstand zu rechnen ist.«

»Und das wäre?«

»Ein gewisser Longius, dessen Adresse du doch hoffentlich noch bei dir hast. Oder?«

»Natürlich«, entgegnete Maylor fast beleidigt. »Was glaubst du denn?«

»Na dann, worauf warten wir noch? Statten wir diesem netten Herrn einen kleinen Besuch ab. Vielleicht kommen wir über ihn ganz einfach zum Direktor der Bank oder zu der sarday'kinschen Botschaft.«

»Ein Optimist ist in aller Regel ein Zeitgenosse«, murmelte Maylor, »der nur recht ungenügend informiert ist.«

»Was hast du gesagt?« fragte Cedric verwundert, dem die Worte seltsam bekannt vorkamen.

»Oh, nichts weiter«, sagte Maylor. »Nur so eine Redensweise eines unserer alten Ausbilder auf der Flottenakademie.«

Sie riefen sich von der nächsten Kommunikationssäule aus ein Flugtaxi, und nachdem sie an Bord waren, gab Maylor die Adresse der Investmentfirma an. Die Maschine stieg in die Abenddämmerung und jagte ihrem Ziel entgegen.

Die Geschäftsräume der Firma waren, wie nicht anderes zu erwarten, um diese Tageszeit bereits geschlossen, und das Hologramm einer freundlichen Bediensteten unterrichtete sie, daß man morgen früh gerne wieder zu ihrer Verfügung stehen würde; falls sie eine Nachricht hinterlassen wollten ...

Dann flogen sie im Taxi zur Privatadresse des Mannes. Die Maschine brachte sie in ein nobles Wohnviertel, das von Grünanlagen geprägt war und in dem sich sogar einige der Korkenzieherbäume aus der Südhalbkugel des Planeten in den Himmel schraubten. Die meisten Häuser waren stattliche Villen. Wer hier wohnte, hatte sich seinen Weg hinauf in die oberste Schicht der Planetenbewohner erarbeitet – auf welche Weise auch immer.

Sie ließen das Taxi nicht landen, als sie das Haus von Longius erreicht hatten, sondern wiesen den Bordcomputer an, eine langsame Runde um das Anwesen zu drehen, so eng es der Sicherheitsabstand zuließ. Es war eine luxuriöse Villa, die aus einer Unzahl Bauklötze eines Riesenbabys zusammengesetzt zu sein schien – vielleicht ein Hinweis darauf, was für ein verspielter Kindskopf der Architekt gewesen war. Sie hatten Glück. Einige der großflächigen Fenster waren hell erleuchtet. Der Hausherr schien zu Hause zu sein.

»Was schlägst du vor?« fragte Maylor, während er durch die Seitenscheibe auf das Anwesen hinuntersah. »Einfach anklopfen und fragen, ob er Zeit für uns hat?«

»Nein, die Zeit für diplomatische Lösungen ist abgelaufen.«

Maylor fragte sich, wann um alles im Universum sie in den letzten Tagen irgendeines ihrer Probleme auf diplomatische Weise gelöst hatten.

»Dann also auf die harte Tour.«

»Du sagst es«, bestätigte Cedric. »Und ich habe auch schon eine Idee!«

»Gott behüte uns vor deinen Ideen!« stöhnte Maylor, um sofort neugierig hinzuzufügen: »Also gut, raus damit!«

»Ich will nur, daß du eines weißt«, meinte Maylor, während er die Gurte des *Rocket-Packs* an seinen Schultern festzog. »Mit einem solchen Ding bin ich noch nie geflogen, und wenn ich's jetzt tue, werde ich mir ganz bestimmt den Hals dabei brechen!«

»Stell dich nicht so an«, zischte Cedric. »Im Prinzip ist es dasselbe, als wenn du im Weltraum mit einem Flugzeug unterwegs bist.«

»Es ist beileibe nicht dasselbe«, beharrte Maylor. »Im Weltraum kann man nämlich nicht runterfallen und sich dabei das Genick brechen.«

»Jetzt sei endlich still, und nimm dir ein Beispiel an Kara-Sek!« Er wies auf den Yoyodyne, der sich das rucksackähnliche Gebilde, das wegen seiner sechs Antriebsdüsen auch *Six-Pack* genannt wurde, ebenfalls auf den Rücken geschnallt hatte. »Er hat es ebenfalls noch nie getan und jammert nicht so herum wie du!«

»Dem ist es ja auch egal, wie er ums Leben kommt. Mir nicht!«

Sie hatten sich die drei *Rocket-Packs* in einem Spezialgeschäft gekauft. Es handelte sich um ein Sportgerät, das normalerweise nur auf besonderen Geländen benutzt werden durfte – und konnte. Denn es war mit einem Mikro-Chip ausgestattet, der verhinderte, daß es außerhalb der dafür vorgesehenen Zonen überhaupt ansprang. Die Gefahr von Tausenden in den Straßen herumflitzender Leute wäre für den zentralgesteuerten Gleiterverkehr zu groß gewesen. Da hier auf *Sankt Petersburg Zwei* jedoch alles eine Frage von Angebot und Nachfrage war, hatte es dank ihres kleinen Vermögens, das sie allein auf den Credit-Cards besaßen, keine größeren Schwierigkeiten gemacht, gegen einen entsprechenden Aufpreis drei Ausführungen zu erwerben, bei denen der Chip fehlte.

Cedric gab sich dennoch keinen vorschnellen Hoffnungen hin. Longius' Anwesen würde natürlich elektronisch gesichert sein, und sobald sie über das Grundstück flogen, würde Alarm ausgelöst werden. Alles weitere hing dann davon ab, ob sie schneller waren als Longius.

Sie befanden sich einen knappen Kilometer von dem Anwesen entfernt in einem dunklen Park. Außer ihnen trieb sich hier niemand mehr herum. Wer hier wohnte, hatte um diese Abendzeit offenbar andere Dinge zu tun, als Spaziergänge durch öffentliche Parks zu machen.

»Also?« Cedric hatte sich vom korrekten Sitz des *Packs* überzeugt und sah Kara-Sek und Maylor an. »Alles klar?«

»Du als erster«, bestätigte Maylor die Frage auf seine Weise. »Wenn du dir den Hals brichst, können wir beide uns immer noch etwas anderes überlegen.«

»Na schön.«

Cedric legte seine Hände an die Steuerhebel, die in Ellbogenhöhe an seinen Hüften vorbei nach vorne ragten, so daß man sie bequem umgreifen konnte. Ein kleiner Knopfdruck, und das *Rocket-Pack* auf seinem Rücken erwachte fauchend zum Leben und begann, an seinen Schultern zu zerren. Aus den sechs Düsen stachen bläuliche, trotz der Dunkelheit fast unsichtbare Feuerschweife hervor.

So weit, so gut, dachte Cedric. Ein leichter Druck auf den Steuerhebel, und ehe er sich's versah, verlor er den Boden unter den Füßen und schoß jäh in den Abendhimmel hinauf.

Erschrocken korrigierte er den Flug, mit dem Ergebnis, daß er plötzlich seitwärts direkt auf den Baumstamm zuraste und durch eine der Lücken in dem spiralförmigen gewunden Stamm hindurch zur anderen Seite.

Es dauerte ein paar Minuten, ehe er seinen Flug endlich unter Kontrolle bekam. In einer weiten Kurve kehrte er zu Maylor und Kara-Sek zurück, und das Abbremsmanöver geriet ihm beinahe zum Luftsalto rückwärts. Mit Mühe und Not verhinderte er, daß das *Rocket-Pack* abermals mit ihm durchging.

»Na, los!« rief er ihnen zu. »Worauf wartet ihr noch? Ihr seht doch, es ist ganz einfach!«

Auch Maylor und Kara-Sek zündeten ihre Geräte. Sie hatten anfangs ähnliche Schwierigkeiten wie Cedric, dann machten sie sich auf den Weg.

Drei betrunkenen Hummeln gleich torkelten sie auf Longius' Anwesen zu.

Sie kamen aus der Richtung, in der die hellerleuchterten Terrassenfenster lagen. Darin bestand auch Cedrics ganzer Plan: in einer geraden Linie dorthin zu stoßen, auf der Terrasse zu landen und ins Haus einzudringen, ehe Longius zu irgendwelchen Gegenmaßnahmen kam. Kurz vor dem Grundstück beschleunigten sie, so daß sie fast mit dem Kopf voran auf die erleuchteten Fenster zuschossen, und Cedric konnte nur hoffen, das *Rocket-Pack* gut genug im Griff zu haben, um rechtzeitig wieder zum Halten zu kommen.

Er schaffte es und setzte mit einer Eleganz, die ihn selbst überraschte, auf der Terrasse auf. Auch Kara-Sek landete recht sauber, nur wenige Meter von ihm entfernt.

Allein Maylor schoß mit einer viel zu hohen Restgeschwindigkeit und einem spitzen Schrei auf die Fensterfront zu. Instinktiv tat er genau das Richtige und feuerte mit seiner Waffe auf die Scheibe, die in tausend Splitter zerbarst, die allerdings nicht einmal die Zeit hatten, klirrend zu Boden zu fallen, als er schon wie eine menschliche Kanonenkugel in den Raum fegte. Im nächsten Moment erklang von drinnen ein dumpfes Krachen und ein erneuter Aufschrei.

Cedric deaktivierte sein *Rocket-Pack* mit einer schnellen Bewegung, zog seine Waffe und stürmte ebenfalls in den hellerleuchteten Raum; und Kara-Sek folgte ihm dichtauf. Ein Blick reichte aus, die Lage zu erfassen.

Maylor war weich gelandet. Er lag in einem Wust aus Kissen und erinnerte entfernt an ein auf dem Rücken liegendes Insekt, das vergeblich versuchte, auf die Beine zu kommen. Aber immerhin bewiesen seine Bewegungen, daß er die Sache unbeschadet überstanden hatte. Auch die Triebwerke seines *Rocket-Packs* hatten sich bei dem Aufprall glücklicherweise automatisch abgeschaltet, bevor die Düsen die Umgebung in Brand hatten setzen können.

Cedric wandte sich in Richtung des Bettes, wo ein untersetzter Mann aufgesprungen war und sich notdürftig ein Handtuch um die Lenden gebunden hatte. Und im Bett saß eine junge Frau, die sich das Bettlaken bis zum Hals hochgezogen hatte und deren erschrockener Schrei erst jetzt abbrach.

»Keine Bewegung!« rief Cedric und zielte mit der Waffe direkt auf die Stirn des Mannes, während er langsam auf ihn zuging. Auf das Kommando »Hände hoch!« verzichtete er angesichts des noch nicht richtig zugebundenen Handtuchs freundlicherweise. Er zielte mit dem Zeigefinger der anderen Hand auf die Frau. »Und du, Lady, kannst das Bettlaken meinetwegen da lassen, wo es ist, aber ich will deine Hände sehen!«

Zitternd gehorchte sie. Cedric gab Kara-Sek einen Wink.

»Kümmere dich darum«, wies er ihn an, »daß sie keinen Unsinn macht!«

Kara-Sek trat mit erhobenem Schwert neben das Bett, und sah die Frau mit grimmiger Miene an, als hätte er vor, sie jeden Moment zu enthaupten. Sie starrte bangend zu dem Yoyodyne empor und wagte nicht, sich zu bewegen.

»Was soll das?« rief der Mann. Man hörte seine Angst, auch wenn er sich bemühte, seiner Stimme einen forschen Klang zu geben. »Wer sind Sie, und was wollen Sie von uns?«

»Ruhe!« Cedric hatte ihn erreicht und hielt ihm den Lauf der Waffe direkt unter das Kinn. Angesichts der äußerst dürftigen Bekleidung des Mannes konnte er darauf verzichten, ihn nach Waffen zu untersuchen. »Ich bin es, der hier die Fragen stellt. Ist noch jemand im Haus?«

»Ich ... nein ...«

»Stimmt das?« fragte Cedric in Richtung der Frau. Sie nickte zaghaft.

»Gut«, knurrte er. Sie war viel zu verstört, um ihn anzulügen. »Dann nenne mir gleich auch noch seinen Namen!«

»Sei ... seinen Namen?« stotterte sie verständnislos.

»Ja!« Und als sie bestätigte, daß es sich um Longius handelte, wandte Cedric sich wieder ihm zu. »Weiter mit uns beiden! Was ist mit der Alarmanlage? Ist sie eingeschaltet?« Es war kein entsprechender Ton zu hören, aber das hatte nichts zu bedeuten.

»Die Alarmanlage? Oh, die ...« Der Mann brauchte einen Moment, um seine Gedanken zu sortieren, und ein berechnender Zug legte sich in sein Gesicht. »Die ist natürlich angeschaltet. Wahrscheinlich wird jeden Moment die nächste Wache hier auftauchen. Ihr solltet also besser sehen, daß ihr davonkommt!«

Cedric grinste und entspannte sich ein wenig.

»Alles klar!« rief er Maylor zu, der sich mittlerweile aufgerappelt hatte. »Dieser Idiot hat vergessen, die Alarmanlage einzuschalten.«

»Ich habe gewußt, daß ich mir den Hals brechen würde«, murmelte Maylor, ohne auf Cedrics Worte einzugehen. »Ich habe es von Anfang an gewußt.«

»Okay.« Cedric achtete nicht darauf, sondern stieß Longius in den nächstbesten Sessel. »Paß auf, auch im Hinblick auf deine Freundin dort wollen wir es so kurz wie möglich machen.«

»Was ... wollt ihr?« Longius sah ängstlich zwischen ihnen hin und her.

»Nur ein paar Auskünfte, mehr nicht«, sagte Cedric. »Du gibst sie uns, und schon sind wir wieder verschwunden. So einfach ist das.«

»Was für Auskünfte?«

»Über ein Geschäft, daß du vor anderthalb Jahren gemacht hast.« Diesmal war es Maylor, der sprach. »Es ging dabei um ein Containerschiff namens PFENNIGFUCHSER. Na los, was kannst du uns darüber sagen?«

»PFENNIGFUCHSER?« wiederholte Longius erschrocken. Sein Blick flackerte unstet. »Ich ... ich weiß überhaupt nicht, wovon ihr redet«, versuchte er, sich herauszuwinden. »Und selbst wenn, dann ...«

»Dann wollen wir dir ein wenig auf die Sprünge helfen«, sagte Maylor. »Vor anderthalb Jahren hast du von der Handelsfirma *Sandal Systems* ein Containerschiff erworben. Und wie der Zufall es so wollte, ist es kurz darauf angeblich explodiert, noch bevor die Registrierung auf dich überschrieben worden ist. Trotzdem hast du den vollen Kaufpreis bezahlt, und auch von der Versicherungssumme, die an den alten Eigentümer ging, wolltest du seltsamerweise nichts sehen. Ist das nicht etwas sehr merkwürdig?«

»Das mit der Versicherungssumme war nicht abgesprochen«, keuchte Longius. »Das hat dieser Idiot alleine gedreht. Er hat den Hals nicht voll genug bekommen können. Deshalb hatte er ja auch ...«

Er unterbrach sich, als ihm klar wurde, daß er im Begriff war, sich um Kopf und Kragen zu reden.

»Weiter«, ermunterte ihn Maylor. »Dran glauben müssen – hast du eben, glaube ich, gerade sagen wollen. Rede ruhig weiter! Jetzt, wo du schon mal angefangen hast, dürfte der Rest doch auch nicht so schwer sein, oder?«

»Ich sage überhaupt nichts mehr!« Der Mann preßte die Lippen zusammen, doch schon im nächsten Moment fragte er: »Wer seid ihr? Wer schickt euch?« Er versuchte aufzustehen.

»Das tut nichts zur Sache«, beschied Cedric Cyper und stieß ihn wieder in den Sitz zurück. »Wichtig ist, daß wir momentan diejenigen sind, die den Finger am Drücker haben. Aber falls es dich beruhigen sollte, wir gehören nicht zu den Leuten, mit denen du unter einer Decke steckst. Aber wir möchten liebend gerne etwas mehr über sie erfahren. Also . . .?«

»Was für Hintermänner?« erwiderte Longius fast trotzig und kniff erneut die Lippen aufeinander.

»Komm schon«, sagte Maylor. »Der ganze Deal ist doch unmöglich auf deinem eigenen Mist gewachsen. Du warst doch nur der Mittelsmann. Erzähl uns, wie das damals gewesen ist! Wann hat dir Sartorius Wosch das Ganze vorgeschlagen?«

Longius zuckte bei der Nennung dieses Namens merklich zusammen. In seine ohnehin ängstliche Miene mischte sich ein neuer Zug von Furcht, und Cedric spürte nur zu gut, daß diese Furcht mit Sartorius Wosch zu tun hatte.

»Wenn du unbedingt den Helden spielen willst . . .« Cedric seufzte und wandte sich scheinbar gelangweilt an Maylor, der ebensogut wußte, daß Longius vielleicht ein mit allen Wassern gewaschener und skrupelloser Geschäftsmann war, aber eines war er mit Sicherheit nicht – zum Helden geboren. »Dann müssen wir eben ein bißchen nachhelfen. Ich habe schließlich keine Lust, die ganze Nacht hier zu vertrödeln. Was schlägst du also vor?«

»Da gibt's eine Menge Möglichkeiten«, griff Maylor den Faden auf. »Als besonders erfolgreich hat sich bislang immer das fachgerechte Amputieren verschiedener Körperteile erwiesen. Finger, Ohren und so weiter. Na ja, du kennst das ja!« Es hörte sich so belanglos an, als rede er über die Innenausstattung seines neuen Fluggleiters.

Cedric sah auf Longius herab, dessen Augen sich merklich geweitet hatten. Nicht mehr lange, und der Banker redete wie ein Wasserfall.

»Und was für einen Körperteil empfiehlst du in diesem Fall?« fragte Cedric harmlos. »Womit fangen wir an?«

Maylor sah ebenfalls auf Longius herab und tat, als müsse er überlegen. Grüblerisch strich er sich über die Wange, und letztendlich blieb sein Blick auf dem Handtuch liegen, das die Hüfte des Mannes bedeckte.

»Ich glaube«, meinte er, »ich hätte da schon so eine Idee.«

»Meinetwegen«, erklärte Cedric sich mit einem gleichgültigen Schulterzucken einverstanden. »Und wie?«

»Wie wärs mit einem kleinen Grillfest?« Maylor hob seine Laserwaffe vor die Augen und drehte an dem kleinen Schalter, mit dem sich die Intensität des Strahles regeln ließ. »Mit dieser Waffe hier habe ich mir während eines Landungsunternehmens, als der automatische Kocher ausgefallen war, eine Bratwurst gegrillt. Dauert eine knappe Minute, ehe sie gar ist.«

»Stimmt«, sagte Cedric. »Aber ich weiß nicht, der Geruch von verbranntem Fleisch stößt mir immer so unangenehm auf.« Er deutete auf Kara-Sek, der immer noch die Frau im Auge behielt. Sie war diejenige, die Cedric am meisten leid tat. Sie war da in etwas hereingeraten, an dem sie vollkommen unbeteiligt war. Aber es ließ sich leider nicht ändern. »Vielleicht sollten wir lieber *ihn* ranlassen. Mit seinem Schwert ist er wirklich außergewöhnlich geschickt. Ich habe einmal gesehen, wie er eine Gurke in weniger als drei Sekunden in zwei Dutzend Scheiben zerschnippelt hat. Das ging . . .« Natürlich war das, was er da erzählte, das reinste Raumfahrergarn – aber es schien seine Wirkung nicht zu verfehlen. Longius war mittlerweile so bleich geworden wie ein weißes Blatt Papier.

»Wir müssen ihn natürlich festbinden und knebeln«, meinte Maylor mit einem Kopfnicken in Longius' Richtung. »Du weißt ja selbst, wie fürchterlich diese Typen dabei immer brüllen und um sich schlagen. Wirklich unangenehm.«

»Stimmt.« Cedric sah sich suchend um. »Ich werde mal sehen, ob ich hier etwas finde...«

»Schon gut, schon gut!« rief Longius in höchster Not. »Hört auf damit. Ich verrate euch ja alles, was ihr wissen wollt. Nur bitte, laßt mich in Ruhe!« Das Zwinkern, das sich Maylor und Cedric gegenseitig zuwarfen, registrierte er nicht einmal.

In den nächsten Minuten verriet er ihnen alles, was er über den PFENNIGFUCHSER-Deal wußte. Sartorius Wosch, der Direktor der *K&K-Bank*, war damals an Longius herangetreten und hatte ihn beauftragt, das Containerschiff zu kaufen. Nachdem das erfolgt war, hatte Longius die Anweisung erhalten, sich darum zu kümmern, daß die PFENNIGFUCHSER sich zu einem bestimmten Zeitpunkt in einem bestimmten System materialisierte und daß sich zu diesem Zeitpunkt die komplette Stammbesatzung inklusive des alten Eigners an Bord aufhielt. Das einzige, was er danach noch von dem Schiff gehört hätte, war die Zerstörungsmeldung gewesen.

»Das kann doch nicht schon alles gewesen sein?« fragte Maylor. »Du wirst dich doch bestimmt dafür interessiert haben, was mit dem Schiff geschehen ist?«

»Warum hätte ich das tun sollen?« rief Longius verzweifelt. »Ich habe mein Geld erhalten. Und außerdem hat mir Wosch gesagt, daß ich das alles vergessen sollte. Und er ist ein mächtiger Mann. Man tut besser, was er sagt.«

»Wie mächtig?« hakte Cedric nach. Es war Zeit, etwas mehr über diesen Bankdirektor zu erfahren – und über die Rolle, die er in diesem Spiel einnahm.

Longius machte eine vage Geste. »Das weiß niemand genau«, sagte er. »Aber man munkelt, daß er...«

Er hielt erschrocken inne, als die Innentür zu dem Schlafzimmer mit einem Krachen aufgestoßen wurde. Eine schwarzgekleidete Person sprang in den Raum, ging blitzartig in die Hocke und legte aus einer armlangen Waffe auf sie an. Auch hinter der zertrümmerten Fensterfront waren von einem Lidschlag zum anderen fünf oder sechs bewaffnete Leute aufgetaucht.

»Keine Bewegung!« schallte ihnen eine Stimme entgegen.

In Cedrics Hand zuckte es; tausendmal geübte Reflexe, die ihm sagten, die Waffe hochzureißen und das Feuer zu eröffnen – aber zum Glück hatte er auch tausendmal geübt, diese Reflexe ebenso schnell wieder zu unterdrücken.

Es war sinnlos, erkannte er, als er die auf sich gerichteten Waffenläufe sah. Die Leute trugen dieselbe Kleidung wie diejenigen, die beim yoyodynischen Hotel gewesen waren – und Cedric hatte nicht den geringsten Zweifel, daß es sich um dieselbe Eingreiftruppe der sarday'kinschen Botschaft hier auf *Sankt Petersburg Zwei* handelte. Mit einem Seitenblick auf Longius erhaschte er, daß er von dem unvermittelten Auftauchen der Männer ebenso überrascht worden war wie sie.

Cedric streckte seine Hände langsam von sich. Jede Gegenwehr hätte ihn allerhöchstens das Leben gekostet. Ihn und den anderen im Raum.

Auch Maylor hatte das eingesehen, nur Kara-Sek stürmte mit erhobenem Säbel auf den durch die zerborstene Tür in den Raum gesprungenen Mann zu. Ein kurzes Knistern, und im nächsten Moment entglitt der Säbel mit der newtoniumveredelten Klinge seinen geschockten Fingern und fiel zu Boden. Ein Betäubungsstrahl, wie Cedric erleichtert wahrnahm. Das bewies, daß man an ihrem Leben interessiert war.

Einen Moment lang verharrte der Yoyodyne, dann wollte er sich trotz seines betäubten Arms auf den Mann stürzen, und er hätte es sicherlich auch getan, wenn Cedric ihm nicht Einhalt geboten hätte.

»Nicht!« rief er. »Das hat keinen Sinn.«

Kara-Sek blieb keuchend stehen und schaute sich um.

»Sehr klug«, sagte einer der Männer von der Fensterfront aus. Die Stimme klang unter der Maske so hohl, daß Cedric Mühe hatte, überhaupt zu identifizieren, welcher der Männer da sprach, ehe einer von ihnen ins Zimmer trat und mit seiner

Waffe eine auffordernde Geste in Cedrics und Maylors Richtung machte. »Also verhaltet euch auch weiter so, und laßt hübsch brav die Waffen fallen.«

Cedric atmete tief durch, bevor er seinen Strahler zu Boden warf. Maylor tat es ihm nach, um im nächsten Moment, als die Aufmerksamkeit aller Männer auf die zu Boden polternden Waffen gerichtet war, in Richtung der Fensterfront zu hechten und den Startknopf seines *Rocket-Packs* zu betätigen.

Cedric begriff den genialen Gedanken, mit dem Maylor die einzige Fluchtmöglichkeit erkannt – und wahrgenommen – hatte. Das *Rocket-Pack* hätte ihn binnen eines Augenblicks aus dem Raum katapultieren und hinaus in die Nacht schießen lassen müssen.

Wie gesagt – hätte . . .!

Aber die sechs Düsen zündeten nicht richtig, sondern ließen Maylor ausgestreckt auf den Boden prallen.

»Ach ja, ich vergaß«, sagte der Mann in Maylors Richtung. »Natürlich haben wir diesen Raum längst mit einem elektronischen Störfeld überzogen. Tut mir leid, wenn eure netten Spielzeuge also nicht mehr funktionieren.«

Mühsam arbeitete sich Maylor auf die Beine. »Ich kann mir vorstellen, daß ihr über unser Auftauchen überrascht seid«, redete der Mann weiter. »Der Dateneinbruch in den Bankcomputer blieb nicht unbemerkt. Anscheinend ein wirklich geschickter Surfer, den ihr da engagiert habt. Aber leider schaffte er es nicht mehr zu verschleiern, woher er kam. Nämlich aus dem System der Investmentfirma dieses netten Herrn dort.« Er deutete in Richtung auf Longius. »Und von da an war klar, daß ihr euch früher oder später hier blicken lassen würdet. Wir mußten nur noch auf euch warten. Ich muß sagen, eine wirklich verwegene Methode, die ihr euch da habt einfallen lassen.«

Cedric konnte von dem Gesicht hinter dem dunklen, laserreflektierenden Visier wenigstens soviel erahnen, um zu wissen, daß der Mann grinste.

»Was . . . was soll das?« stotterte Longius unsicher. »Wer sind Sie? Was ist hier überhaupt los?«

»Stellt der Kerl immer so dumme Fragen?« erscholl es hinter der Maske. Die Worte schienen Cedric zu gelten.

»Ja, meistens«, versuchte er auf den Plauderton einzugehen. »Scheint wohl in seiner Natur zu liegen. Es hat uns auch ziemlich viel Mühe gekostet, ihm das auszutreiben.«

»Unnütze Liebesmüh«, sagte der Mann. »Er wird nicht mehr viel Gelegenheit haben, dumme Fragen zu stellen. Genausowenig wie du.« Damit hob er die Waffe und zielte in Cedrics Richtung. »Es ist an der Zeit, dein letztes Gebet zu sprechen.«

»Du wirst uns nicht umlegen«, sagte Cedric mit einer Überzeugung, von der er nicht wußte, woher er sie nahm. Er breitete die Arme aus. »Wenn ihr uns hättet umbringen wollen, hättet ihr das schon viel früher tun können.«

»Bist du dir da wirklich so sicher?« Wieder diese Andeutung eines Grinsens unter dem Visier.

Und dann drückte der Mann ab.

Cedric fühlte noch, wie irgend etwas mit unbändiger Gewalt gegen sein Bewußtsein schlug, es gewaltsam aus seinem Schädel fegte, und dann legte sich endgültig Schwärze um ihn.

Zwei weitere Betäubungsschüsse, und auch Maylor und Kara-Sek stürzten haltlos zu Boden.

Perkins zog den Helm vom Kopf und ließ seinen Blick voller Zufriedenheit über die drei bewußtlosen Gestalten wandern, ohne Longius oder die Frau im Bett zu beachten.

»Schafft sie in die Gleiter!« befahl er, woraufhin mehrere seiner Leute herbeieilten, die drei packten und sie hinaus auf die Terrasse schleiften, wo ein Gleiter herunterkam und eine Handbreit über dem Boden schweben blieb.

Perkins wartete, bis die Bewußtlosen im Gleiter waren, dann gab er zwei seiner Männer einen knappen Wink.

»Ihr erledigt den Rest!« wies er sie an, und nachdem sie mit einem bestätigenden Nicken darauf reagiert hatten, begab er sich ebenfalls nach draußen und stieg in den Gleiter ein. Das Schott schloß sich, und Sekunden später stieg die Maschine auf und verschwand im Abendhimmel.

»Was soll das heißen?« fragte Longius die verbliebenen Männer. Abermals gelang es ihm nicht, seiner Stimme einen sicheren Klang zu geben. »Von was ist die Rede?«

»Du bist wirklich ein Idiot«, sagte der schwarzgekleidete Mann und hob seine Waffe. »Offenbar hast du ein wenig zuviel ausgeplaudert. Und du weißt doch, was mit Leuten passiert, die diesen Fehler begehen!«

»Ausgeplaudert?« Longius machte ein Gesicht, als hörte er das Wort zum ersten Mal. Er erhob sich aus dem Sessel und hob abwehrend die Arme. »Ich habe überhaupt nichts ausgeplaudert. Gar nichts.«

»Leider gibt es nur irgend jemanden, der anders darüber denkt.«

Der grelle Strahl traf Longius mitten in der Brust, schleuderte ihn zur Wand zurück und ließ ihn dort als verkohltes Bündel zurück.

Die Frau kreischte auf. Langsam schob sie sich aus dem Bett, während sie das Bettlaken unverändert vor sich hielt.

Der Blick des schwarzgekleideten Mannes ruckte in ihre Richtung, als nähme er sie jetzt zum ersten Mal wahr.

»Bitte ...« hauchte die Frau. »Tu mir nichts. Ich ... ich habe mit all dem nichts zu tun ...«

»Keine Angst«, sagte der Mann, und seine Stimme strahlte mit einem Male eine überraschende Sanftheit aus. »Du brauchst keine Angst zu haben. Ich will dir nichts zuleide tun. Du mußt nicht glauben, daß ich irgend etwas gegen dich hätte ...«

Er wartete, bis sich der ängstliche Blick der Frau etwas entspannte, dann drückte er ab. Die feurige Lohe erfaßte sie und verbrannte sie ebenso wie Longius bis zur Unkenntlichkeit.

»Es ist nur diese verdammte Einsatzvorschrift«, fügte er, fast entschuldigend hinzu und beeilte sich zu verschwinden.

Schon setzte der zweite Gleiter auf, um sie zurück zur Botschaft zu bringen.

Synfile 8

Söldner!

»Gut gemacht, Perkins«, sagte Lafayette, als sein vom Einsatz zurückgekommener Adjutant Bericht erstattet hatte. Ein leichtes, entspanntes Lächeln spielte um die Lippen des Botschafters. Ein Lächeln das von der Erleichterung herrührte, daß nun endlich alles überstanden war. Sämtliche Personen, die mit der FIMBULWINTER hier gestrandet waren, waren aus dem Verkehr gezogen – oder tot. Sie konnten ihm nicht mehr gefährlich werden. Zwar würden die Einsätze der Eingreiftruppe und die von ihr verursachten Schäden noch einen Rattenschwanz an unangenehmen Folgen nach sich ziehen, aber das war nichts, womit er nicht fertig werden würde. »Ich bin sehr zufrieden mit Ihnen.«

Perkins quittierte es mit einem knappen Nicken.

»Das freut mich aufrichtig, Sir«, sagte er, und es entsprach der Wahrheit. Wer blieb nicht gerne am Leben? »Die Gefangenen befinden sich jetzt unten im Sicherheitstrakt. Ich schätze, daß sie zwischenzeitlich das Bewußtsein zurückerlangt haben dürften.«

»Dann wollen wir ihnen mal einen kleinen Besuch abstatten.« Lafayette erhob sich und kam hinter seinem Arbeitstisch hervor. »Ich möchte mir die Burschen gerne noch persönlich ansehen, bevor sie . . .« *Faktor 4* abholen läßt, hatte er sagen wollen, verbesserte sich aber noch rechtzeitig: ». . . bevor sie ebenfalls der anderen Einheit überstellt werden.«

Faktor 4 – er hatte wesentlichen Anteil an der Ergreifung der letzten drei entflohenen Strafgefangenen gehabt, denn von ihm war die entscheidende Information gekommen. Die Männer, die die Sarday'kin und den Freischärler abgeholt hatten, hatten dem Botschafter gleichzeitig eine Nachricht überreicht; sie besagte, daß ein Datensurfer, der offenbar im Auftrag der Strafgefangenen gehandelt hatte, in das Zentralsystem der *K&K-Bank* eingedrungen war, um dort nach PFENNIG-FUCHSER-Daten zu suchen. Aufgrund seiner Herkunft könne man davon ausgehen, daß die drei aller Wahrscheinlichkeit nach demnächst bei einer bestimmten Person auftauchen würden. Und dann hatte sich auf dem Zettel noch die Adresse dieser Person, eines Investmenthändlers, befunden. Und die freundliche Bitte, ihn nach erfolgter Aktion ebenso aus dem Weg zu schaffen wie etwaige Zeugen.

Lafayette hatte getan, wie ihm befohlen worden war. Seit dieser Anweisung jedoch ging ihm eine flüsternde Frage im Kopf herum, die nicht verstummen wollte: Was hatte *Faktor 4* mit der *K&K-Bank* zu tun?

Hatte er durch diese Information womöglich unabsichtlich ein Stück seiner Anonymität preisgegeben? Oder war das nur ein neuerlicher Test, um zu prüfen, ob er versuchen würde, ihm hinterherzuschnüffeln? Es war derselbe Teufelskreis, in dem sich Lafayettes Gedanken schon mehrmals befunden hatten, wenn er über diesen Mann im Hintergrund nachdachte. Deshalb hatte er auch verzichtet, den Männern nachzuspüren, die die beiden Gefangenen abgeholt hatten, oder ihnen einen Peilsender an den Gleiter zu kleben. *Faktor 4* hatte sicherlich seine Vorkehrungen für solche Fälle getroffen. »Darf ich fragen, was das für eine Einheit ist, zu der die Gefangenen überstellt werden?« fragte Perkins. »Gibt es hier auf *Sankt Petersburg Zwei* noch eine weitere sarday'kinsche Nachrichtenzentrale?«

»Perkins, glauben Sie mir«, sagte Lafayette betont. »Wenn ich Ihnen das wirklich hätte sagen wollen, dann hätte ich es Ihnen längst gesagt.«

»Ja, natürlich«, reagierte Perkins eilig auf die Zurechtweisung. »Verzeihen Sie, Sir.«

»Schon gut«, entgegnete Lafayette mit einer Jovialität, die der Hochstimmung entsprach, in der er sich befand. Da konnte man über solche Kleinigkeiten schon einmal großzügig hinwegsehen.

Mit dem Expreßlift fuhren sie hinunter ins dritte Untergeschoß, in dem der Sicherheitstrakt lag. Natürlich bestand die Botschaft nicht nur aus den prächtigen überirdischen Gebäuden, die von einem parkähnlichen Grundstück umgeben waren. Hier unten befand sich alles, um selbst ein Dutzend Gefangene ausbruchssicher zu beherbergen – und alle erdenklichen technischen, chemischen oder sonstigen Hilfsmittel, sie gegebenenfalls auch zum Reden zu bringen.

Eigentlich schade, dachte Lafayette mit einer Spur von Bedauern, daß dafür in diesem Fall keine Zeit blieb. Und *Faktor 4* legte Wert darauf, die Gefangenen in einem möglichst unbeschädigten Zustand zu bekommen.

Natürlich wußte Lafayette, daß er den Gefangenen nichts über den schiefgelaufenen Überfall auf Hadrians Mond entlocken durfte, denn wenn sie *Faktor 4* darüber berichteten, würde man sicherlich nicht besonders erfreut darüber sein.

Die beiden Wachen, die sich rechts und links des Schotts zum Zellenraum befanden, salutierten, als sie den Botschafter und seinen persönlichen Adjutanten herannahen sahen.

»Keine Vorkommnisse«, meldete einer von ihnen.

»Das will ich doch hoffen!«

Die beiden Wachen blieben draußen, während Lafayette und Perkins den Raum betraten. Auf der einen Seite befanden sich mehrere Kontrollpulte, auf der anderen mehrere schmucklose Liegen, ein festinstallierter Tisch und die Ausgabe eines Nahrungsmittelspenders, der natürlich von außen kontrolliert wurde.

Befriedigt sah Lafayette, wie die drei Gefangenen aufsprangen, als sie hereinkamen. Er stellte sich dicht vor die warnendrote Linie, die die Hälfte des Raumes durchzog. Auf den ersten Blick befand sich zwischen ihm und den Gefangenen nichts als bloße Luft, nur wenn man ganz genau hinsah, konnte man das leichte Flimmern erkennen, das sich wie ein feines Gespinst durch die gesamte Breite des Raumes zog. Es war das elektronische Schutzfeld, und wer einmal Bekanntschaft mit seinen unangenehmen Eigenschaften gemacht hatte, hütete sich, ihm noch einmal zu nahe zu kommen.

»Ah«, rief Lafayette. »Wie ich sehe, befinden Sie sich allesamt bei guter Gesundheit.« Er faltete die Hände. »Sehr gut. Genießen Sie diesen Zustand noch ein paar Minuten lang.«

Wenn er geglaubt hatte, die drei ängstigen zu können, so sah er sich getäuscht.

»Der Herr Botschafter, nehme ich an«, meinte Maylor und ließ seine Hände dabei in den Hosentaschen. »Und sogar höchstpersönlich. Welche Ehre!«

»Was ist mit den anderen?« rief Cedric. »Was haben Sie mit ihnen gemacht? Warum sind sie nicht hier? Befürchten Sie etwa, zusammen könnten wir ausbrechen?«

»Glauben Sie mir, hier könnte nicht einmal eine aktivierte *Humsz*-Züchtung ausbrechen«, erklärte Lafayette milde lächelnd. »Und was Ihre zwei Kumpane angeht . . .«

»Zwei?« rief Maylor stirnrunzelnd, »Wieso zwei?«

Cedric spürte einen eisigen Schrecken. Wen der drei hatte es erwischt? Sheryl? Sie war zwar diejenige, die er als letzte lebend gesehen hatte, aber das mußte nicht zwangsläufig bedeuten, daß ihr nichts passiert war.

»Wer?« fragte er. »Wer fehlt?«

»Perkins!« sagte Lafayette nur.

»Wir haben einen Freischärler und eine Sarday'kin verhaftet«, gab Perkins Auskunft. »Der Cybertech, der die Explosion der Granate ausgelöst hat, ist dabei ums Leben gekommen.«

Duncan! Er war es, den es erwischt hatte.

»Wo sind Sheryl und Nabtaal jetzt?« fragte Cedric.

»Tut mir leid, das kann ich Ihnen nicht beantworten«, sagte

Lafayette abweisend. »Aber Sie werden es früh genug erfahren. Und wer weiß, vielleicht sehen Sie dabei auch Ihre Kumpane wieder.« Und als wüßte er, wie sehr er Cedric damit treffen konnte. »Das heißt, sofern sie überhaupt noch am Leben sind.«

Cedric schluckte. Am liebsten wäre er diesem Mistkerl, der da keine anderthalb Meter von ihm entfernt stand, an die Gurgel gegangen. Doch das einzige, was ihm ein derartiger Versuch eingebracht hätte, wäre gewesen, daß sich der Botschafter an den schmerzlichen Folgen hätte weiden können, die jeder Kontakt mit dem Sicherheitsfeld nach sich zog. Und diese Freude wollte ihm Cedric nun doch nicht bereiten.

»Wäre es nicht langsam an der Zeit, uns etwas über die Hintergründe der Verschwörung zu erzählen?« fragte Cedric statt dessen. Er deutete auf Perkins. »Und was ist mit ihm? Ist er ebenfalls daran beteiligt?«

Lafayette zuckte unmerklich zusammen. Doch er hatte sich gut genug unter Kontrolle, als daß man ihm etwas hätte anmerken können.

»Was für eine Verschwörung?« fragte er unschuldig.

»Also gehört er nicht dazu«, folgerte Cedric. Das war doch womöglich etwas, mit dem sich etwas anfangen ließ; er war entschlossen, die winzige Möglichkeit, die sich ihm da bot, zu nutzen. Vielleicht konnte er ein wenig Zwietracht zwischen den beiden sähen. Mal sehen, wem sich Perkins mehr verpflichtet fühlte – seinem direkten Vorgesetzten oder der sarday'kinschen Sternenflotte! »Wollen Sie ihm dann nicht erzählen, was für ein falsches Spiel Sie hier spielen?« sprach Cedric weiter. »Vielleicht interessiert es ihn zu wissen, für wen Sie in Wahrheit tätig sind?«

Lafayette warf Perkins einen Seitenblick zu und registrierte beruhigt, daß sein Adjutant in keinster Weise auf diese Worte reagierte. Er stand so unbeteiligt da, als würde er sie gar nicht hören.

Gut, dachte Lafayette, auf seinen Adjutanten war Verlaß.

»Nur zu«, ermunterte er Cedric. »Sagen Sie es ihm ruhig! Für wen bin ich denn in Wahrheit tätig?«

Cedric begriff, daß ihm das Wort im Mund herumgedreht worden war. Kein Wunder, als Botschafter war Lafayette natürlich besonders geübt in solchen hetorischen Spielchen. Er hingegen um so weniger. Auf diese Gegenfrage konnte Cedric keine Antwort geben, und das minderte seine ohnehin geringe Aussicht, glaubwürdig auf den Adjutanten zu wirken.

»Sagen Sie mal, Perkins«, sprach Cedric den Adjutanten direkt an, »ist Ihnen bei den Einsätzen zu unserer Verhaftung nichts seltsam vorgekommen. Beispielsweise, daß Sie noch gar keinen Haftbefehl von der Flotte bekommen haben und der Botschafter trotzdem alle Hebel in Bewegung setzt, um unserer habhaft zu werden? Aus welchem Grund dieser Eifer? Was denken Sie?«

»Er wird schon seine Gründe dafür haben«, bemerkte Perkins steif.

»Oder daß wir jemand anderem überstellt werden«, machte Cedric Cyper weiter, »der augenscheinlich nicht zum sarday'kinschen Flottenkomplex gehört. Macht Sie das nicht nachdenklich?«

»Es steht mir nicht zu, mir darüber Gedanken zu machen«, erwiderte Perkins ablehnend. Lafayette mußte sich beherrschen, um nicht siegessicher zu grinsen. »Ich halte mich nur an meine Befehle.«

»Na, bravo!« knurrte Maylor und tat, als würde er Beifall klatschen. »Sieh ihn dir an, Cedric! Ist er nicht ein wahres Prachtexemplar unserer Zunft? Das einzige, was man ihm beigebracht hat, ist, Befehle auszuführen. Eigenes Denken unerwünscht! Wahrscheinlich bekäme er sogar Kopfschmerzen, würde er es doch einmal versuchen.«

Cedric Cyper war überrascht, solche Worte ausgerechnet aus dem Mund des sonst so pflichtbewußten Maylor zu hören.

»Denken Sie gut nach, Perkins!« versuchte es Cedric ein letztes Mal. »Hat er in den letzten Jahren nie Befehle gegeben, deren Sinn Ihnen vielleicht fragwürdig vorgekommen ist?«

Der Adjutant reagierte nicht. Er sah Cedric nicht einmal an.

Sein Blick glitt an den Gefangenen vorbei irgendwo in die Unendlichkeit.

»Ich glaube, es ist Zeit, diese unerbauliche Veranstaltung zu beenden«, sagte Lafayette. Er ging zu einem der Kontrollpulte, und auf einen Fingerdruck von ihm öffnete sich ein kleiner Schacht. Cedric konnte sehen, daß sich zwei Hebel darin befanden. Der eine besaß einen roten Knauf, der andere einen gelben. »Jedenfalls kann ich hier im Raum niemanden erkennen, der diesem haltlosen Geschwafel irgendwelche Bedeutung zumessen würde.«

»Es scheint, als bräuchten Sie eine Brille«, meldete sich Maylor zu Wort. »Mich jedenfalls interessiert das sehr. Meinetwegen kann er ruhig weiterreden.«

Lafayette ließ sich seinen Sieg nicht nehmen. Er legte seine Hand auf den Hebel mit dem gelben Knauf.

»Und *mir* scheint«, ahmte er Maylors Tonfall nach, »als bräuchten *Sie* eine kleine Lektion.«

Er drückte den Hebel halb nach unten und sah zufrieden, wie Maylor, Cedric und Kara-Sek mit einem Male ihre Gesichter qualvoll verzogen, ihre Arme vor den Leib preßten und langsam zu Boden sanken.

»Ein nettes Spielzeug, nicht wahr?« fragte Lafayette höhnisch, und wieder in Maylors Tonfall fügte er dann hinzu: »Also, falls Sie noch etwas zu sagen haben – meinetwegen können Sie ruhig weiterreden.«

Cedric brachte kein einziges Wort mehr über die Lippen. Das höllische Feuer, das seine Eingeweide durchdrang, war zu übermächtig, als daß er noch Gewalt über seine Stimmbänder gehabt hätte.

Vorbei! vermochte er noch zu denken. Er hatte seine Chance gehabt – und verspielt. Um Perkins seine Meinung ändern zu lassen, hätte schon eine Giga-Bombe auf sein Haupt fallen müssen! Ach was – zehn!

Irgendwann, nachdem Lafayette sich ausgiebig Zeit gelassen hatte, seine Fingernägel zu betrachten, drückte er den Hebel in die Ausgangsstellung zurück, und der gewaltige Schmerz verschwand aus Cedrics Gliedern. Trotzdem lag er genauso wie Maylor und Kara-Sek noch sekundenlang keuchend da, ehe er imstande war, sich wenigstens auf Ellbogen und Knie zu erheben.

»Und das war nur ein kleiner Vorgeschmack«, rief Lafayette. »Die Schmerzempfindung läßt sich ohne weiteres noch um das Doppelte steigern. Und wenn Sie sich dann immer noch nicht an das halten, worum ich Sie bitte . . .« Ein kurzes Lächeln, ehe er weiterredete: ». . . werde ich vielleicht auch diesen anderen Hebel benutzen. Ich muß ihn nur umlegen, und alles organische Leben innerhalb der Sicherheitszone wird mit einem Desintegratorstrahl ausgelöscht. Es hängt ganz von euch ab. Ach ja, etwas sollte ich vielleicht noch hinzufügen. Was solche Sachen angeht, sind wir hier nämlich etwas altmodisch. Für so etwas benutzen wir immer noch die gute alte HM-3. Ich muß Ihnen doch wohl nicht sagen, was das bedeutet?«

Das mußte Lafayette wahrhaftig nicht. Seine Worte hatten ausgereicht, um Cedric erbleichen zu lassen. Es gab kaum eine Todesart, die schmerzhafter war als eine Aminosäuren-Verschiebung durch einen HM-3-Desintegrator.

Lafayette sah das Entsetzen in den Gesichtern seiner Gefangenen und begann zu lachen.

Ein Lachen, das ihm im Hals stecken blieb, an dem er sich verschluckte und beinahe daran zu ersticken drohte, als übergangslos die Alarmsirenen aufzuheulen begannen.

Die plötzlich rhythmisch aufleuchtenden roten Lampen an den Wänden tauchten den Raum in wabernden, rötlichen Widerschein. Das dumpfe Grollen einer entfernten Explosion rollte zu ihnen heran. Für ein, zwei Sekunden flackerte das Licht, und Cedric wurde sich bewußt, daß diese Stromschwankung vielleicht auch das elektronische Sicherungsfeld kurz durchlässig gemacht hatte. Nun lag das leichte Flimmern wieder unverändert vor ihm in der Luft und unterteilte den Raum in zwei Hälften.

Dennoch nahm er sich vor, genau auf das nächste Flackern der Lampen zu achten und darauf, ob das elektronische Sicherungsfeld ebenfalls davon betroffen war. Und wenn es nur das leiseste Anzeichen dafür gab, nur das kleinste Nachlassen des ohnehin kaum sichtbaren Flimmerns, dann würde er versuchen, sich hindurchzustürzen. Vielleicht war es die letzte Chance, die ihnen noch blieb.

»Was war das?« fragte Lafayette verunsichert. Er wirkte plötzlich vollkommen ratlos.

»Es hörte sich an wie eine Explosion«, sagte Perkins, der ebenfalls beunruhigt die Augenbrauen herabgezogen hatte. »Irgendwo innerhalb des Gebäudes.«

»Wie es sich angehört hat, weiß ich selbst«, schrie der Botschafter. »Ich will wissen, was es *war*! Und was überhaupt die Ursache für den Alarm ist!«

»Ja, Sir, sofort, Sir!« beeilte sich Perkins zu versichern. »Wird erledigt, Sir.«

Er eilte hinaus und gab den beiden Wachen, die außen das Schott bewachten, die Anweisung, nach dem Rechten zu sehen. Die beiden verschwanden im Laufschritt. Er selbst lief zum nächsten Kommunikator draußen auf dem Gang. Lafayette zuckte erschrocken zusammen, als eine neue Detonation ertönte. Durch das offene Schott klang es noch ein wenig lauter und besorgniserregender.

»Es scheint, als würden Ihnen die Dinge mit einem Male aus den Händen gleiten«, rief Maylor dem Botschafter zu. »Sie sehen nicht aus, als hätten Sie eine Ahnung, wer Ihnen da einen Besuch abstattet. Vielleicht irgend jemand, bei dem Sie eine alte Rechnung offen haben? Oder er bei Ihnen?«

Lafayette sah fast ängstlich in ihre Richtung. Er wirkte so, als überlege er sich allen Ernstes, den roten Hebel herunterzudrücken, um sich des lästigen Problems zu entledigen.

»Nicht«, flüsterte Cedric in Maylors Richtung. Er vermeinte, die Gedanken hinter der Stirn des Botschafters lesen zu können und zu wissen, daß Lafayette kurz vor einer Kurzschlußhandlung stand. »Sei still! Sonst macht der uns glatt kalt.«

Vielleicht hätte Lafayette das tatsächlich getan, wenn nicht Perkins in den Raum zurückgekommen wäre. Seine Laserwaffe hatte er längst in der Hand.

»Wissen Sie endlich, was los ist?« fauchte Lafayette ihn an.

»Nun, Sir«, erwiderte Perkins. »Offenbar ist eine Gruppe schwerbewaffneter Söldner ins Botschaftsgebäude eingedrungen. Und sie gehen mit derart schweren Waffen vor, daß es kaum möglich ist, eine geordnete Gegenwehr zu organisieren, geschweige denn sie aufzuhalten.«

Lafayette erstarrte.

»Söldner?« rief er fassungslos aus.

Bei den Söldnern handelt es sich um Gruppierungen, die sich nach dem Zerfall des Großen Imperiums keiner der neugebildeten Fraktionen hatten anschließen wollen. Anfangs hatten sich deren Angehörige noch aus ehemaligen Angehörigen der alten Flotte und Armee zusammengesetzt, die sich gegen ein entsprechendes Entgeld als Bodyguards, Einsatzbegleiter oder bezahlte Kampftruppen verdingt hatten. Im Laufe der letzten viereinhalb Jahrhunderte hatte sich aus diesen Hasardeuren, deren Nachkommen und vielen Freiwilligen aus allen Fraktionen eine eigenständige Gilde entwickelt, die zwar über kein eigenes Machtgebiet verfügte, aber auf nahezu allen Planeten vertreten war. Sie waren so ziemlich die bestgeschulten Kampftruppen, die es in diesem Spiralarm der Galaxis gab; und jeder, der über genügend Kleingeld verfügte, konnte ihre Dienste in Anspruch nehmen. Die Auftragserteilung und -durchführung unterlag dabei strengen Regeln, die einst von dem wohl gefürchtetsten und am meisten gesuchten Raumpiraten des letzten Imperiumsjahrhundert und offiziellen Gründers der Söldnergilden, J. A. Macbeth, festgelegt worden waren.

Und eine dieser Regeln besagte, niemals den Auftraggeber eines Einsatzes zu nennen.

»Sie haben die beiden oberen Etagen gestürmt«, fuhr Perkins

fort, »und sind weiter auf dem Vormarsch. Es scheint, als wären sie direkt auf dem Weg hierher nach unten. Ich kann mir das selbst nicht erklären, Sir.«

Lafayette machte nicht gerade einen kühl überlegenden Eindruck. »Ich muß nach oben«, keuchte er. »In meinen Arbeitsraum. Sie . . . sie begleiten mich.« Er bewegte sich in Richtung Schott, an dem verharrenden Perkins vorbei. »Los, kommen Sie endlich! Sie müssen mich decken, falls wir auf die Eindringlinge treffen!«

Perkins schloß sich dem Botschafter an. Zusammen eilten sie aus dem Raum. Hinter ihnen schloß sich das Schott, und die Gefangenen blieben allein zurück.

Während neue Explosionen das Gebäude erschütterten, fuhren sie mit dem Expreßlift hinauf und erreichten wohlbehalten die Etage, in der das Arbeitszimmer des Botschafters lag. Ähnlich wie bei dem Zentralbereich eines Kampfkreuzers handelte es sich dabei um eine besonders abgeschirmte Zone, mit plastmetallgepanzerten Wänden, eigener Energieversorgung und Schutzschirmprojektoren. Mit den Vorräten, die sich in dem kleinen, normalerweise so gut wie nie benutzten Ruheraum neben dem Hauptraum befanden, war ein wochenlanges Überleben gewährleistet – so lange, wie die nächste Eingreiftruppe der Flotten benötigte, um zur Stelle zu sein.

Die Gefangenen! schoß es Lafayette durch den Kopf, als er das Schott zu den Räumen öffnete. Der Angriff galt den Gefangenen!

Er benötigte einen Moment, um sich zu einem Entschluß durchzuringen. Wenn man die drei tatsächlich befreien wollte, dann war es bestimmt im Sinne von *Faktor 4*, daß er ihre Flucht verhinderte.

»Fahren Sie wieder nach unten!« befahl er Perkins. »Und falls die Söldner versuchen sollten, zu den Gefangenen vorzustoßen, dann sorgen Sie dafür, daß sie ihnen nicht lebend in die Hände fallen können. Haben Sie verstanden?«

Perkins zögerte einen Herzschlag lang. Er hatte erwartet, sich zusammen mit dem Botschafter in dem besonders geschützten Bereich zu verbarrikadieren. Doch sein Pflichtbewußtsein obsiegte schnell, und er salutierte.

»Zu Befehl, Sir!« rief er.

Während Lafayette in seinen Räumlichkeiten Zuflucht suchte, bestieg der Adjutant erneut den Turbolift. Ein, zwei weitere Detonationen erschütterten das Gebäude, und Perkins war froh, daß der Lift über eine eigene, unabhängige Energieversorgung verfügte. Sekunden später war er unten angelangt. Die Lifttüren öffneten sich anstandslos.

Zwei Männer, die der Alarm offenbar in ihrer Ruhepause ereilt hatte, hasteten an ihm vorbei. Und irgendwo vor sich in den Gängen war das unverkennbare Fauchen von schweren Lasern zu hören.

Das bedeutete, daß die Söldner bereits in dieses Untergeschoß vorgedrungen waren. Perkins fluchte lautlos und hastete auf die Gefangenensektion zu.

Als er schon vor dem Schott zum Zellenraum stand, tauchten vor ihm drei in klobige Ganzkörperanzüge gehüllte Gestalten auf.

Söldner! Die Panzerung ließ die Bewegung, mit der sie sich in seine Richtung drehten und ihre schweren Waffen hoben, fast maschinell anmuten.

Perkins versuchte erst gar nicht, mit dem Strahler in seiner Hand auf sie zu feuern. Es wäre so sinnlos gewesen, als wenn er versucht hätte, mit Hilfe einer Taschenlampe ein Loch in eine Wand zu brennen. Die verhältnismäßig geringe Energie des Handstrahlers wäre von der Plastpanzerung der drei problemlos absorbiert worden.

Statt dessen sprang er zur anderen Seite des Ganges, wo sich ein kleiner Schaltkasten befand. Ein schneller Griff, und ehe die Söldner das Feuer hatten eröffnen können, fuhr vor ihnen ein massives Sperrschott herab und blockierte den Gang.

Der Adjutant des Botschafters gestattete sich ein kurzes Durchatmen und betrat den Zellentrakt.

»Perkins, da sind Sie ja wieder!« rief Cedric Cyper. »Was geschieht hier?«

Perkins gab keine Antwort, sondern kümmerte sich zuerst darum, daß das Schott hinter ihm elektronisch blockiert wurde. Jetzt war es von außen nicht mehr über den Zugangscode zu öffnen. Wer immer hier herein wollte, würde dafür schon eine mittelschwere Sprengladung benötigen. Kein Gedanke, der Perkins sonderlich zuversichtlich stimmte. Die eingedrungenen Söldner litten bestimmt keinerlei Mangel an geeigneten Sprengstoffen.

Er schluckte, als ihm klar wurde, was Lafayettes Befehl in letzter Konsequenz für ihn bedeutete. Falls die Söldner tatsächlich auf dem Weg hierher waren, dann würde er keine Chance mehr haben, sich in den abgesicherten Bereich der Botschaft zu flüchten.

»Perkins!« rief Cedric erneut. »Wollen Sie uns nicht endlich sagen, was das alles zu bedeuten hat? Was geht hier vor sich?«

»Was hier vor sich geht?« wiederholte Perkins mit einem ironischen, fast verzweifelten Grinsen. »Ich wäre froh, ich wüßte es. Ganz offensichtlich ist da jemand im Anmarsch, um euch hier herauszuholen. Eigentlich müßtet ihr selbst besser wissen, wem ihr soviel wert seid, daß er eine Horde Söldner engagiert!«

Cedric und Maylor warfen sich einen erstaunten Blick zu.

Wer sollte sie hier schon herausholen? War Sheryl und Nabtaal etwa inzwischen die Flucht geglückt, und hatten sie die Söldner engagiert? Unwahrscheinlich. Dazu war viel zu wenig Zeit vergangen. Oder hatten die beiden vielleicht Kontakt mit den Hintermännern der Verschwörung gehabt und sie überzeugen können, auf solch eine Art und Weise vorzugehen? Unsinn, dachte Cedric. Das war noch viel unwahrscheinlicher!

Aber wer dann? Und warum?

Eine Explosion in der Nähe erschütterte das Stockwerk. Perkins mußte erst gar nicht lange überlegen, um zu wissen, daß das Sicherheitsschott, das er heruntergelassen hatte, nun nichts mehr taugte.

Wie als Antwort darauf erschien wenig später ungefähr in Kopfhöhe ein rotglühender, handflächengroßer Fleck auf dem Plastmetall des Schotts zu diesem Raum. Binnen Sekunden begann das Material zu verschmelzen und gleich glühender Lava nach unten zu tropfen, während der Fleck sich langsam weiterbewegte.

Ein Laserschneider, erkannte Perkins. Man verzichtete also auf den Einsatz einer weiteren Sprengladung – vermutlich, um niemanden innerhalb des Zellenraumes zu gefährden. Und diese Tatsache bestätigte zwei Annahmen. Erstens: Die Söldner kannten sich hervorragend in der sayday'kinschen Botschaft aus. Zweitens: Sie waren tatsächlich gekommen, um die Gefangenen zu befreien.

Der Adjutant gab sich einen Ruck und ging zu einer der Konsolen. Es war an der Zeit zu tun, weshalb er hergeschickt worden war.

»Geben Sie sich keinen Hoffnungen hin«, sagte Perkins in Richtung der Gefangenen, die auf den rotglühenden Fleck starrten, der sich bereits eine Armlänge weit vorangefressen hatte. »Wenn die Söldner die Tür durchschmolzen haben, werden sie hier niemanden mehr vorfinden, den sie befreien könnten. Dafür werde ich sorgen.«

»Was haben Sie vor?« fragte Cedric, obwohl er die Antwort längst kannte.

Perkins sah vielsagend zur Konsole neben sich, auf der sich die beiden Hebel befanden. Und weder Cedric noch Maylor hatten den geringsten Zweifel, daß sein Blick dabei keinesfalls dem Schalter mit dem gelben Knauf galt.

»Das ist Wahnsinn!« rief Maylor.

»Nein.« Perkins schüttelte den Kopf. »Das ist ein Befehl.« Dieses Wort schien etwas zu sein, an das er sich klammern konnte, und er tat es mit all seiner Kraft.

Er streckte seine Hand aus, um nach dem Hebel zu greifen.

»Halt!« rief Cedric. »Warten Sie!« Er warf einen schnellen Seitenblick zum Schott. Es würde noch mindestens eine Minute dauern, ehe die Söldner das Hindernis überwunden hatten. Der Laserschneider, den sie benutzten, schnitt keine klaffende Lücke in das Metall, sondern löste die extrem feste Struktur des Materials nur soweit auf, daß man den Eingang mit einer kleinen Ladung aufsprengen konnte.

Erleichtert nahm Cedric Cyper wahr, daß der Adjutant sich tatsächlich zu ihnen umdrehte. Seine Hand allerdings blieb bedrohlich nahe am Schalter.

»Warum sollte ich das tun?« fragte Perkins lakonisch. Natürlich wußte er genausogut wie sie, daß ihnen noch etwas Zeit blieb, bis die Söldner durchgebrochen waren.

»Hören Sie, Perkins!« Cedric hob beschwörend die Hände. »Beantworten Sie mir eine Frage. Nur eine einzige Frage.«

»Fragen Sie schon.«

»Wem gilt Ihre Pflichttreue? Dem Botschafter? Oder dem sarday'kinschen Flottenkommando?«

»Die Frage ist irrelevant«, erwiderte Perkins. »Natürlich beiden. Lafayette ist mein direkter Vorgesetzter, und in seiner Eigenschaft als Botschafter des sarday'kinschen Imperiums repräsentiert er den Willen des Flottenkommandos.«

»In einer Dienstanweisung hätte es nicht schöner stehen können«, murmelte Maylor vor sich hin.

»Und was wäre«, fragte Cedric den Adjutanten, ohne sich davon beirren zu lassen, »wenn Ihr hübscher Vorgesetzter gerade das nicht täte?«

»Sondern?«

»Wenn er statt dessen sein eigenes Spiel spielen würde und sogar an einer Verschwörung gegen die Flotte beteiligt wäre?«

Perkins' Lächeln war von der Warmherzigkeit einer Betonwand.

»Sie müssen zugeben, daß das aus Ihrem Mund nicht besonders überzeugend klingt«, sagte er. »Und außerdem vermag ich nicht ganz einzusehen, warum flüchtige Strafgefangene wie Sie mit einem Male derart viel Fürsorge für die Flotte entwickeln sollten.«

Cedric unterdrückte den Drang, einen erneuten Seitenblick zur Tür zu werfen. »Haben Sie schon darüber nachgedacht, was ich Ihnen vorhin gesagt habe?« argumentierte er weiter. Es war das einzige, was er tun konnte. »Hat Lafayette Ihnen in den letzten Jahren niemals unverständliche Befehle gegeben? Oder Anweisungen, die gegen die Interessen der Flotte verstoßen haben? Auch wenn er das vielleicht durch irgendwelche Erklärungen zu kaschieren versucht hat?«

»Der Botschafter hat es nicht nötig, seinem Adjutanten gegenüber Rechenschaft über seine Befehle abzulegen.«

»Kommen Sie!« rief Cedric mit einer Ungehaltenheit, die genau taxiert war. Zuwenig, um den Adjutanten zu reizen, zuviel, um ihm den Eindruck zu vermitteln, daß es gespielt war. »Überlegen Sie! Gab es solche Befehle?«

Und als Perkins zögerte, fügte Maylor hinzu: »Welche Ergebenheit schulden Sie Lafayette denn noch? Er hat Sie hierher nach unten geschickt und Sie Ihrem Schicksal überlassen. Wenn die Söldner hier reinkommen und entdecken, daß Sie uns umgebracht haben, dürften sie ziemlich ungehalten reagieren, meinen Sie nicht auch?« Eine kurze, bedeutungsvolle Pause. »Wenn Sie uns aber am Leben lassen, können wir sie bestimmt davon überzeugen, dasselbe auch für Sie zu tun.«

Perkins' Gesichtszüge verhärteten sich. Nur er selbst wußte, welche Gedanken hinter seiner Stirn kreisten. Cedric hatte schon die Hoffnung, Perkins ins Wanken gebracht zu haben, doch dann straffte sich der Adjutant und schüttelte heftig den Kopf.

»Nein!« erwiderte er und atmete tief durch. »Das ist alles Unsinn. Sie versuchen lediglich, Ihren Kopf aus der Schlinge zu ziehen. Aber damit können Sie mich nicht verwirren. Und deshalb . . .«

Er war bereits im Begriff, sich zu den Hebeln umzuwenden, als das Schott mit einem lauten Knall nach innen aufgesprengt wurde, polternd auf dem Boden landete und Perkins erschrocken innehalten ließ.

Einen Lidschlag lang sah er mit aufgerissenen Augen zu der neugeschaffenen Öffnung, die von sich nur langsam verflüchtigenden Luftschwaden durchzogen wurde, dann wirbelte er herum, ergriff mit beiden Händen den Hebel mit dem roten Knauf und zog ihn...

»Nein, Perkins!« brüllte Maylor. »Nicht!«

Es war weniger sein Schrei, der Perkins erstarren ließ, sondern vielmehr eine lautsprecherverstärkte Stimme, die durch den Raum schallte.

»Keine Bewegung! Oder wir eröffnen das Feuer!«

Die Stimme drang aus dem Außenlautsprecher eines der drei Söldner, die in ihren Ganzkörperanzügen in den Raum getreten waren und mit ihren überschweren Laserwaffen auf den Adjutanten angelegt hatten.

Perkins drehte sich ganz langsam um, ohne jedoch seine Hände von dem Hebel zu nehmen, als ahne er, daß es sein letzter Trumpf sein könnte, den er in seinem Leben vielleicht noch auszuspielen imstande war. Mit zusammengekniffenen Lippen starrte er den drei Söldnern entgegen, und man sah ihm die Entschlossenheit an, bei der geringsten Bewegung der Männer den Hebel herunterzudrücken.

»Keinen Schritt weiter!« rief Perkins ihnen entgegen. »Oder die Gefangenen sind tot!«

Wenn sich die Söldner daran hielten und auf der Stelle verharrten, ohne zu feuern, dann wahrscheinlich einzig aus dem Grund, weil sie erkannten, daß er es in jedem Fall geschafft hätte, die tödliche HM-3-Strahlung auszulösen.

Auch Cedric und Maylor blieb nichts anderes übrig, als hilflos hinter dem elektronischen Schutzschirm zu verharren und abzuwarten, wie sich die Dinge entwickelten.

»Laß den Hebel los«, kam wiederum die Stimme eines der Söldner aus dem Helmlautsprecher, »und dir wird nichts geschehen.«

»Das hättet ihr wohl gerne«, entgegnete Perkins. Er lächelte kaltblütig. »Nein! Wie es aussieht, ist dieser Hebel hier so etwas wie meine Lebensversicherung. Oder wollt ihr etwa, daß ich . . .?«

Er ließ den Rest des Satzes unausgesprochen und drückte den Hebel statt dessen ein, zwei Zentimeter herab – zu wenig, um den Desintegrator auszulösen, aber weit genug, um sowohl die Söldner als auch Cedric und Maylor zusammenzucken zu lassen. Einzig Kara-Sek nahm die Situation mit geradezu stoischer Ruhe hin.

»Es liegt in der menschlichen Natur, vernünftig zu denken, und unvernünftig zu handeln«, ließ sich da unvermittelt eine weitere Stimme vernehmen.

Sie kam aus dem Korridor draußen vor dem gesprengten Schott, und obwohl sie ebenfalls verzerrt klang, spürten Cedric und Maylor sofort die eigenartige Kraft, die von ihr ausging. Es war eine Kraft, die nicht der Stimme selbst innewohnte, sondern den Worten. Eine Kraft, die nicht erlaubte, sich ihnen zu entziehen, und die zugleich dafür sorgte, daß man sich ein Leben lang daran erinnerte.

Und eine Kraft, die sie sofort wiederzuerkennen glaubten.

Eine weitere Gestalt trat ins Raumesinnere. Auch sie war in einen Ganzkörperanzug der Söldner gekleidet, jedoch nicht in eine der überschweren, gepanzerten Ausführungen, sondern in eine verhältnismäßig leichte Version. Und die Gestalt trug keinerlei erkennbare Waffen bei sich.

Wozu auch? dachte Cedric. Ihre Waffe war das Wort.

Cedric tauschte einen schnellen Blick mit Maylor und war sicher, daß sie beide an genau dieselbe Person dachten. Dazu hätte es erst gar nicht der abgemessenen und unnachahmlich huldvoll wirkenden Schritte der Gestalt bedurft, die so aussahen, als setzte sie die Füße gar nicht richtig auf den Boden, sondern als blieben sie einen Millimeter darüber schweben – so leicht und schwerelos wirkte diese Art des Schreitens.

Aber wie um alles diesseits der Lichtmauer kam diese Person ausgerechnet hierher, um sie zu befreien?

»Wer . . . wer seid Ihr?« fragte Perkins die neuangekommene Gestalt stockend.

»Laßt die Waffen sinken«, sagte die Gestalt mit einer gemessenen Bewegung in Richtung der anderen drei Söldner. »Es gibt keinen Grund zur Sorge. Er wird den Hebel nicht herabdrücken.« Es klang so sicher, als hätte es seit dem Urknall nie eine unumstößlichere Wahrheit gegeben.

Die Männer gehorchten und senkten die Läufe. Das sorgte vorübergehend für eine gewisse Entspannung der Situation, aber Perkins war nicht gewillt, sich davon beeinflussen zu lassen. »Ich habe gefragt, wer Ihr seid!« rief der Adjutant.

»Ich werde es euch zeigen«, sagte die Gestalt. Sie griff mit beiden Händen an den leichten Helm, öffnete die Verschlüsse und zog ihn in einer maßvollen Bewegung vom Kopf. »Ganz wie Ihr wünscht.«

Zum Vorschein kam das kahlköpfige Haupt eines Mannes mit asketisch wirkenden Gesichtszügen und unendlich tiefen Augen, in denen sowohl Schärfe als auch Sanftheit steckte. Und wenn es bei Cedric oder Maylor noch Zweifel an der Identität des Mannes gegeben haben sollte, so waren sie jetzt endgültig hinweggefegt.

Er war es tatsächlich! dachte Cedric wie betäubt. Der Daily Lama!

Und er hatte sich in den zwölf Jahren seit ihrer letzten Begegnung kaum verändert. Allein die Falten in seinem Gesicht waren etwas tiefer geworden.

»Ich nehme an, Ihr seid zufrieden«, sagte der Daily Lama an Perkins gewandt. Er reichte den Helm einem der Söldner und begann, langsam und in seiner unnachahmlichen Art auf den Adjutanten zuzuschreiten. Es schien beinahe so, als würde er über Wasser wandeln. »Oder solltet Ihr etwa Angst vor einem alten, unbewaffneten Mann verspüren?«

Es verging ein Moment, ehe Perkins zu reagieren imstande war. Irgend etwas, von dem er nicht zu bestimmen vermochte, was es war, hatte sich wie Mehltau über seine Gedanken gelegt. Nur mit größter Mühe und Not konnte er sie zusammenhalten.

»Kei... keinen Schritt weiter!« befahl er mit zitternder

Stimme. »Sonst ...« Er ballte seine Hände, die sich um den Hebel gelegt hatten, so stark zusammen, daß sich die Handknöchel weiß verfärbten. »Sonst sind die Gefangenen tot!«

»Das ist das ganze Übel«, sprach der Daily Lama, ohne im Schreiten innezuhalten. *Die Dummen sind sich ihrer Sache so sicher, die Klugen so voller Zweifel.«*

Perkins kniff die Augen zusammen und schüttelte den Kopf, als wolle er einen üblen Alptraum verscheuchen. Einen Alptraum, der von diesem Mann ausging, der da wie in Zeitlupe auf ihn zuglitt und dessen Worte sich in sein Bewußtsein bohrten.

Doch Perkins' Wille und sein Pflichtbewußtsein waren gestählt und sehr stark.

Er bäumte sich gegen die flüsternde, einschmeichelnde Stimme in seinem Innern auf, die ihm riet, nichts zu überstürzen, sondern sich vielmehr erst einmal zurückzulehnen und alles noch einmal ausgiebig und in Ruhe zu überdenken.

»Nein!« keuchte er. Auf seiner Stirn glänzte Schweiß. »Ihr könnt mich nicht überreden. Nicht mich ... Ich ...«

Im Gesicht des Daily Lama zuckte kein Muskel. Sein Blick lag unverwandt auf Perkins.

»Nur einen Dummen muß man überreden«, sagte er sanft. *»Einen Klugen hingegen muß man überzeugen.«*

Wieder arbeiteten diese Worte in Perkins Bewußtsein. Seine Wangenmuskeln zuckten. Er kämpfte, gegen sich selbst – und gewann.

Vielleicht zum letzten Mal.

»Wie?« Er stieß es fast hervor. »Wie wollt Ihr mich überzeugen?« Sein Gesicht verzerrte sich, als versuche er, sich nur auf das Wesentliche zu konzentrieren. »Ich ... ich gebe Euch noch eine Antwort. Eine einzige.« Seine Worte waren wie ein Strohhalm, an den er sich klammerte. »Also, antwortet! Sagt mir, warum sollte ich diesen Hebel nicht jetzt und hier betätigen?«

Cedric Cyper hielt unwillkürlich den Atem an. Der Moment der Entscheidung war gekommen. Er kannte Perkins mittlerweile gut genug, um zu wissen, daß der Adjutant sich nicht mehr beirren lassen würde. Wenn die Gedanken in seinem Schädel auch noch so durcheinandergewirbelt sein mochten, diesen einen Willensimpuls, das Auslösen der HM-3-Strahlung würde er selbst im totalen Koma noch ausführen. Cedric warf einen Blick zu den drei Söldnern am Eingangsschott, in der Erwartung, sie würden einzugreifen versuchen, doch sie standen nur abwartend da und hielten ihre Waffen weiterhin gesenkt.

Der Daily Lama blieb zwei, drei Schritte vor dem Adjutanten stehen.

»Also?« wiederholte Perkins erneut, und es klang wie ein allerletztes Ultimatum. »Redet! Was könnte mich davon abhalten . . .«

»Beispielsweise das hier.« Der Daily Lama hatte eine kleine Plastikkarte aus seinem Anzug gezogen und hielt sie Perkins vor die Nase.

Die Kinnlade des Adjutanten sank haltlos herab.

»DSD?« las er mit geweiteten Augen und tonloser Stimme ab. *»Defensiver Sicherheits-Dienst?«*

Cedric und Maylor waren gleichermaßen erstaunt. Das war nichts anderes als der interne Spionageabwehrdienst der sarday'kinschen Flotte. Nur – seit wann arbeitete der Daily Lama, den sie als Ausbilder an der Akademie kennengelernt hatten, für diesen Dienst?

»Ganz recht«, sagte der kahlköpfige Mann in diesem Moment, und Cedric hatte das Gefühl, als gälte diese Bestätigung auch Ihnen. »Hiermit, Sergeant Frederik Perkins, Personalnummer BG 121/296, unterstehen Sie meinem Kommando.«

»Aber woher kennen Sie meine . . .?« begann Perkins ungläubig, um sich im nächsten Moment zusammenzureißen. Er nahm die Hände von dem Hebel und salutierte. »Zu Befehl, Sir!«

»Sehr gut.« Der Daily Lama nickte. *»Zu erkennen, daß man*

sich geirrt hat, ist nichts als das Eingeständnis, schlauer zu sein als vorher.«

Perkins runzelte irritiert die Stirn, und in Ermangelung einer besseren Antwort rief er: »Jawohl, Sir!«

»Ab sofort sind Sie meiner verdeckten Spezialabteilung unterstellt«, erklärte der Daily Lama. »Dies ist eine Alpha-Order. Eine Kontaktaufnahme zu Ihren ehemaligen Kollegen wird nicht mehr erfolgen. Es ist leider unumgänglich, daß Sie bis zur Beendigung dieses Falles von der Bildfläche verschwinden.« Er warf einen Blick zu den Gefangenen und fügte hinzu: »Und jetzt schalten Sie endlich das elektronische Sicherungsfeld aus.«

Perkins tat, wie ihm geheißen wurde.

Kaum war das leichte Flimmern in der Luft erloschen, eilte Cedric auf seinen ehemaligen Ausbilder zu. Im ersten Moment hatte er den festen Vorsatz, ihn an sich zu drücken, doch die wie gewohnt nahezu emotionslose Miene, mit der ihm der Daily Lama entgegensah, ließ ihn innehalten. Wie er sich schlagartig erinnerte, hatte der Daily Lama jegliche körperliche Berührung geradezu verabscheut.

»Das war Glück, Sir!« sagte Cedric statt dessen. »Ich darf Ihnen sagen, Sie sind wirklich im allerletzten Augenblick gekommen.«

»*Wissen ist die Voraussetzung von Glück*«, antwortete der Daily Lama.

Cedric atmete tief durch. Wie früher fühlte er sich seltsam klein, unbedeutend und auch unverstanden, wenn er diesem Mann gegenüberstand. Ein Gefühl, das nicht aus einer körperlichen, sondern einer geistigen Unterlegenheit herrührte. »Es freut mich, Sie hier zu sehen, Sir«, sagte er mit einem breiten, erleichterten Grinsen. »Ehrlich gesagt, Sie waren so ziemlich der letzte, den wir hier erwartet hätten.«

Um die Lippen des Daily Lama spielte ein kaum merkliches Lächeln, das wohl nur jemand zu erkennen in der Lage war, der so viele und lange Stunden mit ihm verbracht hatte wie Cedric oder Maylor. Sie nahmen es als Zeichen seiner Verbundenheit. Für einen Mann wie ihn war eine solch spärliche Geste schon fast ein Gefühlsausbruch.

»Wir irren allesamt«, kam es aus seinem Mund, *»aber ein jeder irrt anders.«*

Der Klang seiner Stimme und die geradezu magische Kraft seiner Worte versetzte Cedric beinahe zurück in die Zeit, in der er als Schüler auf der Flottenakademie gewesen war. Auch er hatte Mühe, sich aus den Gedanken loszureißen, die ihn mit sich in jene Zeiten zu ziehen versuchten; darin erging es ihm kaum anders als dem Adjutanten noch vor Augenblicken.

»Und Sie gehören wirklich zum *DSD?*« fragte er.

»So ist es.«

»Und was ist mit diesen Männern?« Maylor deutete zu den drei Männern am Eingang. »Seit wann hat es der *DSD* nötig, die Hilfe der Söldnergilde in Anspruch zu nehmen?« Wie üblich gab er sich wesentlich skeptischer und mißtrauischer als Cedric, ohne daran zu denken, daß er mit solchen Fragen womöglich neues Mißtrauen in Perkins säte und ihn zu irgendeiner Kurzschlußhandlung verleitete – beispielsweise seinen Strahler zu ziehen und blindlings um sich zu schießen.

Doch Perkins wirkte ruhig, beinahe entspannt. Die Miene, mit der er ihrer Unterhaltung folgte, hatte etwas Entrücktes an sich.

»Das sind keine Söldner, sondern Angehörige meiner verdeckten Einheit«, antwortete der Daily Lama gelassen. »Die Umstände erforderten es, daß wir uns dieser Tarnung bedienen. Aus verschiedenen Gründen.«

»Was sind das für Gründe?« fragte Cedric lauernd. Jetzt, da die Spannung langsam von ihm abfiel, interessierte es ihn zunehmend, was der Daily Lama mit der ganzen Angelegenheit um den Überfall auf Hadrians Mond und die Hintermänner der Verschwörung auf *Sankt Petersburg Zwei* zu tun hatte.

»Noch ist nicht die Zeit, um auf Fragen zu antworten«, sagte der Daily Lama, und Cedric war froh, daß er es auf normale

Art und Weise tat. »Zuvor verbleibt jedoch noch etwas anderes zu tun.«

Cedric nickte einvernehmlich; etwas, das er nicht getan hätte, wenn er diesem Mann, der für ihn soviel wie ein Inbegriff von Redlichkeit und Aufrichtigkeit war, nicht so stark vertraut hätte.

Der Daily Lama nahm es mit Wohlwollen zur Kenntnis und wandte sich Perkins zu.

»Bringen Sie uns hinauf zum Sicherheitstrakt des Botschafters«, wies er ihn an. »Und zwar möglichst so, daß wir dabei keinen anderen botschaftsinternen Truppen begegnen.«

»Sehr wohl, Sir.«

Perkins eilte an den drei Männern am Eingang vorbei, die er kurz zuvor noch als Feinde angesehen hatte, und führte sie ohne jedes Zögern den Korridor entlang. Jetzt, da sich der Daily Lama ihm gegenüber als befehlsberechtigt ausgewiesen hatte, schien er keinerlei Zweifel an dessen Autorität zu haben.

Hauptsache, er konnte irgendwelche Befehle befolgen, dachte Cedric. Etwas, das offenbar den einzigen Lebenszweck des Adjutanten bildete.

Ohne anderen Männern zu begegnen, erreichten sie den Expreßlift und fuhren hinauf zu den besonders abgeschotteten Zentralräumen. Vor dem geschlossenen Schott zu Lafayettes Arbeitszimmer blieb Perkins stehen und hob verlegen die Schultern.

»Bescheidenheit ist eine Zier«, sagte der Daily Lama und wußte anscheinend, was Perkins damit ausdrücken wollte. »Aber Sie können mir nicht weismachen, daß Sie als persönlicher Adjutant des Botschafters nicht über den Code zu diesen Räumlichkeiten verfügen.«

»Sofern er ihn mittlerweile nicht geändert hat«, schränkte Perkins ein.

»Der Botschafter ist viel zu sehr in die Enge getrieben, als daß er jetzt an so etwas denken würde.« Der Daily Lama ließ sich von einem der drei ›Söldner‹ seinen Helm zurückgeben und zog ihn sich über den Kopf. »Wenn uns dort drinnen das erwartet, mit dem ich rechne, dann ist es für mich besser, nicht erkannt zu werden«, erklärte er.

Er gab seinen Begleitern ein kurzes Zeichen, woraufhin sie zu beiden Seiten des Schotts in Stellung gingen. Es war nicht ausgeschlossen, daß Lafayette ihr Kommen über eine Überwachungskamera verfolgt und entsprechende Maßnahmen getroffen hatte.

»Beginnen Sie.« Das galt wieder Perkins.

Der Adjutant wandte sich der kleinen Codeleiste zu. Sekunden später fuhr das Schott auf.

Die drei Männer in den gepanzerten Kampfanzügen sprangen als erste in den Raum; sie taten es mit feuerbereit vorgehaltenen Waffen und einer Routine, die aus der Erfahrung vieler Einsätze zu resultieren schien.

Doch die Vorsicht war unbegründet. Der Botschafter, der hinter seinem Arbeitstisch vor dem Bildschirm des Kommunikators hockte, hatte nicht einmal eine Waffe in der Hand. Als er sie hereinkommen sah, sprang er so schnell auf, daß sein schwerer Sessel hinter ihm polternd zu Boden fiel.

»Wer . . . wer sind Sie?« fragte Lafayette mit kreidebleichem Gesicht. Mit abwehrend vorgestreckten Händen, als könne er sie sich damit vom Leib halten, rückte er ängstlich vor den drei Gestalten in den Ganzkörperanzügen zurück, bis sein Rücken die Wand berührte und es kein weiteres Zurück gab. »Was wollen Sie von mir?«

»Alles in Ordnung«, erscholl die Stimme eines der ›Söldner‹ aus dem Helmlautsprecher.

Lafayettes Augen weiteten sich noch ein Stück mehr, als er Cedric, Maylor, Kara-Sek und Perkins erkannte, die einträchtig mit dem Daily Lama den Raum betraten.

»Perkins?« formten seine Lippen unhörbar. »Was . . .?«

»Das Spiel ist aus«, sagte der Daily Lama. »Sie haben die längste Zeit gegen die Flotte gearbeitet. Ich bin hier, um Sie aus dem Verkehr zu ziehen.«

Lafayette öffnete den Mund wie zu einer alles abstreitenden Antwort, doch die Worte blieben ihm im Hals stecken. Die Angst schien ihm die Luft abzuschnüren. Sein flackernder Blick richtete sich hilfesuchend auf den Adjutanten.

»Perkins!« Es hörte sich fast flehend an. »Warum tun Sie nichts?«

Der Adjutant sah ihm nur mit ausdrucksloser Miene entgegen und erwiderte nichts. In seinem Blick lag Verachtung, lange Jahre aufgestauter Verachtung, die er sich nie deutlicher zu zeigen getraut hatte.

»Perkins!« schrie Lafayette mit überschlagender Stimme. »Was stehen Sie so da? Wollen Sie mir nicht endlich helfen? So tun Sie doch etwas!«

»Er wird nichts mehr für Sie tun«, sagte der Daily Lama. »Es gibt niemanden mehr, der Ihnen noch helfen wird. Sie sind am Ende Ihres Weges angelangt.«

Er gab den drei Kämpfern einen Wink, woraufhin sie auf den Botschafter zuzurücken begannen.

»Nein, Sie werden mich nicht bekommen!« schrie Lafayette und drückte sich an der Wand entlang. »Jedenfalls nicht lebend!«

Ehe einer der drei ihn erreicht hatte, tippte er sich mit der Handfläche an einen kleinen, wie Zierat wirkenden Knopf, der auf seiner Uniformschärpe in Höhe des Herzens saß. Im nächsten Moment umspielten bläuliche Blitze und ein elektrisches Knistern seine Brust.

Lafayette öffnete den Mund zu einem Schrei, doch es wurde nur ein ersticktes Stöhnen daraus. Der Botschafter stürzte zu Boden und blieb reglos liegen. Das Knistern und die Blitze erstarben. Einer der drei ›Söldner‹ ließ sich neben ihm nieder.

»Er ist tot«, sagte er nach kurzer Untersuchung.

Der Daily Lama schien es nicht anders erwartet zu haben. Längst war er hinter den Arbeitstisch getreten, dorthin, wo der Botschafter bei ihrem Eindringen gesessen hatte.

»Na, sind Sie jetzt zufrieden?« fragte er scheinbar ziellos in den Raum. »Glauben Sie, mit seinem Tod wären alle Ihre Probleme erledigt? Aber ich darf Ihnen versichern – da täuschen Sie sich, und zwar gewaltig. Ihre Probleme haben gerade erst richtig begonnen.«

Cedric hatte bei den Worten die Stirn gerunzelt und näherte sich langsam dem Daily Lama.

»Was ist?« sprach der Daily Lama. »Sie haben das alles doch mitverfolgt. Haben Sie etwa Angst vor einem kleinen Plausch? So von Angesicht zu Angesicht? Selbst wenn davon in diesem Fall nicht recht die Rede sein kann. Sie haben doch sicherlich Verständnis dafür, wenn ich meine Maske nicht abnehme. Wer gesteht seinem Gegner schon ohne Gegenleistung einen Vorteil zu?«

Erst jetzt erkannte Cedric, daß der Kommunikator auf Lafayettes Schreibtisch eingeschaltet war. Auf dem Bildschirm zeigte sich ein stilisiertes Symbol, in dem eine ›4‹ zu erkennen war.

»Was könnten Sie mir schon anhaben?« drang eine computermodulierte Stimme aus dem Kommunikator. »Was wissen Sie schon von mir?«

»Mehr als Sie ahnen, großer Unbekannter«, antwortete der Daily Lama. »Oder sollte ich Sie lieber *Faktor 4* nennen? Oder noch besser bei Ihrem bürgerlichen Namen?«

Cedric sah, wie Maylor den Mund zu einer Frage öffnete, und gebot ihm mit einer unwirschen Geste Einhalt. Er wußte zwar nicht, was hier geschah, aber erstens schien der Daily Lama es dafür um so besser zu wissen, und zweitens spürte er, daß sie ganz nahe an den großen Zusammenhängen dran waren.

»Sie bluffen!« kam aus dem Lautsprecher.

»So, meinen Sie?« fragte der Daily Lama. »Denken Sie daran: *Man kann vielleicht alle Leute einige Zeit oder einige Leute alle Zeit zum Narren halten, aber nicht alle Leute alle Zeit.*«

»Was . . . was . . .?« modulierte die Computerstimme.

»Der Funkkontakt, den der Botschafter mit Ihnen aufgenommen hat, war durchaus von mir beabsichtigt. Natürlich hätten meine Männer dieses Büro hier sofort stürmen können. Aber Sie haben es nicht getan. Weil ich wollte, daß Lafayette hierher flüchtet und Kontakt mit Ihnen aufnimmt. So waren meine Männer endlich in der Lage, Ihren Aufenthaltsort anzupeilen. In diesem Moment dürfte das längst geschehen sein.«

Wieder war die Pause sehr lang.

»Das sind nur leere Drohungen. Sie haben nichts gegen mich in der Hand. Gar nichts! Sie wollen mir nur angst machen. Aber das gelingt Ihnen nicht. Soll ich Ihnen was sagen, wer immer Sie sind? In unseren Augen sind Sie nur ein ganz kleines Sachproblem.«

»*Wenn eine Idee in einen hohlen Kopf tritt, so füllt sie ihn völlig aus, weil da keine andere ist, die ihr den Rang streitig machen könnte*«, sagte der Daily Lama und lächelte matt. »Natürlich sind das alles nur leere Drohungen, *Faktor 4*. Es bleibt ganz Ihnen überlassen, welche Schlüsse Sie daraus ziehen. Und selbstverständlich ist es ebenfalls eine leere Drohung, daß jetzt bereits eine zweite Söldner-Gleiterstaffel direkt auf dem Weg zu Ihnen ist, um Sie zu inhaftieren.«

»Sie ... Sie ...« Wieder vollbrachte die computermodulierte Stimme nur wirres Gestotter. Ein Zeichen, daß sie nicht so recht wußte, was sie aus den Lauten, die sie umzusetzen hatte, machen sollte.

»Ach ja«, ergänzte der Daily Lama. »Und bevor Sie jetzt in Versuchung kommen, die Verbindung einfach zu unterbrechen, will ich Ihnen noch etwas auf den Weg geben. Eine kleine Weisheit, an die Sie immer denken mögen; und sie lautet: *Es gibt keine Sachprobleme. Es gibt nur persönliche Probleme!*«

Es kam keine Antwort mehr. Es dauerte ein, zwei Sekunden, dann erlosch das Symbol auf dem Bildschirm. Die Leitung war unterbrochen.

Der Daily Lama wandte sich übergangslos um und schritt auf den Ausgang zu.

»Laßt uns gehen«, sagte er. »Es ist an der Zeit, sich zurückzuziehen.«

Cedric, der noch damit beschäftigt war, die gerade erhaltenen Informationen zu verarbeiten, fühlte sich schlichtweg überrumpelt. Etwas, das ihm im Umgang mit seinem ehemaligen Ausbilder allerdings nicht gänzlich unvertraut war.

»Einen kleinen Augenblick«, versuchte Maylor den Daily Lama zurückzuhalten. »Gestatten Sie Kleingeistern wie uns, an Ihren großartigen, unerforschlichen Gedankengängen teilzuhaben.«

Es vermochte den Daily Lama nicht zurückzuhalten, nicht einmal zu irritieren. Wie auf unsichtbaren Schlittschuhkufen glitt der Daily Lama aus dem Raum.

»Folgt mir«, sagte er. »Ich werde Euch während des Fluges alles erklären.«

»Während was für eines Fluges?« fragte Maylor verblüfft, als er sich dem Daily Lama anschloß und den Raum verließ. »Und wohin?«

»Was für eine Frage!« meinte Cedric, der sich beeilte, ihnen zu folgen – genauso wie Kara-Sek und die drei gepanzerten Männer. »Zu *Faktor 4* natürlich.«

»Dummheit ist das Los des Uninformierten«, rügte der Daily Lama ihn, wie er es während des Unterrichts so oft getan hatte. »Unser Weg führt uns zum Raumhafen.«

»Zum Raumhafen?« wunderte Cedric sich. »Wieso dorthin?«

Er bekam keine Antwort.

Von außen war der Gleiter, den sie bestiegen – einer von insgesamt dreien, die auf dem Botschaftsgelände niedergegangen waren – ein normaler Lastentrasporter. Von innen erwies er sich als komplett eingerichtete Kommandozentrale, die bis zum Bersten mit Armaturen, Bildschirmen und Konsolen vollgestopft war. Hinter einer Konsole hatte sich der Daily Lama niedergelassen und ließ seine Finger über die Tastaturen huschen. Seinen Helm hatte er wieder abgenommen.

»Zentrale ruft O-Kontrol«, sagte er in Richtung der Instrumente. »Aktion läuft an. O-Kontrol, bitte melden!«

»O-Kontrol«, erklang eine Lautsprecherstimme auf dem Pult. »Wir sind bereit.«

Der Daily Lama lehnte sich zurück und nahm in seinem Sitz eine Entspannungshaltung an.

»Weshalb fliegen wir zum Raumhafen?« fragte Cedric seinen Lehrmeister. Er warf einen Blick durch den Mittelgang nach vorne, wo durch die Cockpitfenster die in den Himmel projizierten Leuchtreklamen zu beiden Seiten an ihnen vorbeirasten. »Was wollen wir dort?«

»Weil sich *Faktor 4* dorthin abzusetzen versuchen könnte«, bot diesmal Maylor eine passende Erklärung an. »Falls er der Söldnertruppe, die zu ihm unterwegs ist, entwischt.« Und in Richtung des Daily Lama fügte er fragend hinzu: »Ist das richtig?«

»Knapp daneben ist auch vorbei«, antwortete der Daily Lama. »Es existiert keine Söldnerstaffel, die zu ihm unterwegs ist.«

»Ja, aber . . .« Maylor runzelte die Stirn. »Sie haben ihm doch gesagt, daß . . .«

»Ich habe *Faktor 4* lediglich wahrheitsgemäß gesagt, daß es eine leere Drohung wäre«, sagte der Daily Lama, »und daß es ihm überlassen bliebe, welche Schlüsse er daraus zieht. Allerdings nehme ich doch an, daß er in diesem Augenblick bereits zum Raumhafen unterwegs ist. Dort steht ein Landungsboot bereit, um ihn zu seiner Raumyacht im Orbit zu bringen. Sie ist seine Fluchtmöglichkeit, falls ihm das Pflaster hier zu heiß wird. Und seitdem ihr vor ein paar Tagen auf *Sankt Petersburg Zwei* aufgetaucht seid, befindet sich die Yacht in ständiger Startbereitschaft.« Cedric horchte auf. Das bewies, wieviel Unruhe sie in den Reihen der Verschwörer gestiftet hatten.

»Wer ist dieser *Faktor 4*?« fragte er.

»Ihr wißt es immer noch nicht?« Der Daily Lama hob seine Augenbrauen. Er wirkte enttäuscht. »Nachdem ihr schon so viel herausgefunden habt.«

»Spannen Sie uns bitte nicht zu sehr auf die Folter«, bat Maylor seufzend. »Wir haben ein paar schwere Tage hinter uns.«

»Es ist Sartorius Wosch«, erklärte der Daily Lama. »Der Direktor der *K&K-Bank*.«

Sartorius Wosch! Sie hatten es seit dem Datenritt Dunkerbekks geahnt, aber bis jetzt hatte die letzte Gewißheit gefehlt.

»Er war dafür da, die geheimen Aktionen der Verschwörer hier auf dem Planeten, insbesondere die Geldwäsche von Byranium, zu koordinieren«, fuhr der Daily Lama fort, »und er war der Befehlsgeber für mehrere weitere Mitarbeiter. Einer davon war Lafayette. Wir hatten ihn schon seit einiger Zeit in Verdacht. Er hat sich in den letzten Jahren ein paar merkwürdige Verletzungen seiner Dienstpflicht geleistet. Nichts, was den Behörden aufgefallen wäre, zumal sie anscheinend ebenfalls unterwandert sind und alle Weitermeldungen abgeblockt haben. Aber für jemanden, der wußte, wo und wonach er zu suchen hat, war Lafayettes Verhalten recht vielsagend.«

»Beispielsweise für jemanden wie Sie«, sagte Maylor.

»So ist es. Es hätte uns allerdings nicht viel weiter gebracht, Lafayette einfach zu verhaften. Er war auf einer unteren Ebene angesiedelt, die über die eigentlichen Ziele der Verschwörer nur sehr unvollständig informiert sind. Also mußten wir warten, bis er uns zu einem der großen Hintermänner führt.«

»Verstehe«, sagte Maylor. »Und das ist durch den Funkkontakt vorhin geschehen.«

»Nein«, erwiderte der Daily Lama. »Auch das war, wie *Faktor 4* schon richtigerweise vermutete, nur ein Bluff. Wir sind ihm bereits vor ein paar Tagen auf die Spur gekommen, als Lafayette ein erstes Mal mit ihm Kontakt aufgenommen hat. Das war direkt nach der glorreichen Übertragung eurer Ankunft auf *PeTV*. Dadurch haben wir die Zeit erhalten, alle nötigen Vorbereitungen zu treffen.«

»Gleiter IV an Zentrale«, erklang da eine Lautsprecherstimme aus der Konsole.

Der Daily Lama gab seine Ruhestellung auf, beugte sich vor und tippte eine Taste an.

»Hier Zentrale«, sagte er. »Sprechen Sie.«

»Zielobjekt hat den Raumhafen erreicht und besteigt soeben das Landungsboot. Startfreigabe ist erfolgt.«

»Gut«, sagte der Daily Lama nur. »Machen Sie weiter wie geplant.«

Cedric warf erneut einen schnellen Blick zum Cockpitfenster. Ihr Gleiter befand sich immer noch über der Mega-Stadt. Es würde noch etliche Minuten dauern, ehe sie den Raumhafen, der am Rande der nahezu endlosen Städte lag, erreicht hatten. Die Maschine, in der sie saßen, sah nicht nur aus wie ein Lastengleiter, sondern war leider auch genauso langsam. Sartorius Wosch hingegen war bestimmt mit einem superschnellen Gleiter zum Raumhafen gerast.

»Wir werden nie und nimmer rechtzeitig da sein«, sagte Cedric. »Ich hoffe, Ihre Männer schaffen es, den Start zu verhindern.«

»Nein«, antwortete der Daily Lama. »Gleiter IV ist lediglich ein Beobachtungsposten. Es war nie vorgesehen, Wosch am Raumhafen abzufangen. Im Gegenteil, er soll ruhig aufsteigen. Die ganze Aktion in der Botschaft diente hauptsächlich dazu, den Fuchs aus seinem Versteck zu scheuchen.«

»Wie beruhigend, das zu hören«, bemerkte Maylor säuerlich. »Und ich dachte schon, sie wäre dazu dagewesen, um uns zu befreien.«

»Ist es nicht egal, ob eine Katze schwarz oder weiß ist?« fragte der Daily Lama auf seine unnachahmliche Weise. *»Hauptsache, sie fängt Mäuse.«*

»Hier spricht Gleiter IV«, kam es ein weiteres Mal aus dem Lautsprecher. »Landungsboot hebt ab. Rendezvous ist ermittelt als Raumyacht ANTONIO BAY.«

»Zentrale an Gleiter IV. Verstanden. Begeben Sie sich an den vorgesehenen Treffpunkt. Ende und Aus.« Der Daily Lama lehnte sich zurück und wandte sich wieder Cedric und Maylor zu. »Wir haben noch etwas Zeit. Ich denke, wir nutzen sie, indem ich euch einige Erklärungen gebe.«

Das war das Erfreulichste, was Cedric seit langem zu hören glaubte.

»Darf ich mit einer Frage beginnen?« fragte Cedric, und als sein ehemaliger Ausbilder nickte, sprach er weiter: »Wieso sind ausgerechnet *Sie* auf die Verschwörer angesetzt worden?«

»Vor rund fünf Jahren bin ich auf eine persönliche Bitte von Sixten Veit, dem damaligen Chef des Sicherheitsdienstes, von der Flottenakademie zum *DSD* gewechselt«, gab der Daily Lama bereitwillig Auskunft. »Er hat verschiedene Verdachtsmomente gesammelt, die darauf hinwiesen, daß eine gegen das sarday'kinsche Imperium gerichtete Verschwörung großen Stils im Gange war. Da er befürchtete, daß auch der *DSD* bereits unterwandert sein könnte, wollte er aus geeigneten Außenstehenden eine verdeckt arbeitende Ermittlungsgruppe bilden. Deren Leiter bin ich dann geworden. Sixten Veits Verdacht hat sich bald bestätigt, aber bevor ich ihn darüber unterrichten konnte, kam er bei einem bis heute nicht geklärten Gleiterunfall ums Leben.«

»Lassen Sie mich raten, wie es danach weiterging«, bot Cedric an. »Sixten Veits Nachfolger gehörte ebenfalls den Verschwörern an.«

»Ganz recht. Ich bin von Anfang an davon ausgegangen, daß es sich so verhalten könnte. Der Mann war bis dato eher ein kleines Licht und wurde zu überraschend auf diesen hohen Posten gehievt, als daß alles mit rechten Dingen hätte zugegangen sein können. Eine Annahme, die sich inzwischen bestätigt hat. Glücklicherweise war unsere Ermittlungsgruppe von Sixten Veit so angelegt worden, daß in den Computern des *DSD* keinerlei offizielle Daten darüber existierten. Daher beschloß ich, so lange verdeckt weiterzuarbeiten, bis wir in der Lage wären, die wahren Drahtzieher auffliegen zu lassen. Alles andere wäre sinnlos gewesen. Unsere Erkenntnisse wären in dem riesigen Apparat der Flotte entweder wirkungslos versickert oder von entsprechenden Teilnehmern der Verschwörung unter Verschluß gehalten worden.«

»Das scheint ein ziemlich großes Ding zu sein, das da abläuft«, sagte Maylor. »Wenn diese Leute schon vor fünf Jahren in der Lage waren, den Chefposten des *DSD* mit einem eigenen Mann zu besetzen.«

»Das Ding, um mich einmal dieses Wortes zu bedienen, ist sogar noch viel, viel größer, als Sie denken«, sagte der Daily Lama. »Die Verschwörer haben in den letzten Jahren systematisch die wichtigsten Schnittstellen der Flotte und auch anderer Teile des Sarday'kin-Imperiums in ihre Hände gebracht.«

»Es muß doch auffallen, wenn so viele hohe Leute plötzlich umkommen und dann durch völlig neue Gesichter ersetzt werden«, warf Cedric ein. »Das müßte doch leicht nachzuweisen sein.«

»Wenn es allein das gewesen wäre, ja. Aber seltsamerweise scheinen darüber hinaus auch etliche hochrangige Befehlshaber, die bis dahin als hundertprozentig staatstreu galten, die Ziele der Verschwörer zu unterstützen. Darunter zwei Staatsminister, die ich früher selbst als absolut integere Personen kennengelernt habe und bei denen ich mir ein solches Verhalten nicht erklären kann.«

»Vielleicht hat man sie mit einem Hypno-Block oder Implantat umgedreht?« vermutete Cedric.

»Nein. Wir haben einen von ihnen eine Zeitlang in der Hand gehabt und haben ihn untersuchen können. Es war nichts dergleichen festzustellen.« Ein kaum erkennbarer Zug von Bitterkeit legte sich über das Gesicht des Daily Lamas. »Diese Aktion hat mich damals die Hälfte meiner Leute gekostet und unsere Einheit beinahe auffliegen lassen. Das Schlimmste konnte ich verhindern. Die Verschwörer wissen seitdem zwar, daß ihnen jemand auf der Spur ist, aber sie haben keine Ahnung, wer. Deshalb auch unsere Maskerade als Söldner-Truppe.«

»Wie viele Leute umfaßt ihre verdeckte Einheit?« fragte Cedric. »Nicht viele. Vier, fünf Handvoll vielleicht. Der Kreis der Eingeweihten mußte natürlich möglichst klein bleiben. Glücklicherweise ist es uns gelungen, unsere Verluste immer wieder durch geeignete und vor allem unverdächtige Personen auszugleichen, viele davon ehemalige Mitarbeiter des *DSD*. Wir haben es so gedreht, daß die meisten davon offiziell bei Unfällen ums Leben gekommen oder anderweitig verschollen sind. So wie es auch bei Sergeant Perkins der Fall sein wird. Ich könnte mir vorstellen, daß er ein durchaus wertvoller Mitarbeiter für uns wird.«

»Gut möglich«, knurrte Maylor. Es war offensichtlich, daß er dem Adjutanten, der in einem anderen Gleiter mitgeflogen war, nicht besonders wohlgesonnen war. »Solange Sie ihm nur klare und deutliche Befehle geben, wird er sich sicher zerreißen, sie zu erfüllen. Aber erwarten Sie nicht mehr von ihm. Auf keinen Fall eigenes Denken.«

»Ich glaube, daß ich in der Lage bin, Perkins' Persönlichkeitsstruktur ausreichend zu beurteilen«, erwiderte der Daily Lama. Er ließ seinen Blick von Cedric zu Maylor wandern und wieder zurück. »Übrigens habe ich auch mit dem Gedanken gespielt, euch beide zu meiner Einheit hinzuzuziehen. Trotz eurer verschiedenen Unzulänglichkeiten wart ihr zwei der besten Schüler gewesen, die ich auf der Akademie ausgebildet habe. Leider ist der DAYTRIPPER-Vorfall dazwischengekommen, ehe ich Kontakt mit euch aufnehmen konnte.«

Der DAYTRIPPER-Vorfall! Cedric wußte sofort, wovon die Rede war. Denn dieser Vorfall hatte zu seiner Verhaftung, Verurteilung und zu seiner Deportation in die Byranium-Minen auf Hadrians Mond geführt. Und die Anklage hatte gelautet: Während einer Notsituation hätte er von der Zentrale der DAYTRIPPER, auf der er damals Dienst geleistet hatte, aus das Feuer auf die eigenen Truppen eröffnet.

Etwas, an das Cedric sich allerdings nicht im mindesten erinnern konnte, während Maylor, der in einem anderen Raumschiff im selben System zugegen gewesen war, es offenbar gesehen hatte. Er hatte vor Gericht ausgesagt, im entscheidenden Moment mit Cedric in Bildfunkkontakt gestanden und alles beobachtet zu haben.

Während der Gerichtsverhandlung war Cedric sicher gewesen, von Maylor verkauft worden zu sein, doch nach ihrem plötzlichen Wiedersehen vor einigen Tagen, hatte Maylor Stein und Bein geschworen, nichts anderes als die Wahrheit gesagt zu haben.

»Was wissen Sie über den DAYTRIPPER-Vorfall?« fragte Cedric seinen ehemaligen Ausbilder.

»Nicht sehr viel«, antwortete der Daily Lama. »Aber eines steht fest: Er war keinesfalls das, was er zu sein scheint. Nach allem, was mir darüber bekannt ist, ist davon auszugehen, daß die Verschwörer schon damals ihre Finger im Spiel gehabt haben.«

»Was?« riefen Cedric und Maylor.

»Als von der DAYTRIPPER aus das Feuer auf die Bodenlandetruppen eröffnet worden ist, ist dabei auch ein hochrangiger Kommissar ums Leben gekommen, der inkognito dabei war, um die Aktion zu überwachen. Ein Kommissar, der nur Tage später durch einen Mann aus den Reihen der Verschwörer ersetzt wurde.«

»Davon war während der Verhandlung nicht eine Sekunde lang die Rede«, protestierte Cedric.

»Natürlich nicht«, bestätigte der Daily Lama. »Den Verschwörern ging es darum, so wenig Aufsehen zu verursachen wie möglich. Sie brauchten einen Sündenbock, auf den man sämtliche Schuld abwälzen konnte, und in dir, Cedric, hat man ihn gefunden.«

Cedric senkte den Kopf. Er mußte diese Neuigkeiten erst einmal verarbeiten. Niemals hätte er es für möglich gehalten, daß es eine Verbindung zwischen dem DAYTRIPPER-Vorfall und dem Überfall auf Hadrians Mond geben könnte. Steckten in beiden Fällen tatsächlich dieselben Drahtzieher dahinter?

Es klang unwahrscheinlich, aber mit einem Male hielt er es nicht einmal mehr für ausgeschlossen. Schließlich hatte er keinen Grund, dem Daily Lama zu mißtrauen. Er atmete tief durch. Letztendliche Sicherheit würde er wohl nur bekommen, wenn er einen der Drahtzieher leibhaftig vor sich hatte, ihn am Kragen packte und so lange bearbeitete, bis er den Mund aufmachte.

Und es gab kaum etwas, das er sich jetzt, in diesem Moment, sehnlicher wünschte.

»Daß Sie immer noch verdeckt arbeiten«, ließ Maylor sich vernehmen, »heißt, daß Sie die wahren Hintermänner noch immer nicht ausgemacht haben.«

»Richtig«, bestätigte der Daily Lama. »Das ist uns bis jetzt bedauerlicherweise nicht gelungen. Dazu ist die Struktur der Verschwörung zu komplex und nach oben hin abgesichert. Wir haben zwar viele Mitläufer und Befehlsempfänger identifizieren können, es aber nie geschafft, zum entscheidenden Führungskreis vorzudringen. Immerhin haben wir erfahren, daß es sich um etwa ein Dutzend Personen zu handeln scheint, die unter dem Decknamen *Faktor* in Erscheinung treten. Einmal, vor anderthalb Jahren, waren wir buchstäblich nur eine Handbreit davon entfernt, *Faktor 11* in unsere Hände zu bekommen, aber leider konnte er sich in den Freitod flüchten, ehe wir in der Lage waren, ihn außer Gefecht zu setzen.«

»O-Kontrol an Zentrale«, erklang wieder die Lautsprecherstimme. »Bitte melden.«

»O-Kontrol?« fragte Maylor schnell. »Wer ist das eigentlich?«

»Ein Schneller Kreuzer oben im Orbit«, antwortete der Daily Lama, ehe er sich den Kontrollen zuwandte. »Hier Zentrale. Sprechen Sie.«

»Zielobjekt erfaßt. Andockmanöver an die ANTONIO BAY ist soeben angelaufen.«

»Sehr gut«, sagte der Daily Lama. »Halten Sie mich ohne weitere Aufforderung auf dem Laufenden.«

»Jetzt weiß ich endlich, warum Sie *Faktor 4* in aller Ruhe haben aufsteigen lassen.« Maylor füllte die entstandene kurze Pause mit einem Fingerschnippen. »Sie wollen ihn erst stellen, wenn er das Orbit von *Sankt Petersburg Zwei* verlassen hat.

Weil ein Zugriff hier auf dem Planeten zuviel Aufsehen erregen würde. Richtig?«

»Falsch«, beschied der Daily Lama. »Ganz falsch. Was würde es nutzen, den Fuchs aus seinem Versteck zu treiben, nur um ihm anschließend eine Kugel zu verpassen? Man sollte auch die Geduld aufbringen, ihn so lange zu verfolgen, bis er einen zu seinem Bau führt.«

Maylor verzog die Mundwinkel und senkte den Kopf.

»Ich glaube, ich verstehe, was Sie meinen«, gab er klein bei.

»*Faktor 4* ist bis jetzt die heißeste Spur, die wir je hatten«, sprach der Daily Lama. »Und vielleicht die letzte, die wir je haben werden. Die Zeit ist knapp geworden. Wir haben erfahren, daß die Verschwörer kurz vor der Vollendung ihres Vorhabens stehen. Der Überfall auf Hadrians Mond scheint die letzte Aktion dieser Art zu sein, die dazu noch vonnöten war. Allein deshalb werde ich mich hüten, *Faktor 4* zu früh aus dem Verkehr zu ziehen. Ich hoffe nämlich, daß er uns auf geradem Weg zu seinen Hintermännern führt. Denn wenn er das nicht tut, dann ...« Er mußte nicht weitersprechen.

»Sir?« Der Pilot des Lastengleiters vorne in der Cockpitkanzel blickte über seine Schulter zurück. »Wir haben den Raumhafen in einer Minute erreicht.«

»Legen Sie einen Zwischenstopp auf einem der Gleiterdecks ein, bevor wir dann zu unserem Zielpunkt weiterfliegen«, wies ihn der Daily Lama an.

Der Pilot nickte und wandte sich wieder seinen Kontrollen zu.

»O-Kontrol an Zentrale«, war wieder die Lautsprecherstimme zu hören. »Andockmanöver abgeschlossen. Die ANTONIO BAY verläßt den Orbit und nimmt Fahrt auf. Einleitung einer Hyperraumsprungsequenz wahrscheinlich. Datenübertragung läuft.«

Der Daily Lama reagierte auf die Meldung mit einer knappen Bestätigung.

»Sind das die Vorbereitungen, von denen Sie gesprochen haben?« fragte Cedric.

Er erntete einen Blick des Daily Lamas, der so etwas wie Anerkennung ausdrückte.

»Ja«, sagte er. »Wir haben einen versteckten Sender im Zentralsystem der ANTONIO BAY deponiert, der die Sprungdaten an O-Kontrol übermittelt. Damit können wir feststellen, wohin *Faktor 4* sich absetzt. Und darüber hinaus haben wir es auch geschafft, einen unserer Leute an Bord zu bringen.«

Der Lastengleiter setzte wenig später auf einem der Parkdecks am Rande des Abfertigungsgebäudes auf. Die Antriebsaggregate erstarben.

Cedric registrierte es mit Verwunderung. Er fragte sich, was sie hier vorhatten.

»Was wollen wir hier?« sprach er aus, was ihn beschäftigte.

»Auf dem Startfeld wartet ein Landungsboot, das mich und meine Männer hinauf zum Schnellen Kreuzer bringen wird.« Erneut wanderte der Blick des Daily Lama über Cedric und Maylor, und diesmal schloß er auch Kara-Sek mit ein. Der Yoyodyne saß schweigend im Hintergrund und trug einen teilnahmslosen Gesichtsausdruck zur Schau, obwohl Cedric sich sicher war, daß er jedes Wort aufmerksam aufgenommen hatte. »Aber bevor es soweit ist, ist es an der Zeit, daß sich unsere Wege trennen.«

Cedric Cyper hatte das Gefühl, aus allen Wolken zu fallen und ziemlich hart auf dem Erdboden zu landen.

»Wie bitte?« Maylor starrte den Daily Lama ungläubig an. »Aber ich dachte, daß Sie . . . daß wir . . . ich meine . . . gemeinsam . . .«

»Genau meine Meinung!« unterstrich Cedric energisch. »Der Ansicht war ich eigentlich auch!«

Der Daily Lama schüttelte nachsichtig den Kopf.

»Das ist leider nicht möglich«, sagte er. »Unsere Aktion steht zu dicht vor dem Abschluß, um jetzt noch weitere Mitarbeiter in unsere Reihen aufzunehmen.«

»Aber Sie haben eben doch selbst noch gesagt«, protestierte Cedric, »daß Sie mit dem Gedanken gespielt haben, uns beide in Ihre Sondereinheit aufzunehmen. Jetzt haben Sie die Möglichkeit dazu. Warum also tun Sie es nicht?«

»Das war zu einer anderen Zeit und unter anderen Umständen. Jetzt hat sich beides verändert. Glaubt mir, es ist das Beste, wenn ihr erst untertaucht und von der Bildfläche verschwindet.«

Cedric hatte ernste Zweifel daran, aber er spürte, daß der Entschluß des Daily Lamas feststand. Er würde sich nicht umstimmen lassen.

»Ach ja, ich habe da noch etwas für euch«, sagte der Daily Lama. »Es wurde von meinen Männern in der Botschaft gefunden, und ich nehme an, es gehört euch.« Er holte aus einem Fach mehrere Gegenstände hervor und reichte sie ihnen. Es waren die drei größeren Stücke Byraniums, die sie von dem Brocken hatten abschneiden lassen, ihre Waffen und die Unmenge Kreditkarten, die sie vor ihrer Verhaftung bei sich getragen hatten. Cedric kam sich fast wie ein Verräter an sich selbst vor, als er es entgegennahm. »Kein unerhebliches Vermögen, das ihr da mit euch führt. Es sollte ausreichen, um euch einen sicheren Schlupfwinkel finden zu lassen. Und dies hier wird euch die Sache noch ein wenig erleichtern.«

Er holte aus einem Fach einen ganzen Stapel Identy-Cards, suchte zwei davon heraus und reichte sie ihnen.

»Das sind keine Fälschungen, sondern Blanko-Originale, direkt aus den Herstellungsfabriken des Imperiums. Die Cards halten jeder offiziellen Überprüfung stand. Ihr müßt sie lediglich noch mit euren Fotos ausstatten lassen, aber es sollte euch nicht schwerfallen, hier auf *Sankt Petersburg Zwei* in irgendeinem Hinterhof eine entsprechende Werkstatt zu finden.« Der Daily Lama deutete auf Kara-Sek. »Was ihn betrifft, kann ich euch leider nicht helfen.«

»Monserat«, las Maylor den Namen auf seiner Karte vor. In seinem Tonfall schwang noch deutlich die Enttäuschung darüber mit, daß der Daily Lama sie nicht mitnehmen wollte. »Aramis Monserat.«

Cedric wendete die kleine Karte in seinen Händen. Claudio Portos stand als Name darauf. Nicht gerade wohlklingend, aber darauf kam es nicht an.

»Aramis und Portos«, meinte Maylor, nachdem Cedric seinen neuen Namen ebenfalls genannt hatte. »Zwei der drei Musketiere. Wie einfallsreich. Wollen wir Kara-Sek jetzt Artos oder D'Artagnan nennen?«

Cedric sah Maylor überrascht an. Er wußte gar nicht, daß sein ehemaliger Freund sich für vorhistorische Literatur interessierte. Auch ihm kam es wie ein Scherz vor, den der Daily Lama sich mit ihnen erlaubte. Doch dessen Miene war nichts zu entnehmen.

»Ich würde es vorziehen, meinen eigenen Namen zu behalten«, sagte Kara-Sek humorlos.

»O-Kontrol an Zentrale«, unterbrach ihn die Lautsprecherstimme. »Die ANTONIO BAY ist soeben im Hyperraum verschwunden. Datenübertragung ohne Fehler abgeschlossen. Der Zielpunkt des Überlichtsprungs wurde ermittelt als Asteroid *Betamax*, Heimstadt der Sternenstadt *Star City*.«

»*Star City!*« rief Maylor. »Die Residenz von Sandara! *Faktor 4* ist dorthin unterwegs!«

Der Daily Lama nickte einvernehmlich.

»Wir hatten Sandara schon seit einiger Zeit im Verdacht, daß sie etwas mit den Byranium-Überfällen zu tun hat«, sagte er. »Aber bis jetzt fehlten konkrete Beweise. Ich hoffe, daß sie uns zu den wahren Hintermännern führen kann.« Eine ernste Pause. »Und nun geht. Ich muß zum Schnellen Kreuzer, um die Verfolgung aufzunehmen.«

Cedric schüttelte in erneuter Auflehnung den Kopf.

»Sie können uns nicht einfach so hinauswerfen«, bat er noch einmal eindringlich. »Wenn Sie uns schon nicht mitnehmen, helfen Sie uns wenigstens, Sheryl und Nabtaal zu befreien.«

Er fing einen Seitenblick Maylors auf, der zeigte, daß er gar nicht mehr an die beiden gedacht hatte. Und er erkannte an der

Miene des Daily Lamas, wie dessen Antwort ausfallen würde, noch bevor er sie aussprach.

»Dieser Bitte kann ich leider nicht entsprechen«, sagte er. »Ihr werdet sehen, es ist die beste Lösung. Und was eure beiden Mitstreiter angeht, sie befinden sich längst nicht mehr auf *Sankt Petersburg Zwei*.«

»Sondern?« fragte Maylor gedehnt.

»*Faktor 4* hat sie an Bord seines Landungsbootes ANTONIO BAY genommen.«

»Das heißt, daß sie mit ihm zusammen auf dem Weg nach *Star City* sind.«

»Korrekt«, bestätigte der Daily Lama. »Macht euch keine Sorgen um sie. Ich werde tun, was in meiner Macht steht, um ihnen zu helfen.« Er betätigte einen Schalter, und das Seitenschott des Gleiters fuhr auf. Ein deutliches Zeichen, daß ihr Bleiben nicht länger erwünscht war. »Wenn das Schicksal es will, werden wir uns wiedersehen. Vielleicht schon bald. Ich werde Kontakt mit euch suchen, wenn alles vorüber ist. Und nun geht, und unternehmt nichts Unbedachtes. Ihr wißt doch: *Jede Aufgabe, nach der wir mit beiden Händen greifen, ergreift auch uns!*« Er sah sie noch einmal ernst an. »Ich bin sicher, Ihr werdet tun, was ich von euch erwarte!«

Cedric nickte ergeben – und enttäuscht. Er hatte das Gefühl, etwas sagen zu müssen, aber er wußte nicht, was; und so schwieg er.

Zusammen mit Maylor verließ er den Lastengleiter, und als die Maschine abhob und in Richtung des Landefeldes verschwand, kam er sich auf eine seltsame Weise ausgebootet vor.

»Das wär's wohl«, kommentierte Maylor trüb. »Ende des Weges.«

Es dauerte eine Zeitlang, ehe Cedric antwortete.

»Ich weiß nicht, wie's dir geht, aber ich bin noch lange nicht gewillt, so einfach aufzugeben.«

»Ach ja.« Ein höhnischer Unterton lag in Maylors Stimme. »Und was willst du tun? Die einzige Spur führt nach *Star City*.«

»Ich weiß. Warum also fliegen wir nicht hin und sehen uns ein wenig um?«

»Und wie? Du weißt, wie abgeschottet der Asteroid ist. Wir haben nicht einmal die Koordinaten.«

»Es kann nicht unmöglich sein, sich die Daten zu besorgen«, sagte Cedric.

»Ich denke, diese Sandara veranstaltet des öfteren gesellschaftliche Empfänge. Mit irgendwelchen Schiffen müssen ihre Besucher ja schließlich zu ihr gelangen.«

»Selbst wenn wir die Sprungdaten hätten, könnten wir uns ja wohl schlecht ein Raumschiff chartern und dort unangemeldet reinschneien. Kannst du dir vorstellen, wie schnell die uns wieder hinauswerfen? Vorausgesetzt, sie lassen uns vorher überhaupt landen. Ohne ausdrückliche Einladung dürfte das so ziemlich unmöglich sein.«

Cedric rieb sich über das Kinn. »Eine Einladung«, murmelte er. »Das ist gar kein so schlechter Gedanke.«

»Ich ahne Böses«, sagte Maylor. »Du siehst aus, als wäre dir gerade eine Idee gekommen.«

»Was stört dich daran?«

»Was mich daran stört? Das will ich dir sagen. Mich stört, daß wir jedesmal, wenn du so aussiehst, kurze Zeit später hundertprozentig in der ... na ja, du weißt, was ich meine.«

Cedric antwortete nicht, sondern sah geistesabwesend auf das Startfeld hinaus, wo weit entfernt gerade das Landungsboot des Daily Lamas aufstieg.

»Was ist?« fragte Maylor ungeduldig. »Hast du nun eine Idee, oder hast du keine?«

»Ja«, antwortete Cedric. »Ich glaube, ich hab' eine Idee.«

Maylor verdrehte die Augen.

»Ich wußte es«, stöhnte er und hob abwehrend die Hände. »Aber laß dir nicht einfallen, sie mir zu erzählen. Ab jetzt verlasse ich mich lieber auf meinen eigenen Verstand. Ich bin froh, meine Haut einstweilen gerettet zu haben. Wenn mir was einfällt, dann gut, wenn nicht, dann auch!«

Demonstrativ verschränkte er die Arme vor der Brust und starrte aufs Startfeld hinaus.

»Du willst sie also nicht hören?« fragte Cedric.

»Nein.«

»Na gut.« Er hob die Schultern, als wäre es ihm egal. »Dann eben nicht.«

Sie standen schweigend da und sahen gemeinsam zu, wie das Landungsboot in den Himmel stieg und behielten es so lange im Auge, bis es kleiner und kleiner geworden und endgültig verschwunden war.

»Und du willst meine Idee wirklich nicht hören?« fragte Cedric.

Synfile 9

Die Einladung

Der Chef der Ankaufsabteilung der *K & K-Bank* stand beflissen hinter seinem Schreibtisch auf, als die von seinem Sekretär avisierten Geschäftsleute das Büro betraten. Mit ausgestreckter Hand eilte er den drei Männern entgegen.

»Herzlich willkommen!« rief er in geschäftsmäßig freundlichem Tonfall. »Mein Name ist Virgint. Ich bin der Leiter dieser Abteilung. Und Sie dürften Mr. Portos und Mr. Monserat sein, wie mir gesagt wurde.«

»Ganz recht«, bestätigte Cedric.

Sie schüttelten sich die Hände, nur Kara-Sek ergriff die dargebotene Hand des Bankers nicht, sondern starrte so grimmig darauf, als wollte er sie am liebsten mit seinem Schwert abschlagen, das in einer quer über seinen Rücken gebundenen Scheide steckte. Es hatte ein wenig Schwierigkeiten gegeben, bevor er die Waffe mit in das Bankgebäude hatte nehmen können.

Erst als Cedric und Maylor angedroht hatten, auf der Stelle kehrtzumachen und das Geschäft platzen zu lassen, hatte es ihnen der Sicherheitsdienst erlaubt.

»Und dies . . .« stotterte er. »Dies ist . . .?«

»Unser Leibwächter«, antwortete Maylor. »Nennen Sie ihn Pee-King, Mr. Virgint, wenn Sie mögen und falls Ihnen Namen wichtig sind.«

Kara-Sek strafte Maylor mit einem bitterbösen Blick, sagte aber nichts.

Der schmächtige Banker wirkte irritiert, dann deutete er einladend auf einen Tisch, um den mehrere schwere, gemütlich aussehende Sessel gruppiert waren. Zu dritt nahmen sie Platz, nur Kara-Sek blieb in der Nähe der Bürotür stehen.

»Darf ich Ihnen etwas kommen lassen?« erkundigte Virgint sich. »Eine kleine Erfrischung? Einen plomboyanischen Sekt vielleicht? Oder eine Mokie-Coke? Oder doch lieber ein Barbiturat . . .?«

»Nein, danke«, lehnte Cedric freundlich ab. »Uns wäre es angenehm, wenn wir ohne Umschweife zum geschäftlichen Teil kommen könnten.«

»Ja, gerne.« Virgint rieb sich die Hände, wie aus Vorfreude darüber, daß sie jetzt auf das Feld wechselten, auf dem er sich am sichersten fühlte. »Mein Sekretär hat angedeutet, daß Sie unserem Haus eine größere Menge Edelstein anbieten wollen. Nun, ich darf Ihnen versichern, daß Sie da bei der *K & K-Bank* genau bei der richtigen Adresse sind. Unser Institut kann auf eine langjährige Tradition zurückblicken, nicht nur in allen Bereichen des Schmuckhandels, sondern auch . . .«

»Überspringen wir diesen ganzen Kram«, fiel Maylor ihm ins Wort. »Das haben wir schon alles von dem Auskunftscomputer in einer Ihrer Kundenkabinen gehört.«

»In einer Kundenkabine?«

»Ja«, antwortete Cedric. »Natürlich wollten wir uns zuvor über Ihr Haus informieren.«

»Ja, aber . . . Dazu hätten Sie sich doch nicht in eine der Kundenkabinen bemühen müssen. Wir hätten Ihnen gerne jederzeit genaue Unterlagen zugestellt, aus denen Sie alles hätten entnehmen können. In solchen Fragen schreiben wir den Service am Kunden sehr groß, müssen Sie wissen. Sie werden kein Institut finden, schon gar nicht auf dem Bereich des Schmuckhandels, das Ihnen eine ähnlich breite Palette von . . .« Ein Räuspern Maylors unterbrach ihn. »Ja, wie gesagt, lassen Sie uns jetzt zum geschäftlichen Teil kommen. Worum handelt es sich bei dem, das Sie uns verkaufen wollen?«

»Um Byranium«, sagte Cedric.

Ein enttäuschter Zug schlich sich in das Gesicht des Bankers.

»Ach so«, sagte er. »Wenn Sie Byranium-Schmuck verkaufen wollen, dann sind Sie bei mir wohl an der falschen Adresse. Im Erdgeschoß gibt es eine separate Ankaufsabteilung, die dafür zuständig ist.«

»Sie verstehen uns nicht ganz richtig«, sagte Cedric Cyper. »Es geht nicht um solch kleine Mengen.«

»Nicht?« fragte Virgint. »Worum geht es dann?«

Cedric holte eines der abgeschnittenen Stücke aus der Tasche des teuren Designer-Anzuges, den er sich besorgt hatte, und legte ihn auf den Tisch.

Der Banker nahm den grünlich glimmenden Brocken langsam in beide Hände, als befürchte er, er könne ihn beschädigen. In seine Augen trat ein ehrfürchtiges Leuchten.

»Das ist wirklich ein beträchtliches Stück«, sagte er beeindruckt. »Und ich fürchte, ich habe mich eben etwas mißverständlich ausgedrückt. Natürlich sind Sie da bei mir genau richtig.« Er blickte auf. »Sagen Sie, haben Sie schon eine ungefähre Preisvorstellung?«

»Was Sie da in den Händen halten, ist nur eine Probe«, sagte Cedric. »Es ist lediglich dazu da, damit Sie es von Ihren Spezialisten auf seinen Reinheitsgrad überprüfen lassen können. Wir dachten, ein etwas größeres Stück ist dafür besser geeignet als irgendein kleiner Splitter, den man kaum sieht.«

»Ja, aber . . .« Die Blicke des Bankers tanzten einen verwirrten Tanz zwischen ihnen beiden und dem Byranium-Stück. »Soll das heißen, daß Sie noch mehr . . .?« Er schien es kaum glauben zu können. Cedric hievte den mitgebrachten Metallkoffer, den sie erst vor einer Stunde aus dem Schließfach geholt hatten, auf den Tisch und ließ ihn direkt vor Virgint aufschnappen.

Der Banker sprang entsetzt auf, als spränge ein Bündel giftiger Schlangen auf ihn zu.

»Vorsicht!« rief er mit überschlagener Stimme. »Das kann jeden Augenblick ...«

»Nein«, versicherte Cedric, der ruhig sitzen geblieben war. »Das kann es nicht. Das Byranium ist ruhig. In nächster Zeit kommt es zu keinerlei Spontanreaktionen.«

»Woher wollen Sie das wissen?« fragte Virgint wenig überzeugt.

»Nun, das ist uns von einem erfahrenen Experten glaubhaft versichert worden«, antwortete Cedric.

»Einem überaus erfahrenen Experten sogar«, fügte Maylor hinzu, und nur Cedric nahm den darin enthaltenen Spott wahr, denn dieser Experte war schließlich niemand anderes als Cedric selbst. »Man könnte sogar sagen, daß er eine wahre Koryphäe auf diesem Gebiet ist!«

Cedric verpaßte Maylor unter dem Tisch unauffällig einen Fußtritt. Man konnte es auch übertreiben.

Langsam wagte sich der Banker an den Tisch zurück. Um ihn nicht weiter zu beunruhigen, schloß Cedric den Koffer wieder. Der Mann hatte ohnehin gesehen, was er sehen sollte.

»Das ... das ist ja ... außerordentlich.« Er schien nicht richtig zu wissen, was er sagen sollte. Offenbar hatte er noch nie ein Byranium-Stück dieser Größe gesehen. »Wirklich sehr außerordentlich ...«

»Ich glaube, Sie verstehen jetzt, warum wir unbedingt unseren Leibwächter dabeihaben wollten«, sagte Cedric, als wäre es das wichtigste, worum es ihm jetzt ging.

Virgint nickte beiläufig.

»Was schätzen Sie, wieviel dieser Brocken wert ist?« fragte Maylor. »Und wie lange wird es dauern, ehe Sie uns den entsprechenden Betrag auszahlen können? Vorausgesetzt natürlich, daß wir uns handelseinig werden.«

»Das ist nicht leicht zu sagen«, antwortete Virgint ausweichend. Er fingerte an seinem Kragen herum. »Ich fürchte, das erfordert doch ... ausgiebige Verhandlungen.« Er wußte offenbar nicht recht, wie er sich ausdrücken sollte.

»Was ist, Mr. Virgint?« fragte Cedric. »Sind Sie nicht daran interessiert, mit uns ins Geschäft zu kommen?«

»O doch!« rief der Banker schnell. »Es ist nur... Ein Geschäft dieser Größenordnung wird normalerweise nur von unserem Direktor persönlich abgewickelt.«

»Schön«, sagte Cedric. »Das haben wir uns schon fast gedacht. Dann bringen Sie uns zu ihm. Es spart uns jede Menge Zeit, gleich mit dem maßgeblichen Entscheidungsträger zu reden.« Und wie beiläufig fügte er hinzu: »Schließlich geht es nicht nur um diesen kleinen Brocken hier in dem Koffer.«

Virgint fielen fast die Augen aus dem Kopf.

»Wie bitte?« rief er. »Sie haben *noch* mehr Byranium?«

»Ja«, sagte Cedric leichthin. Er spürte, daß Virgint bereits nach dem Köder zu schnappen begann, den sie für ihn ausgelegt hatten. Ein solches Geschäft konnte er sich nicht entgehen lassen. Wahrscheinlich rechnete er sich im Kopf schon die Höhe der Provision aus, die er für dieses Geschäft kassieren würde. »Vergaß ich das zu erwähnen? Wir haben den Brocken in diesem Koffer nur mitgebracht, damit Sie uns auch für ernsthafte Verhandlungsparter halten.«

»Wieviel mehr...?« hauchte Virgint. Langsam dämmerte es ihm, daß er zwei der reichsten Männer dieses Planeten gegenübersitzen dürfte.

»Ein paar Tonnen«, log Maylor, ohne mit der Wimper zu zucken, und hob die Schultern. »Vielleicht sogar mehr. So genau wissen wir das nicht. Wir hatten noch keine Gelegenheit, die Ader, auf die wir auf einem Planeten gestoßen sind, vollkommen auszuloten. Wir bräuchten jemand, der für uns die komplette Weiterverarbeitung, vielleicht auch den Abbau selbst übernimmt.«

»Was ist nun?« hakte Cedric sofort nach, um ihrem Gegenüber keine Zeit zum Nachdenken zu geben. »Bringen Sie uns jetzt zum Direktor?«

»Das ist leider nicht möglich«, sagte Virgint. »Unser leitender Direktor, Mr. Wosch, hat leider kurzfristig eine Geschäftsreise antreten müssen. Ich kann Ihnen leider nicht sagen, wann er wieder zurückkommen wird.«

Das konnte Cedric sich lebhaft vorstellen. Wosch hatte sich schließlich Hals über Kopf aus dem Staub gemacht.

»Hören Sie, Mr. Virgint«, sagte Cedric, als wäre er mit seiner Geduld langsam am Ende angekommen. »Ich möchte nicht hören, was Sie nicht können, sondern was Sie für uns zu tun in der Lage sind! In einem alteingesessenen Institut wie Ihrem muß es doch jemanden geben, der solch ein Geschäft abwickeln kann.«

»Sonst müssen wir uns eben nach einem anderen Partner umsehen«, meinte Maylor. »Vielleicht bietet er uns nicht die Erfahrung wie Ihr Haus, aber dafür bekommen wir dort vielleicht jemanden zu Gesicht, mit dem wir überhaupt erst einmal reden können.«

Man sah dem Banker die Furcht an, dieses Geschäft seines Lebens könnte ihm wieder durch die Hände gleiten. »Nein!« rief er. »Warten Sie! Natürlich werde ich alles tun, um dieses Problem zu ihrer Zufriedenheit zu lösen. Ich . . .« Er überlegte kurz. »Ich müßte Kontakt mit den führenden Anteilhabern unserer Bank aufnehmen. Sie würden sicherlich umgehend einen Bevollmächtigten nach *Sankt Petersburg Zwei* schicken, der dieses Geschäft abwickeln könnte.«

Cedric tat, als würde er darüber nachdenken. Dabei stand von Anfang an fest, daß das für sie nicht in Frage kam. Sie wollten etwas anderes, und es war an der Zeit, ihr Gespräch in diese Bahnen zu lenken.

»Wissen Sie«, sagte er, »das Auffinden der Byranium-Ader hat uns Jahre harter Arbeit gekostet, und jetzt möchten wir uns natürlich so schnell wie möglich den angenehmeren Seiten des Lebens zuwenden. Und da wäre es äußerst verdrießlich, wenn wir hier erstens tagelang auf diesen Bevollmächtigten warten und sich dann zweitens womöglich herausstellt, daß auch er nicht über die entsprechenden Befugnisse verfügt.« Er sah Maylor an. »Vielleicht ist es da doch besser, wenn wir uns an jemand anderen wenden. Was meinst du?«

»Bitte!« sagte Virgint fast flehendlich. »Handeln Sie nicht übereilt. Ich bin sicher, daß sich eine Lösung finden lassen wird.«

»Wer sind eigentlich die Inhaber dieser Bank?« fragte Maylor wie nebenbei.

»Der größte Anteil wird von der *Sandara Star Company* gehalten«, antwortete Virgint bereitwillig.

»Sandara?« rief Maylor erstaunt. Cedric mußte ihm Anerkennung zollen, wie gut er seine Rolle spielte. »Etwa *die* Juwelenkönigin?«

»Genau«, bestätigte Virgint leicht geschmeichelt. »Sie kennen Sie?«

»Aber natürlich!« rief Maylor. »Ich habe schon viel über sie gehört und gelesen. Wissen Sie, wie sehr ich davon geträumt habe, einmal auf einem ihrer Empfänge anwesend sein zu können? Da soll die gesamte High Society versammelt sein!«

»Nun«, sagte Virgint, der wohl der Meinung war, daß an dieser Stelle ein wenig Schmeichelei nicht schaden könne. »So reich, wie Sie Ihr Fund gemacht hat, werden Sie künftig auch dazu gehören.«

Cedric mußte sich beherrschen, um nicht die Mundwinkel zu verziehen. Dieser einfältige Idiot! Wann kam er endlich darauf? Es reichte anscheinend nicht aus, ihm den Kuchen auf einem silbernen Tablett darzureichen – sie mußten ihn auch noch mit der Nase in den Teig hineinstoßen.

»Ich glaube«, sagte er, »ich habe gestern irgendwo gehört, daß so eine Feier demnächst wieder stattfinden soll.« Tatsächlich hatten sie beim Durchstöbern der Nachrichtenspeicher von dem Computerterminal in ihrem Hotelzimmer aus eine entsprechende Meldung gefunden. »Ganz sicher bin ich da allerdings nicht. Vielleicht handelte es sich auch um . . .«

»Aber natürlich!« rief Virgint endlich und schlug sich mit der flachen Hand gegen die Stirn. »Das ist es! Das ist die Lösung unseres Problems!«

»Was ist die Lösung?« fragte Cedric scheinbar überrascht.

»Passen Sie auf.« Der Banker lehnte sich zu ihnen vor. »Ich weiß, daß in der Tat in wenigen Tagen wieder so ein Gala-Empfang stattfindet. Anstatt einen Bevollmächtigten von dort hierher zu holen, sorge ich dafür, daß Sie zu der Feier eingeladen werden. So könnten Sie sich Ihren Herzenswunsch erfüllen, und gleichzeitig finden Sie dort alle kompetenten Gesprächspartner. Was halten Sie davon?«

Er sah sie so strahlend an wie ein Erstkläßler, der eine gute Zensur nach Hause brachte. Cedric beschloß, ihn noch etwas länger zappeln zu lassen.

»Ich weiß nicht«, meinte er. »Das würde bedeuten, daß wir noch mal durch den halben Spiralarm fliegen müßten.«

»Selbstverständlich an Bord einer Luxusyacht«, bot Virgint schnell an. »Oh, ich bitte Sie«, verteidigte er das, was er für seine eigene Idee hielt. »Dieser Weg wäre die Lösung aller Probleme.«

»Ich denke, Mr. Virgint hat recht«, wandte Maylor sich an Cedric, als müßte er ihn überreden. »Warum nicht einen kleinen Abstecher dorthin machen? Wer weiß, wann wir noch einmal eine solche Chance bekommen? Und außerdem – Sandara soll außerordentlich schön sein.«

»Na gut«, stimmte Cedric scheinbar schweren Herzens zu. »Ich bin einverstanden. Wie lange wird es dauern, bis Sie uns die Passage besorgt haben?«

»Höchstens zwei Tage«, sagte Virgint.

»Gut«, sagte Cedric. »Damit wäre wohl erst einmal alles besprochen. Wie gesagt, der kleine Brocken dort ist für Ihre Reinheitsanalyse bestimmt. Ich gehe davon aus, daß Sie von sich hören lassen, Mr. Virgint.«

»Aber natürlich. Sie können sich darauf verlassen. Ich werde Ihnen so schnell wie möglich Bescheid geben. Er stutzte, als ihm etwas einfiel. »Wo . . . kann ich Sie erreichen?«

»Im Hotel ESCAPADE« sagte Maylor.

Sie erhoben sich und näherten sich langsam der Tür, wo Cedric Kara-Sek wieder den Koffer anvertraute. Virgint verabschiedete sie mit überschwenglichen Worten.

»Haben Sie da nicht vielleicht eine Kleinigkeit vergessen?« unterbrach Cedric den Wortfluß des schmächtigen Bankers.

Virgint machte große Augen.

»Vergessen? Ich?« rief er. Man sah ihm an, daß er in Gedanken alle Möglichkeiten durchging – von einem besonders wertvollen Kundengschenk zur Erhaltung der geschäftlichen Verbindung bis zur Zahlung eines Vorschusses. »Aber ... was ...?«

Cedric Cyper deutete zu dem Tisch, an dem sie gesessen hatten und auf dem immer noch der kleine Byranium-Brocken lag.

»Natürlich hätten wir gerne eine Quittung dafür, daß wir Ihnen das Stück hiergelassen haben«, bemerkte er mit einem schmalen Lächeln. »Nur damit alles seine Ordnung hat.«

Wenig später hatten sie den Beleg und verließen das Bankgebäude.

»Na bitte«, meinte Cedric, als sie weit genug weg waren, so daß man sie nicht mit einem Richtmikrofon belauschen konnte. »Das lief doch wie am Schnürchen.«

»Das tun deine Ideen anfangs immer«, sagte Maylor skeptisch.

»Nun hab dich nicht so!« protestierte Cedric. »Immerhin kommen wir direkt nach *Star City*. Und zwar erster Klasse und mit einer persönlichen Einladung. Was wollen wir mehr?«

Länger leben, dachte Maylor.

»Ja«, sagte er statt dessen. »*Es geht aufwärts, sprach der Spatz, als die Katze ihn die Treppe hinauftrug.*«

»Nun ja«, erklärte Cedric und sah seinen ehemaligen Freund stirnrunzelnd an. »Das kommt mir irgendwie bekannt vor.«

»War vom Daily Lama«, antwortete Maylor. Er winkte ein vobeifliegendes Taxi herunter.

Cedric nickte. Und während das Flugtaxi neben ihnen aufsetzte und einladend das Schott öffnete, mußte er noch an etwas anderes denken, das der Daily Lama ihnen gesagt hatte: *Jede Aufgabe, nach der wir mit beiden Händen greifen, ergreift auch uns.*

Cedric atmete tief durch.

ENDE

Im April 1994 erscheint von Wolfgang Hohlbein der dritte Band der Spacelord Saga.

Sandaras Sternenstadt
(Bastei-Lübbe 23149)

Schafft Cedric es, an die Hintermänner der Verschwörung heranzukommen? Und was ist mit Sheryl, der Frau, die er liebt? Wie es scheint, hat Sandara, die Juwelenkönigin, sie gefangengenommen, um sie als Geisel gegen den Daily Lama und dessen Leute einzusetzen.

Band 23 144

Wolfgang Hohlbein

Hadrians Mond

Deutsche Erstveröffentlichung

Einst war Cedric Cyper ein kühner, verwegener Raumfahrer. Doch dann wurde er verhaftet und kam auf Hadrians Mond, eine Sträflingskolonie, die noch nie jemand lebend verlassen hat. Cedric weiß nicht, wer hinter seiner Verhaftung steckt, aber er weiß, er wird fliehen und seine Rache nehmen. Also versucht er das Unmögliche: Mit einem Getreuen wagt er die Flucht – und stößt auf eine Verschwörung, die solch galaktische Ausmaße hat, daß selbst einem Helden wie ihm angst und bange wird.

Der Auftakt zu einer neuen großen Science-Fiction-Saga von WOLFGANG HOHLBEIN. Entstanden ist dieses ungewöhnliche Projekt nach einem aufregenden Action-Spiel.

BASTEI LÜBBE

Sie erhalten diesen Band im Buchhandel, bei Ihrem Zeitschriftenhändler sowie im Bahnhofsbuchhandel.